# 나무는 추위에 떨지 않는다

# 나무는 추위에 떨지 않는다

초판 1쇄 인쇄일 2017년 9월 30일
초판 1쇄 발행일 2017년 10월 13일

**지은이** 윤재열
**펴낸이** 양옥매
**디자인** 임흥순
**교 정** 조준경

**펴낸곳** 도서출판 책과나무
**출판등록** 제2012-000376
**주소** 서울특별시 마포구 방울내로 79 이노빌딩 302호
**대표전화** 02.372.1537 **팩스** 02.372.1538
**이메일** booknamu2007@naver.com
**홈페이지** www.booknamu.com
ISBN 979-11-5776-477-8 (03800)

이 도서의 국립중앙도서관 출판시도서목록(CIP)은 서지정보유통지원 시스템 홈페이지(http://seoji.nl.go.kr)와 국가자료공동목록시스템 (http://www.nl.go.kr/kolisnet)에서 이용하실 수 있습니다.
(CIP제어번호 : CIP 2017025301)



*이 책은 수원문화재단의 형형색색 문화예술사업지원금으로 발간되었습니다.

# 나무는 추위에 떨지 않는다

윤재열 수필집

책과나무

# 네 번째 수필집을 내면서

1996년, 수필집『나의 글밭엔 어린 천사가 숨 쉰다』를 세상에 처음 내놓았다. 이때는 문단에 등단하고 얼마 안 된 시기다. 습작기의 작품도 많았지만, 출판사에서는 글이 맑고 깨끗하다고 했다. 출판사가 작품집 제목부터 모든 것을 결정했다. 내 뜻도 담고 싶었지만, 그때는 출판사에서 작품집을 내주는 것에 만족해야 했다.

이후 수필을 제대로 쓰고 있는지, 작가라는 명함을 써도 되는지 궁금했다. 검증을 받고 싶었다. 한국문예진흥원의 문을 두드렸다. 창작 지원금을 받았고, 두 번째 수필집『삶의 향기를 엮는 에세이』(2000년)를 출간했다. 조선일보에 출간 소식도 실렸다.

2007년『행복한 바보』는 세 번째 수필집이다. 온전하게 나의 이야기를 담았다. 삶의 체험을 정감 있고, 서정이 넘치는 표현으로 남겼다. 세상에 불편한 모습도 깊은 사색으로 순화

했다. 경기문화재단의 지원으로 출간했다.

이번 네 번째 수필집은 수원문화재단의 지원이다. 문학 장르에서 제대로 대접을 받지 못하는 수필을 지원하는 것이 쉽지 않다. 그래서 더욱 고맙고 책임감을 느낀다.

글쓰기는 구체적인 일상을 관념적인 언어로 표현하는 작업이다. 고된 노동이다. 하지만 글쓰기를 통해 자유를 즐긴다. 본문에서도 말했듯이 내가 꽃이 되는 순간이다. 글쓰기에 재주가 없는데도 이렇게 매달리는 이유가 여기에 있다. 스스로 존엄한 순간을 경험한다.

세 번째 수필집 출간 이후 네 번째 수필집을 내기까지 간격이 길었다. 이유가 있다. 그동안 우리말 관련 글쓰기에 전력했다. 신문 칼럼을 쓰고, 직무 연수 등에서 강의를 하다 보니 수필 쓰기에 소홀했다. 도중에 몸도 많이 아파 오랜 투병 생활을 한 것도 이유가 된다.

내 수필은 일상적 체험에서 시작한다. 평범한 일상에서 새로운 삶의 의미를 발견한다. 문학의 본질은 사물의 낯익은 것들을 낯설게 하는 것인데, 내 경우는 반대다. 무심하게 지나쳤던 것들에게 말을 걸면서 낯선 것을 낯익게 한다. 이것이 삶의 영역을 확장한다. 하찮은 사물에서도 관찰을 통해 의미 있는 안목을 다듬고, 일상적 체험을 유의미하게 읽어낸다. 그리고 발상의 전환을 통해서 눈부신 삶의 모습을 그려 간다. 감성이 충만한 상상력이 밑바탕이 되는 삶과 글쓰기가 만나는 순간이다.

국어를 가르치면서 올바른 언어 사용에 대한 성찰을 해왔다. 글쓰기에서도 올바른 문장 쓰기를 실천했다. 수식이 없는 깔끔한 문장으로 썼다. 문장력으로도 읽는 사람을 끌어당기고 싶다.

가족들은 내가 하는 일에 언제나 박수를 친다. 그러나 이번

만큼은 달랐다. 폐를 잘라 내고, 힘들게 작업을 했기 때문이다. 몸이 아파도 꿈은 실현하고 싶다. 피천득의 「인연」, 법정의 「무소유」같은 수필을 남기고 싶다. 야무지게 쓰는 길뿐이다.

주변에는 늘 고마운 분들이 많다. 이렇게 수필집을 만드는 동안 힘써 준 출판사 직원, 그리고 양 대표님께 머리를 숙여 감사를 표한다.

2017년 10월

수필 읽기 좋은 날에

윤재열

• 목차

## 2부 · · ·
# 나는 내가 좋다



## 3부 · · ·
# 옛것에서 삶을 읽다

1부

# 삶의 굴곡도 아름답다

죽음의 문턱에서 • 병상 일기 • 나무는 추위에 떨지 않는다 • 꽃을 늦게 피우는 나무를 보면서 • 중년도 축복 • 세종대왕은 흙 묻은 금수저 • 가을, 그 슬픈 운명이 좋다 • 따뜻한 소통 • 나무 예찬 • 나만의 힐링이 필요해 • 행복한 삶 만들기 • 버리는 마음이 순결하다 • 꿈을 꾸면 누구나 젊은이 • 어쩌다 꼰대 • 남의 떡만큼 내 떡도 크지 않을까 • 삶의 굴곡도 아름답다 • 친구의 은퇴 일기 • 좋은 차보다 좋은 사람이 먼저다 • 풍경을 달고

# 죽음의 문턱에서

삼 년 전에, 폐의 일부를 절제했다. 그리고 항암 치료, 방사선 치료까지 힘겹게 마쳤다. 그 과정에서 부작용까지 겹쳐 제법 오랫동안 누워 있었다. 거의 죽음의 공포에 갇혀 있었다. 그러다가 1년이 지나서 자리에서 일어났다.

그동안 삶의 길목에서 뜻하지 않게 불행이나 슬픔을 만날 때도 있었다. 하지만 그때마다 아주 작은 것이어서 아픔을 느끼지 못했다. 그런데 이번은 달랐다. 깊은 늪에 빠져 정신을 못 차렸다. 1년이었지만 내 삶에서 가장 긴 시간이었다. 그때 다시는 봄 햇살 한 줌도 못 볼 줄 알았다.

아침마다 내 힘으로 자리에서 일어나는 평범함이 놀라웠다. 이제 예전처럼 여러 가지 생각을 하고, 마음에 담겨 있는 말을 할 수 있었다. 무엇보다 걸을 수 있다는 것이 기뻤다. 내일 어떤 일을 할지 계획도 세울 수 있었다. 새로 태어난 기분이었다.

아프고 나서 밖으로 나와 제일 먼저 노인들이 보였다. 사실 주변에 있는 노인은 그저 힘이 없는 존재라고 여겼다. 그렇다고 낮잡아 본 것은 아니지만 특별히 우러러보는 마음도 두지 않았다. 그런데 이제 존경스러웠다. 저 연세까지 살아온 인생이 경이롭게 보였다. '나는 저 나이까지 살아갈 수 있을까?'라는 의문이 들어올수록 그들을 그윽하게 바라보게 됐다.

우리는 나이에 상관없이 욕심의 열차를 타고 살아간다. 속도는 점점 빨라지고, 오직 높은 곳으로 오르겠다는 정신에 갇혀 주변을 돌볼 겨를도 없다. 생각해 보니 우리나라 전체가 그렇게 살았다. 산업화, 근대화 역사가 전개되면서 모두가 풍요롭게 사는 것이 목표였다. 좋은 집을 사고, 재물을 모으기 위해 몸이 부서지는 줄도 몰랐다. 저 노인들이 그랬고, 나도 그러지 않았을까.

해질녘 서쪽 하늘을 물들이는 노을을 등진 채 걸어가는 노인을 본다. 장엄한 노을에 아랑곳하지 않고 굽은 허리로 걷는 모습이 의연하다. 저 늙은 가슴을 이해하는 것은 길가의 꽃망울뿐이다.

언뜻 보면 그들의 삶에는 특별한 것이 없어 보인다. 그저 무심하게 시간을 밀어내고 있는 것처럼 보인다. 몸집이 작은 만큼이나 욕심도 없어 보인다. 끊임없이 욕망의 물고기를 낚는 데 힘을 쏟았던 젊은 날 삶의 그물도 어느 곳에 던져 버렸는지 아득하다. 하지만 그들은 평생 거칠고 험한 세상을 지나왔다. 큰 뜻을 품고 망망대해로 향했다. 좁은 계곡의 바위를 몸으로 이겨 내면서 시퍼렇게 멍드는 줄도 모르고 왔다. 절벽을 만나서도 두려움에 떨지 않고 시원스럽게 떨어졌다. 그들은 특별한 일이 없는 것처럼 보이지만, 이제 큰 바다를 눈앞에 두고 유유히 흘러가고 있다. 고요한 일상에 몰입하며, 나름대로의 방식으로 살아가고 있다.

노인의 삶을 자세히 들여다보며 새삼 느낀다. 우리의 삶이란 시간의 흐름에 따라 완성된다. 나무도 비바람에 휘어지며 나이를 먹어 가며 기품을 보인다. 골동품 같은 것도 오랜 시간을 견딘 것이 더 멋을 낸다. 이 모두가 오래돼서 높은 가치를 얻는다. 이는 단순히 오래돼서 그런 것이 아니라 새것과 견주어 여전히 가치를 지니기 때문이다. 사람도 나이만 먹을 것이 아니라 이왕이면 제대로 늙어야 한다. 촛불의 물결에도 맹목적으로 태극기를 흔드는 것은 더 이상 향기 나게 늙지 못하는 노인들의 모습이다.

가슴에 통증을 안고 다니다 보니 몸이 앞으로 쏠리면서 허리가 굽은 듯 보인다. 걸음걸이도 늦어졌다. 이래저래 남들보다 일찍 노인의 된 기분이다. 한편으로 잘됐다는 생각도 든다. 몸 핑계 삼아 스마트폰도 컴퓨터도 책을 보는 것조차 자제를 하고 싶다. 천천히 살아가면서 몸을 추슬러야 한다. 세상이 필요 이상으로 빨리 가는데, 이참에 좀 늦게 걸어가자. 몸이 아파 늦은 것도 광속의 삶에서 지치는 것보다 낫다.

병상에 누워 있는 동안 죽는다는 두려움을 알았다. 그리고 회복하면서 인생의 유한함을 깨달았다. 영원한 삶이 불가능하다. 지금 이 순간을 포기하지 않을 때 영원함이 있다. 사람들은 저마다 찬란한 순간을 기다리며 산다. 그러나 찬란한 순간은 오지 않는다. 찬란한 순간을 기다리는 것이 아니라 지금 이 순간에 만들어야 한다. 햇빛이 밝으면 밝은 순간을, 달빛이 비치면 달빛을 따라 마음을 나누면 찬란한 순간이다. 영원함에 대한 갈망이 나를 새로운 삶의 도전으로 이끌어 주었다. 죽음에 대한 두려움이 삶을 튼실하게 북돋운다.

병상에서 일어나 집 밖에 나왔을 때 늘 익숙했던 풍경이 낯설게 다가왔다. 눈부신 햇살 아래 의연하게 서 있는 나무, 그 아래 작은 꽃, 모두가 생명의 잔치다. 세상 만물이 의연하게 버티는 모습을 보면서 생명의 존귀함을 본다. 미처 눈여겨보지 않았던 것들에 눈길을 주면서 여유가 만들어지고 풍요로워진다. 사랑할수록 생명이 더욱 푸르게 다가온다.

이제 풍요롭게 소유하기보다 풍성하게 존재하고 싶다. 시간도 소중하게 써야겠다. 급한 일보다 중요한 일에 마음을 둔다. 어차피 구부러지지 않은 길은 없다. 그리고 그 길에도 희망은 있다. 마찬가지다. 비록 날카로운 칼로 폐를 절제한 아픔을 안고 살아가지만, 내 안에서도 새로운 희망이 크고 있다.

# 병상 일기

살다 보면 뜻하지 않은 일을 만난다. 기쁨과 슬픔, 행복과 불행이 예고 없이 들이친다. 기쁨과 행복이 영원하지도 않다. 곧 슬픔과 불행이 밀려오고 이 상황 또한 다시 바뀐다.

나도 살아가면서 이런 경험을 자주 했다. 기쁨과 슬픔이 반복됐고, 행복한 순간이 있는가 하면, 불행한 순간도 있었다. 그렇지만 그런 것들이 앞에서 말한 것처럼 영원하지 않았다. 크게 기쁜 것도 시간이 지나면 잊히고, 불행한 상황도 오히려 굳은살이 되듯 삶의 밑거름이 되기도 해 마음을 쓰지 않았다.

그런데 이번에 큰 불행을 만났다. 폐를 절제하는 상황을 만났다. 평생 건강하게 살다가 갑자기 닥친 일이다. 감기에도 주사 맞는 것이 무서워 병원 가기를 꺼리는데, 엄청나게 큰 병을 만났으니 충격이 컸다.

진단을 받고 스스로 담담해야 한다고 생각했다. 그래야 극복의 길이 보일 듯했다. 수술 후 한 달 정도 쉬면 되겠지. 의술이 좋다는데 별일 없겠지. 마음속으로 좋은 생각을 되뇌었다.

수술이 힘들 것이라 예상은 했지만, 중환자실에서 그리고 병실에서의 생활이 만만치 않았다. 무통 주사약 부작용으로 두통이 심했다. 폐를 절제한 탓에 가슴 부위는 예리한 칼이 지나는 것처럼 아팠다. 기침도 끊이지 않았다. 몸무게는 날마다 줄었고, 얼굴은 핏기가 없어졌다. 수술 후 병원 생활이 불과 두 주였지만, 내 삶에서 가장 긴 시간이었다.

병원 규칙이 걸을 수 있으면 퇴원하는 것이란다. 워낙 기다리는 환자가 많기 때문에 그렇다고 한다. 할 수 없이 가슴을 움켜쥐며 집으로 왔다. 집에 와서도 모든 일상이 달라졌다. 달라진 것이 아니라 멈췄다. 몸무게가 줄어든 만큼 생각도 쪼그라들었다. 생각이랄 것도 없었다. 그저 일어나서 밥을 먹고, 베란다를 쳐다보다가 하루를 마감했다. '내일 또 일어날 수 있겠지.'라는 기대를 갖고 자리에 누웠다.

다행히 가을 단풍이 무르익어 갈 때 제법 걷기 시작했다. 그동안 아내의 기도가 컸다. 아내는 봄바람에 꽃잎 떨어져도 슬픈 눈망울을 보일 정도로 여리다. 그런데 남편의 몸에서 폐의 일부를 잘라 냈다니 얼마나 울었을까. 아내는 울면서 매일 밤을 지새웠다.

몸을 회복하고 다시 치료를 서둘렀다. 암이 전이되는 것을 막기 위해 항암 치료를 시작했다. 항암 치료는 더 무서웠다. 살기 위해서 치료를 시작했지만 점점 죽어 가는 느낌이었다. 주사약이 들어가면 들어갈수록 정신을 잃었다.

내가 남편이고, 아버지라는 사실에 아내와 녀석들은 흐느낌이 점점 커졌다. 가족들은 슬픔을 누르며 정성을 다했지만, 아픔의 몫은 온전히 내게만 맡겨졌다. 앉아 있는 것도 힘겨웠다. 이제 난 그들에게 어떤 즐거움도 줄 수 없는 존재가 됐다. 누워서도 가족 걱정이 무겁게 다가왔다. 이제 차라리 나를 사랑하는 감정을 끊어 내는 것이 좋겠다고 말하고 싶었다.

겨울이 오는지 찬바람이 불기 시작했다. 나무는 남은 잎 몇 개를 떨구지 않으려는 듯 제 몸에 꼭 붙들고 있다. 밤새워 내 신음 소리를 듣느라 잠을 설쳤는지 아내가 앉은 채로 졸고 있다. 내 몸을 보니 손등은 주삿바늘 자국으로 온통 시퍼렇게 멍들었다. 몇 모금 마신 물도 이내 토했다. 머리카락은 매일 빠지고, 몸은 마른 장작이 됐다. 아내와 함께 두 아이를 낳고 기른 몸이라고는 도저히 상상하기 힘든 송장 같은 몸이 됐다.

몸이 극도로 쇠약해져 독한 약물을 이겨 내지 못했다. 결국 의사가 치료 중단을 선언했다. 병원에 가지 않으면서 오히려 몸이 회복됐다는 기분이 들었다. 약을 끊고 밥을 먹기 시작했다. 그런데 그것도 잠시였다. 밥술이나 뜨자, 방사선 치료를 해야 했다. 이번에는 잘 견디나 했지만, 역시 몸에 이상이 왔다. 약한 몸에 방사선을 쏘이면서, 치료 부작용으로 폐렴이 왔다. 집에서 며칠 지내고, 응급실에 실려 갔다. 면역력이 극도로 약해져 무균실이라는 곳에서도 누워 있었다. 병원에서 주사액으로 버티다가 집으로 돌아와도 소용없었다. 밥 한술도 못 뜨는 힘으로 버티다가 기절을 하는 바람에 시도 때도 없이 응급실에 갔다.

겨울 모진 추위를 견디고 나무에 꽃이 피었다. 때를 맞춰 내 가슴에도 한 줄기 햇살이 스며들었다. 그리고 거짓말같이 일어섰다. 희망을 갖는 것은 차별이 없었다. 몸이 만신창이가 됐지만, 나도 희망을 품었다. 발이 땅에 닿아 있으니, 희망 없이 살아갈 수 없었다. 예전 같지 않았지만, 한 걸음, 한 걸음 발길을 옮기는 힘이 생겼다. 어제보다 오늘 조금 더 걸었다. 나무가 희망의 잎을 키우듯, 날마다 나아지는 꿈을 키우며 살아가고 있다.

# 나무는 추위에 떨지 않는다

겨울이라 당연히 춥다지만 올해는 유난히 추운 날씨였다. 바람이 추위를 더욱 매섭게 몰아붙이고 있다. 올겨울 내내 북반구를 꽁꽁 얼어붙게 했던 혹한과 폭설이 지난 주말 다시 맹위를 떨쳤다는 보도다.

이번 동장군은 아무래도 훈련을 단단히 받은 듯하다. 입춘을 앞에 두고도 좀처럼 물러날 기세가 없다. 바람도 얼음처럼 차다. 투명한 햇살도 날이 저물자 일찍이 귀가를 서두른다.

겨울은 눈이라도 올라치면 모두가 아득한 명상으로 잠긴다. 나무는 더욱 침묵하고 하늘은 잿빛이 짙어진다. 그 위로 날아오르는 새는 화선지 위에 한 방울의 먹물처럼 번지며 어디론가 사라진다.

저 멀리 깊은 사념에 잠긴 나무들이 저마다 큰 키를 자랑하고 있다. 빈 들판에서 가지 끝을 차가운 바람에 의지하고 서 있다. 하늘을 향해 기원이라도 하듯 모두가 손을 모으고 기도하는 자세다.

겨울이 추웠던 것처럼 우리의 삶도 힘들었다. 정치적 상황은 나아진 것이 없고, 경제 한파도 여전했다. 베이비붐 세대라고 불리는 중년들은 이제 사회의 문에서 은퇴하는 길목으로 몰리고 있다. 기업도 구조조정을 핑계로 근로자들을 황량한 거리로 내몰고 있다. 모진 추위보다 더 추운 날이 계속되었다. 급기야 생활고를 못 견디고 자살했다는 애기 엄마의 이야기가 뉴스를 탔다. 대기업 부사장의 자살도 우리의 귀를 의심하게 했지만 사실이었다.

미동도 없는 나무. 나무는 죽은 것일까. 아니다. 나무는 생명을 잠재우고 있다. 추위를 이겨 내며 안으로는 생명을 키우고 있다. 흠뻑 내린 눈을 뿌리로 빨아들이며 몸 안에 수분을 저장하고 있다. 겉으로 보면 나무는 겨울잠에 깊이 빠져 있는 것 같지만 새봄을 위해 쉼 없이 생명을 움직이고 있다. 가슴마저 다 비우고 마른 허리, 야윈 어깨로 더욱 수척한 몸뚱어리 하나 이렇게 곧추세우고 바람에 흔들리는 것은 봄이 오는 것을 알고 있기 때문이다.

자연만큼 우리에게 겸허함을 가르치는 것도 없다. 그 어떤 철인이 남긴 삶의 철학도 겨울나무가 주는 평범한 이치에 비하면 사치스러운 허영에 불과하다. 헐벗은 몸으로 바람에 몸을 맡기고 서 있는 겨울나무의 정경을 보면 머리가 숙여진다. 눈보라와 혹한의 시련을 인고하고 감내하면서 서 있는 모습을 보면 삶의 의지가 새삼 강해진다.

맨몸으로 서 있는 나무는 텅 빈 충만함으로 나를 일깨운다. 아무것도 가지지 않은 청빈한 덕성이 나를 가르친다. 오늘날처럼 모든 것이 넘쳐나는 세상에 겨울나무는 오히려 비어 있음으로 나를 사로잡는다.

나무는 자신을 남과 비교하지 않는다. 오직 자기를 향한 생명으로 잎을 내고 꽃을 피운다. 인간만이 타인을 의식하고 타인과 비교한다. 가진 것을 비교하고 지위를 비교하고 학벌로 자만한다. 끊임없는 소유욕도 마찬가지다. 가졌다는 것은 영원하지 못하고 언젠가는 스스로 버려야 하는 결별의 운명을 지닌 것임을 깨닫지 못하고 있다.

나무는 추위에 떨지 않는다. 나무는 추운 겨울을 제 몸의 뜨거움으로 이겨 낸다. 겨울 컴컴한 추위에도 오직 달빛에 의연하게 흔들리면서 더욱 강해진다. 겨울을 이겨 내고 생명을 틔우듯, 우리도 흔들리고 흔들려서 더 강해진다.

세상에 살다 보면 흔들릴 때가 많다. 두려움에 떨고 때로는 외로움에 흔들려야 한다. 그 아픔으로 인해 수없이 눈물을 흘려야 한다. 그렇다고 슬퍼할 필요는 없다. 공허한 마음에 가슴 아린 이들이 우리뿐이겠는가. 세상에는 많은 사람들이 삶의 어려움을 등에 지고 묵묵히 이 길을 걷고 있다. 우리의 삶이란 것도 삶 속에서 싸우고 이 싸움에서 다시 삶을 껴안는 자세가 필요하다.

나무도 그렇듯이 사람은 누구나 자기 안에 자신만의 세계가 있다. 진정한 스승은 밖에 있지 않다. 우리 마음에 있다. 겨울나무에 봄이 오듯 삶은 늘 새롭게 출발한다. 출발 속에 꽃이 핀다. 겨울을 이겨 내고 꽃봉오리를 움틔우듯 이 겨울의 끝에서 삶의 희망을 생각한다.

# 꽃을 늦게 피우는 나무를 보면서

봄이다. 도심의 봄은 나무로부터 온다. 겨우내 움츠리고 있던 나무가 가슴을 한껏 하늘로 뻗는다. 겨우내 회색빛이던 나무가 초록색으로 물든다. 봄볕의 따사로움에 나무가 하루가 다르게 살이 찐다. 나목으로 앙상하게 서 있던 그 가지에서 새 생명이 움트니 이 세상에 환희가 가득하다.

나무 중에 벚나무는 가장 계절에 민감하다. 검은 살결이 아직 꽃을 피울 것 같지 않다. 그런데도 벚나무는 어느새 뭉툭한 살결을 뚫고 꽃을 내민다. 마치 어린 여자아이들이 분을 바르는 것처럼 눈 깜짝할 사이에 하얀 꽃이 부끄럽게 핀다. 얻는 것보다 잃는 것이 더 많은 우리의 삶을 위로하듯 하루가 다르게 꽃이 덤턱스럽게 커 가고 있다. 꽃이 만발하면서 사람들도 마음속에 꽃이 핀다. 저마다 일상에 번잡함을 잃은 듯 발걸음이 가볍다.

이번 주말에도 나는 밖으로 나왔다. 베란다까지 밀고 들어온 봄 햇살이 나를 밖으로 불렀다. 공원에서 나무를 본다. 모두가 꽃이 환하게 피었다. 꽃이 핀 것이 아니라 나뭇가지마다 꽃이 터져 나왔다. 자신의 아름다움을 값진 의상이나 장식품에 의존하는 인간을 비웃듯 나무는 봄꽃에 햇볕만 걸치고도 귀티를 낸다.

그런데 가만히 보니 아직도 꽃을 피우지 못하고 있는 나무가 있다. 대부분 나무는 꽃을 피우고, 아름다운 축제를 벌이는데 홀로 야윈 몸으로 서 있다. 추위를 많이 타는지 울 듯한 얼굴이다. 영양 상태가 좋지 않아서 몸도 가늘다. 몸집이 큰 나무들 옆에서 가녀리게 서 있어 측은한 생각도 든다.

저 나무는 왜 몸이 부실할까. 혹시 어릴 때부터 몸이 약했을까. 아니면 비바람에 지쳐 제 몸을 키우지 못했을까. 이 생각 저 생각을 휘적거리며 발길을 돌렸다.

며칠이 지나 꽃이 졌다. 간밤에 봄비가 오고, 바람도 가볍게 불었다. 꽃이 진 것은 온전히 바람 때문일까. 지는 꽃은 남을 탓하지 않는 것 같았다. 나무는 나무대로 내면에서는 아무런 동요도 없이 이별을 고한다. 꽃은 대지를 향해서 흩날리며 군무(群舞)를 즐긴다. 이승의 온갖 인연을 끊고 무심히 떨어진 꽃잎이 가슴에 진다.

전생에 무슨 업보가 있기에 작은 숨소리도 못 내고 세상을 떠나는가. 언뜻 불쌍한 생각도 담았는데, 생명을 다했다는 자연의 순리를 생각한다. 꽃잎을 떨어뜨린 나무가 오히려 훤칠해진 것을 보고 자연의 신비로움에 놀란다. 나무는 꽃을 떨어뜨리는 아픔을 이겨 내고 그 자리에 어린잎을 잉태했다. 꽃이 진 자리에 연푸른 이파리가 돋는다. 이파리는 어린아이처럼 색깔도 부드러웠다. 꽃이 지고 잎이 돋아나니 나무가 제법 어른스러워졌다.

그사이에 새로운 발견도 했다. 지난번 꽃이 필 때 몸이 아파서 시들시들하던 나무가 이제야 꽃망울을 터뜨렸다. 그때는 몹시 불쌍하게 생각했는데 오늘은 저를 보는 사람들을 향해 슬며시 웃고 있다. 햇살을 머금은 꽃이 유독 붉은 입술을 자랑한다. 때늦은 개화로 우리의 가슴에 아름다운 서정을 수놓는다. 어느 누구도 눈여겨보지 않고 있던 나무가 뒤늦게 우리의 주목을 받고 있다.

뒤늦게 꽃을 피우는 나무를 보면서 우리의 인생을 생각해 본다. 우리의 삶과 생활 또한 이와 같은 면이 있다. 주변에서 뒤늦게 삶의 꽃을 피우는 사람들이 있다. 그들은 비록 시기가 늦지만 더 화려하고 아름답기도 하다. 물론 남보다 빠른 나이에 성공을 하고 출세를 한다면 좋을 수도 있다. 또래보다 앞서면 더욱 선망의 대상이 되기도 한다. 하지만 뒤늦게 꽃을 피워 아름다움을 뽐내듯이 늦은 성공도 화려할 수 있다.

얼마 전에도 유명 연예인이 목숨을 스스로 버렸다. 들리는 이유는 여럿인데, 그중에 일이 없었던 것도 있다. 나무도 고난과 시련의 바람을 맞고 컸듯이 우리에게 주목받는 사람들도 보면 오랫동안 어려움을 견디고 그 자리에 오른다. 지금 당장에 성과가 없다고 섣부른 생각을 담는 것은 어리석은 짓이다.

아울러 꽃을 버리는 아픔을 겪고 나무는 또다시 몸집을 불리는 것처럼, 우리도 삶의 그릇을 키우는 것이 무엇인지 곰곰이 생각해 보아야 한다. 성공과 출세는 우리의 본질이 아니다. 시간이 지나면 꽃이 시들듯이 사람이 획득한 명성과 명예도 시간의 산화로 볼품없게 변한다. 우리를 영원하게 하는 것은 세속적인 성공이 아니다. 세사에 때 묻지 않은 맑은 영혼이다. 인간은 맑은 영혼 그 자체를 찾아 떠다닐 때 삶이 가장 아름답다.

늦된 나무가 꽃을 피운 것을 다시 본다. 깊은 땅속의 염원을 끌어올려 움 틔운 한 떨기 생명이 찬란하다. 낯선 세상을 향한 첫걸음이 수줍은지 얼굴이 불그스레하다. 만물의 질서에 순응하며 피었다가 다시 세상에 던져지는 슬픈 운명이 애처롭다. 꽃은 모두가 저마다 아름답게 빛나지만 어울려 더욱 아름다운 세상을 만든다. 이 장엄한 우주의 조화에 누가 시기의 빠름과 늦음을 말할 수 있는가. 우리의 삶도 늦되다고 탓할 것이 없다.

# 중년도 축복

나이라는 것이 참 신비하다. 돌이켜 보니 내가 먹은 나이는 한 번도 싫은 적이 없다. 20대는 말 그대로 청춘이어서 좋았다. 그때는 역사의 격동기였다. 개인의 일상적 삶보다는 국가의 문제가 크게 부각되었다. 그 과정에서 국민은 아픔도 많이 겪었다. 그때 젊음과 패기를 앞세워 세상을 향해 삿대질도 많이 했다. 그리고 직업을 가지려고 노력했던 것이 고통스러운 면도 있었지만, 그것이야말로 그때 나이에 할 수 있는 행복한 고민이었다. 결혼하기 위해 노력했던 것이 모두 소중한 순간이었다. 그때는 젊어서 더 바랄 것이 없었다.

30대도 좋았다. 신설학교에 부임했는데 학부모와 학생들이 불안스러운 얼굴을 바라보았다. 대입 지도 경험이 없는 젊은 교사이기에 걱정스러워 하는 눈치였다. 새벽부터 밤늦게까지 아이들을 지도했다. 중소 도시에서 아이들에게 필요한 것은 오직 나의 열정뿐이었다. 나태할 때는 벌을 주면서 공부했다. 아이들도 열심히 노력해 모두 원하는 대학에 갔다. 내 집 마련을 위해 허리띠를 졸라매고, 아내와 아이들을 키운 것도 좋은 인생이었다.

40대를 인생의 절정기라고 하는 것처럼, 그때 왕성한 활동을 했다. 본격적으로 글을 쓰기 시작했다. 작품집도 출간했다. 칼럼 연재를 하고, 방송 활동도 오래 했다. 경기도교육청에서 교육 자료 발간 위원으로 참여하고, 기타 대외 활동도 많이 했다. 이때 대학원에서 공부도 했다.

지금 50대는 더 좋다. 어깨를 짓누르는 인생의 무게가 좀 줄어든 듯하다. 책임, 경쟁, 노력, 욕심, 승진, 조급함의 터널을 빠져나온 느낌이다. 지금까지는 현실에 얽매여 있었는데, 이제는 삶의 깊이와 내면에 관심을 두고 있다. 자식들이 건강하게 컸다. 풍족하지는 않지만, 경제적으로도 어느 정도 안정이 되었다. 무엇보다도 내 앞길에 고민의 안개가 모두 걷혀 투명하다. 그래서 지금 생활에 만족한다. 더 바랄 것이라고는 건강하게 사는 것뿐이다.

물론 좋은 것만 회상했을 뿐이지, 삶의 순간에서 절망의 나락에 떨어지는 날도 많았다. 삶의 순간에 현실의 벽 앞에서 무릎을 꿇은 적이 여러 차례였다. 며칠 동안 걱정을 내려놓지 못하고 고생하기도 하고, 좌절하고 절망의 문턱을 수없이 넘기도 했다. 그러나 그 순간에도 희망이 어디선가 빛나고 있었다. 주춤거리다가 바로 일어났다.

지금도 마찬가지다. 말이 좋아 안정된 50이지, 실상은 꼭 좋은 것만은 아니다. 눈이 침침하고, 머리도 많이 빠진다. 이제는 감기도 찾아오면 물리치기가 힘에 부친다. 어디 그뿐인가? 아직도 자식들이며, 연로하신 부모님까지 아직도 감당해야 할 삶의 무게가 버겁다.

모든 사람들이 저마다의 가치를 가지고 그것을 추구하며 살아가듯 세상은 자기 삶의 방식에 의해 많이 달라진다. 특히 중년의 나이를 넘으면 타성에 얽매여 연약한 존재가 되는 경우가 많다. 그러나 나이 앞에서 주춤거릴 필요가 없다. 나이에 맞게 역할을 충실하게 다듬으면 된다.

올해 경기도국어교과연구회 모임에 발을 디뎠다. 이 모임은 30대, 40대에 열심히 참여했다. 그러다가 올해 뜬금없이 들어갔다. 사실 뜬금없이는 아니고 공부 욕심 때문이었다. 예상했지만 내 또래가 없었다. 나이 차이가 많이 난다. 그런데 일 년 동안 재밌었다. 나이 차이가 많았는데도 세대 차이가 없었다. 젊은 선생님들이 열정적으로 공부하는 모습에 동화되어 좋았다. 그들은 내가 서툰 것도 이해하고, 나는 그들을 인정하며 서로 어울렸다.

나이 드는 것이 죄는 아니다. 그렇다고 그것이 자랑이 되는 것도 안 된다. 나이 먹으면서 말이 많은 사람을 보았다. 말이 많은 것 자체가 나쁘지는 않다. 그 말이 자기만의 철학을 늘어놓는 경우가 많다. 지금까지 살아온 지극히 개인적인 경험을 훈장처럼 이야기한다. 이기적인 사람도 문제다. 나이로 무턱대고 대접받으려고 하는 것은 못 봐 준다.

이제 나이에 맞게 욕심도 버릴 줄 알아야 한다. 물론 인간이기 때문에 욕심이 완전히 소멸되지는 않는다. 그러나 분명한 것은 과도한 탐욕과 집착을 버릴 줄 알아야 나도 편하고 대접을 받는다는 사실이다. 그리고 우리나라 사람은 유독 정치에 관심이 많다. 이것은 늙어서도 마찬가지다. 제발 정치인과 똑같이 색깔 논쟁을 하고, 지역감정을 조장하는 주장은 안 했으면 하는 바람이다. 보기에도 추하고, 듣기에도 역겹다.

50이 지나면 삶은 절정을 지나 내리막으로 간다. 그럴수록 올곧게 살아야 한다. 눈은 끊임없이 사물을 관찰하고 새로운 의미를 발견하려고 노력해야 한다. 사물은 존재 의미가 있다. 한 줌의 햇살이라도 받아들여 생각을 빛나게 하고 탄력을 줘야 한다. 내면에서 차오르는 언어로 말하려고 해야 한다.

살아간다는 것은 이치를 따져 보면 결국 죽어 가는 것이다. 그런 이치라면 중년은 죽음에 가까워 가는 나이이다. 실제로 마음대로 살아 보라. 곧 죽어 가는 것을 느낀다. 반대로 인생의 의미를 새롭게 하고, 깊은 맛을 음미하면서 살아 보라. 혜안의 눈으로 세상을 보며 늘 살아 있음을 느낀다. 중년에도 멋지게 사는 주인공이 된다. 열심히 산다면 중년도 축복의 순간이다.

# 세종대왕은 흙 묻은 금수저

우리 사회에서 '수저론'이라는 말을 쓰고 있다. 태어나자마자 부모의 직업, 경제력 등으로 본인의 수저가 결정된다는 이론이다. 이 말은 작년부터 취업이 어려운 젊은이들이 자조적으로 하면서 공감을 많이 얻고 있다. 즉, 자신은 부모의 직업이나 경제적 도움을 받지 못해 '흙수저'라는 것이다. 반면 부모의 직업이 좋고 경제적으로 풍요로운 자녀들은 취업 등의 걱정을 하지 않기 때문에 '금수저'를 물고 태어나는 격이라고 말한다.

이와 관련하여 상상을 해 보면, 조선 4대 임금 세종대왕은 어떤 수저를 가지고 태어났을까. 왕족이었으니 당연히 금수저라고 할 수 있다. 하지만 세종대왕의 삶을 자세히 들여다보면 꼭 그런 것만은 아니다.

세종대왕의 아버지 태종은 조선 건국의 주역이면서 홀대를 받았다. 결국 두 차례의 왕자의 난을 겪으면서 권력을 잡을 수 있었다. 그 과정에서 태종은 조선 건국 공신들과 대립하며 왕의 자리에 올랐다. 이때가 세종의 나이는 네 살이었다.

태종은 왕의 자리에 오르면서 신권 정치의 도전을 받았고, 이를 누르고 왕권 중심의 정치 체제를 확립했다. 그중에는 처남들의 공이 컸다. 민무구, 민무질은 모두 태종의 비 원경왕후의 동생들이자 세종의 외삼촌들이다. 그런데 정권을 잡은 태종은 왕의 자리에 오른 후에 이들을 견제했다. 급기야 어린 세자를 통해 권세를 탐하려 했다는 죄목으로 유배 후 사사한다. 6년 뒤에도 동생인 민무휼과 민무회도 같은 길로 보냈다. 이 과정에 아버지와 어머니는 극렬하게 대립했을 것이다.

부모님의 갈등은 이것만이 아니었다. 왕위에 오른 아버지 태종은 궁녀들과 뜨거운 밤을 보내게 된다. 어머니 원경왕후는 꿈에 그리던 중전의 자리에 올랐지만 사랑을 잃어버렸다. 아버지와 어머니는 부부 문제로 싸우기 시작했다. 조선 임금 중에서 후궁 제도를 정착시킨 사람이 태종이다. 명분은 중전 한 명에 권력이 집중되는 것을 막고, 왕실의 번창을 위한 것이라고 했다. 하지만 태종이 여색을 가까이하는 천성을 무시

할 수 없다. 태종은 후궁 제도를 도입하고 합법적인 외도를 한다. 조선 역대 왕 중에 비빈을 제법 많이 둔 임금이 태종이다. 이때 세종은 11살이었다. 부모님이 왜 싸우는지 충분히 알 나이였다.

어린 시절 세종은 아버지에 의해 외삼촌을 잃었다. 어머니와 아버지의 부부간 갈등도 세종을 우울하게 했다. 그런데 이것만이 아니다. 이번에는 아내 소헌왕후 심씨의 부모에게 역사의 칼날이 닥쳤다. 1418년 세종이 즉위하던 그해 12월에 사은사로 명나라에 다녀오던 장인 심온이 사약을 받았다. 심온의 부인, 즉 세종의 장모는 천인으로 전락하고, 가족은 뿔뿔이 흩어졌다.

세종이 왕의 자리에 오르지 않았다면 이런 비극은 일어나지 않았을 수도 있다. 사위가 왕에 오르고 딸이 왕비가 되었기에 심온의 가족은 풍비박산이 되었다. 이런 사이에 세종의 부인 소헌왕후는 아버지가 역적으로 몰려 왕후의 지위가 위태로웠다. 세종은 더 이상의 참사를 막아야 한다고 생각했다. 그래서 세종은 소헌왕후를 극별이 대했다. 자녀도 8남 2녀를 뒀다. 이는 조선 역대 왕 중에 정실 사이에 가장 많은 자녀를 낳은 임금이라는 기록을 세웠다. 세종과 소헌왕후가 금실이 좋았다고 하지만, 여기에는 세종이 아내를 지키고자 했던 의도가 있다. 처가가 역적으로 몰린 상황에서 자녀라도 많이 낳는다면, 비로서의 내조도 인정받고 왕실의 안정에 공이 있다는 평가를 받을 것이라 생각했다.

세종은 요즘 말로 금수저를 물고 태어났을까. 맞다. 왕실의 자식이니 금수저를 물고 태어났다. 하지만 세종의 어린 시절을 보면 금수저가 아니라, 흙 묻은 금수저라고 해야 한다. 세종은 순탄한 생활을 하지 못했다. 아버지가 역사의 소용돌이에서 살아남기 위해 험난한 길을 걸을 때도 어린 세종은 하루도 편안한 날이 없었다. 세자 책봉도 왕의 자리에 오른 것도 예고되지 않고 순식간에 이루어졌다. 여타 세자들은 서연 등의 과정을 거치면서 준비를 하지만 세종은 그렇지 못했다.

세종은 스스로 흙을 털고 일어난 왕이다. 어린 시절부터 독서를 통해서 혼자 학문 수양을 했다. 학문의 깊이는 인간성 형성에도 기여했다. 가족의 비극적 상처를 허물로 남기지 않았다. 개인의 비극적 사건을 원한으로 품거나 피해에 대한 보복의 정치를 하지 않았다. 오직 역사의 과정으로 받아들이고 당대의 왕으로 책임감을 무겁게 느끼는 정치를 했다.

최근 경제가 어려워 기업이 신규 채용을 꺼리고 있다. 그에 따라 청년 취업이 어렵다. 이 현실을 두고 청년들이 흙수저로 자조하고 있다. 그것이 전혀 틀린 것은 아니지만 그렇다고 맞는 것도 아니다. 우리는 태어날 때 모두 금수저다. 부모님이 금지옥엽으로 키우고 있다. 우리가 자신의 태생을 흙에 비하한다면 부모님은 얼마나 슬프겠는가. 우리가 인식하지 못할 뿐이지, 우리는 부모님에게 그리고 우리 자신에게 더없이 존귀한 존재다.

혹 지금 인생이 잘 안 풀린다면 금수저에 묻은 흙을 제대로 털어 내지 못해서다. 흙을 제대로 털어 내고 금수저가 되는 길. 그 몫은 나에게 있지 않을까.

## 가을, 그 슬픈 운명이 좋다

멀리 산마루에서 시작된 가을이 도심으로 밀려왔다. 여름내 푸르던 영혼들이 불그스름한 빛에 물들었다. 하늘도 매일 한 자락씩 높아져서 아예 끝이 보이지 않는다. 구름도 힘에 겨운 듯 드문드문 보인다. 좀처럼 식지 않을 줄 알았던 날씨는 슬그머니 꼬리를 감췄다. 아침저녁으로 바람이 제 몸을 식히며 우리 곁에 온다.

우리는 여름을 흘려보내고 가을을 맞이했다. 세월은 인간이 소비하는 것 중에 가장 값진 것이다. 흐르는 세월이 있어 지나간 시간은 추억으로 남고, 우리는 늘 새로운 시간을 만날 수 있다. 세월이 흐르지 않는다면 우리는 시멘트처럼 살아야 할지도 모른다. 상상만 해도 끔찍하다.

우리는 모두 고향을 떠나 정겨운 가을 풍경을 잊고 살지만, 가을은 그 자체만으로 풍족하다. 생각을 넓혀 보면 삭막한 도심에서도 넉넉한 가을을 만나게 된다. 저녁 밥상을 물리고 앉아서 신문을 보고 있으면 베란다 창으로 한 줄기 시원한 바람이 실려 온다. 달빛이 바람을 따라와 베란다에 있는 어린 군자란을 어루만진다. 그러면 유독 어머니의 사투리가 그리워진다.

아파트 마당에는 고추가 점령했다. 햇볕에 제 몸을 그을리려고 벌겋게 누워 있는 고추가 시골 마당 풍경을 연상케 한다. 고추를 널어놓은 할머니의 시름까지 말리는 가을볕이 따사롭다. 화단만큼 시간이 성실하게 쌓인 곳도 없다. 나무의 몸이 봄보다 덤턱스럽게 컸다. 감나무도 노란 감을 훈장처럼 매달고 있다.

거리의 나뭇잎은 온몸을 뜨겁게 달궈 한껏 자태를 뽐낸다. 해도 일찍 지쳐서 꺾인다. 밤이면 어둠살을 헤집고 다니는 달빛은 더욱 노란색으로 물든다. 잔뜩 살이 오른 달빛은 까치걸음을 종종 거리며 새벽녘까지 노닥거리며 거리를 활보한다.

가을에는 유독 거울을 많이 본다. 다른 계절에는 아침에 거울을 보지만, 가을에는 저녁에 집에 돌아와 거울 앞에 선다. 봄에는 겉모습을 비춰 보지만, 가을에는 마음을 비춘다.

가을이 여름을 밀고 왔듯이 이 가을도 마지막으로 붉게 타고 나뭇잎을 허무하게 떨어뜨려야 하는 운명에 있다. 산과 나무도 자랑처럼 가지고 있던 숲과 잎을 버려야 한다.

화려한 일생을 마감하는 대자연 앞에서 우리는 쓸쓸한 정서를 담는다. 자연이 스스로 생명을 다하고 사라지는 광경에 허무와 쓸쓸함이 함께 인다. 그러나 이것이 어찌 쓸쓸함만 있단 말인가. 자신의 삶을 마감하고 씨를 흩날리는 생명체는 다시 태어나기 위한 자연의 이치다.

가을은 생명의 씨앗을 다시 남기는 자연의 섭리가 진행된다. 떨어지는 잎은 생명이 다한 것이 아니라, 자연으로 돌아가는 것이다. 대지의 자양분이 되어 더 큰 생명으로 태어난다.

우리네 삶도 마찬가지다. 화려하고 행복한 순간이 있었다면 내려가야 하는 아픔도 있다. 때로는 그늘이 드리우고 고통이 따른다. 더욱이 삶이란 기쁨을 주는 듯하다가 예기치 못한 슬픔이 밀려온다. 순식간에 밀어닥친 삶의 그림자, 가정의 불행으로 절망이 오고 질병이 우리를 괴롭히기도 한다. 이 모두가 우리를 비틀거리게 하고, 삶의 행로를 어둡게 한다.

슬픔을 딛고 일어나는 존재가 인간이다. 실패의 끝은 성공이라는 말처럼, 좌절의 늪은 우리를 영원히 가두지 못한다. 실패를 찬란하게 극복하는 인간의 모습은 그 어느 꽃보다 아름답다. 최근 가난하다고 혹은 삶이 힘겹다고 목숨을 끊는 경우가 많다. 하지만 큰 나무도 여름의 사나운 폭풍을 이겨 냈듯이 인간에게 어려움은 성숙의 과정에서 만나게 되는 삶의 일부이다. 인간에게 어려움이란 눈에 보이는 것이 아니라 마음이 만들어 내는 경우가 많다. 마음의 응어리를 내려놓으면 삶의 새로운 방편을 찾게 된다.

우리 곁에 잠시 머무는 가을은 그 슬픈 운명이 쓸쓸해서 더욱 좋다. 가을은 우리의 실패와 슬픔조차도 치유할 수 있는 쓸쓸함이 있어 좋다. 텅 빈 충만이 삶의 진리를 역설적으로 말하고 있어 감동적이다.

나는 가을을 좋아한다. 자태가 오만하지 않고 천박하지도 않은 가을을 좋아한다. 가을은 화려하지도 않으면서 청순하고 숭고한 이미지다. 마치 고결한 인격을 지닌 선비의 아내 같은 계절이다.

이 가을에 잎을 떨어내며 헐벗은 알몸으로 겨울을 준비하는 나무처럼, 나도 삶의 부스러기를 떨어내고 겨울을 준비해야겠다. 이듬해에 나이테를 늘려 더 크고 화려한 나무가 되듯, 나도 겨울을 이겨 내고 더 성숙한 사람으로 태어나고 싶다.

# 따뜻한 소통

출근길이었다. 산업도로이기 때문에 제법 속도를 내고 있었다. 아침에 욕실에서 꾸물거린 탓에 시간을 조금 줄여 보겠다고 1차로를 질주했다. 한참 가는데 저만치 앞쪽에서 2차로를 주행하던 트럭이 흔들리는 듯하더니 내가 진행하는 쪽으로 쏠린다. 순간 놀라서 브레이크를 밟았다. 다행히 그 트럭은 차로를 변경하지 않았는데, 얼마 가지 않아서 똑같이 흔들린다. 앞서도 놀랐지만, 이번에는 차가 거의 내 쪽으로 기울어서 아찔한 순간이었다.

그런데 이번에는 뒤에 따라오던 차가 상향등을 켜고 경적을 울린다. 그 차는 급기야 2차로로 와서 내 옆에서 같이 진행한다. 그리고 내 앞으로 아주 위험하게 들어섰다. 내가 조금만 빠르게 갔어도 큰 사고가 나는 순간이었다. 그리고는 앞에서 갑자기 브레이크를 밟고 서행을 한다. 놀라서 급하게 브레이크를 밟았다. 전방에 무슨 일이 있었나 보다 생각하고 뒤따랐다. 그러다가 다시 속력을 내더니 이번에는 아예 도로에 서 버렸다. 순간 놀라서 비상등을 켜고 뒤차에 경고를 하며 아슬아슬하게 섰다. 앞차는 이 짓을 한 번 더 하더니 쏜살같이 가 버린다.

아침 출근길에 엄청나게 위험한 상황이었다. 고속도로나 다름없는 산업도로에서는 한순간의 실수가 대형 사고로 이어진다. 나 하나만 위험한 것이 아니라, 다수의 피해자가 발생할 확률이 높다.

생각해 보니 이런 상황이 발생한 데는 뜻하지 않은 오해가 발단이 되었다. 내가 갑자기 브레이크를 밟은 것이 바짝 따라오던 것에 경고를 보낸 것이라고 판단한 것이다. 사실 바짝 따라가면 앞차가 이렇게 경고 및 보복을 하는 사례가 종종 있다. 하지만 나는 전혀 그런 뜻이 없었다.

우리가 일상생활을 할 때도 이렇게 오해를 하는 경우가 많다. 지난 학기에도 수업 중에 불편한 학생이 있었다. 수업 중에 집중을 하지 않았다. 몇 번 참았다가 이야기를 했다. 그랬더니 자기를 미워하기 때문에 의도적으로 피했다고 한다. 참 어이가 없다. 수업 시간에 남들에게는 따뜻하게 말했는데, 자기에게는 인상을 쓰며 혼을 냈다는 것이다. 물론 나는 기억도 나지 않는다.

운전 중에 나에게 위협을 가한 사람이나, 그 여학생은 공통점이 있다. 특정한 상황에 오해를 하고, 불편한 감정을 표출했다는 점이다. 사실 남으로부터 불신을 받을 때, 그 억울함 끝에는 나 자신의 잘못이 있을 것이라고 생각한다. 이번 상황도 그와 다를 것이 없어서 그럭저럭 참았다.

그러나 소위 오해라고 말할 수 있는 상황이 누구에게나 합리화되지는 않는다. 오해는 개인의 내면에 호소하는 감정으로, 자기 위주 편향적 판단이다. 자신의 감정과 판단은 편견 혹은 선입관이다. 자신의 섣부른 판단이나 감정으로 타인을 보는 것은 위험하다. 이는 자신이 느낀 외계의 자극을 잘못 해석하는 착각이다. 오해와 착각은 일방 통행식 사고다. 일방 통행식 사고는 미움, 불신, 불통을 낳는다.

최근 사회 이슈는 소통이다. 소통을 통해 인간관계를 회복하고 행복한 세상을 꿈꾼다. 이름 없는 학자들도 소통을 주제로 대중을 사로잡는다. 이와 관련된 서적도 많다. 소통을 위해 대화를 권하고, 마음을 여는 것을 강조한다.

우리도 소통을 하려고 무던히 애를 쓴다. 그러나 현실은 여전히 소통 부재의 시대에 살고 있다. 가족 간의 소통, 세대 간의 소통, 지역 간의 소통, 계급 간의 소통, 이념 간의 소통을 이야기하지만, 소통이 되지 않고 갈등의 골만 깊어가고 있다.

이유는 무엇일까. 그것은 소통이라는 목적에 방점을 찍고 있기 때문이다. 학교에서 소통이 안 된다고 부서에서 전 직원 소통의 자리를 마련했다. 체육관에 현수막을 걸고, 책상마다 먹을거리까지 준비했다. 하지만 그날 우리는 목적을 이루지 못했다. '할 말 있으면 해 보라'는 식의 소통에 말은 많이 오갔지만 나아진 것은 없었다. 오히려 모두 마음의 벽만 높아졌다. 소통을 한다고 마음을 열라고 강요하는 것이 원인이었다. 이런 소통이야말로 가장 후진 방법이다.

소통은 상대방과 한다. 소통은 배려다. 상대방을 배려하는 마음, 남을 이해하는 마음이 소통의 시작이다. 소통은 이야기하는 것이 아니라 이야기를 듣는 것이다. 선생님들이 이야기할 때는 흘려듣다가 둑이 무너지고 부랴부랴 자리를 만들었다. 구성원들이 아프다고 했을 때는 귓등으로 듣다가 일이 커지니까 수습하다가 사태만 더 키우는 꼴이 됐다.

올해는 겨울이 유독 춥다. 겨울 추위에 맨몸으로 서 있는 나무들을 본다. 삭풍을 의연하게 맞다가, 달빛이 오면 서로 몸을 적신다. 자신의 자리에서 묵묵히 하늘로 키를 키운다.

절대로 남에게 폐를 끼치지 않는다. 저마다 자라서 숲을 이루고 아름다움을 뽐낸다. 햇살도 독점하지 않는다. 시간이 지나면 그늘로 몸을 옮기고 다른 나무에 햇살을 양보한다. 나무들끼리 마음을 따뜻하게 나누는 숲은 배려의 세상이다.

우리도 나무처럼 숲을 이루고 산다. 마음을 나누는 따뜻한 소통이 필요하다.

# 나무 예찬

나무는 나무라야 한다. 나무를 한자로 '목(木)'이라고 하는데 이는 동의어가 아니다. 한자어 목(木)은 생명감이 없다. 목은 이미 자연에서 멀어진 우리 생활의 도구로 만들어진 느낌이다. 나무만이 살아 있다는 느낌을 준다. 나무를 한자어로 '수(樹)'라고 하는 것도 어울리지 않는다. 나무를 수(樹)라고 하는 것은 한껏 멋을 부린 표현이다. 수는 왠지 귀족적인 느낌이 든다. 외모가 빼어난 나무만을 수라고 하는 것 같아서 마음이 편치 않다.

나무는 차별하지 않은 표현이다. 나무는 나무라고 할 때 나무답다. 나무는 울림소리로만 이루어져 있어 부드럽다. 나무는 나무라야 땅에 뿌리를 내리고 있는 안정감이 든다.

우리 곁에는 항상 나무가 있다. 집 안에도 동네 마을 어귀에도 나무는 서 있다. 생활에도 나무는 필수품이었다. 집을 짓는 데도, 취사를 하는 데도 나무가 필요했다. 시집을 보낼 때도 나무로 장롱이며 함을 만들었고, 인간이 마지막으로 저승길로 갈 때도 나무에 실려서 이 땅을 떠난다.

아니, 인간은 이 땅을 떠나는 것이 아니라 나무와 영생을 꿈꾼다. 최근에 수목장이 자리 잡는다는 보도가 있었다. 이는 인간이 죽어서 나무로 돌아간다는 것이다. 죽어서도 나무와 함께 상생하고자 하는 욕망은 생전의 자연회귀를 실현하는 것이다. 결국 인간은 나무와 함께 살다가 죽어서도 나무곁으로 돌아간다.

뿌리를 땅에 내리고 머리를 하늘로 향하고 있는 나무는 인간 존재의 모습을 떠올리게 한다. 인간은 현실에 발을 딛고 산다. 나무가 뿌리 내린 땅에서 성장에 필요한 영양분을 얻듯이 인간도 현실에서 일상을 영위한다. 그러나 나무는 땅을 향해서 잎을 키우지 않는다. 무거운 몸짓을 하늘로 향하고 있다. 마찬가지로 인간도 현실에 발을 딛고 있지만 늘 이상은 저 높은 곳을 향해 있는 운명을 타고났다.

그래서 나무는 사람과 동일시된다. 뛰어난 사람을 '재목(材木)'이라고 하고 훌륭한 사람을 '거목(巨木)'이라고 비유한다. 그러면서도 나무는 인간과 다르다. 나무는 생명을 다하지 않은 영원성이 있다. 나이를 먹으면 먹을수록 늠름한 자태가 만들어지고, 풍상을 견뎌 온 의지가 돋보인다. 머리 위에 하늘을 이고 세월의 흐름에 변하지 않는 모습은 인간에게 정신적 표상이 되고도 남는다.

마을 입구에 서 있는 노거수(老巨樹)도 생명의 영원성을 느끼게 한다. 마을 어귀의 큰 나무는 마을의 수호신이다. 동네의 어려움을 다스려 주고 가족의 평안을 가져다주는 신령스러운 존재이다. 마을 사람들은 이 나무를 당산나무로 여기고 마을의 무사 안녕을 빈다.

노거수는 수백 년을 한자리에 서서 마을 사람들의 애환과 기쁨을 내려다보고 왔다. 특히 전란이 많은 우리 역사 속에서 의연하게 버텨 온 노거수는 대개 한 마을의 전설과 사연을 그대로 간직하고 있다. 노거수는 이제 마른 나무껍질이어서 생명을 움틀 것 같지 않은데, 봄이면 작은 이파리를 틔어 거대한 수관을 뽐낸다. 여기에는 정령이 있다고 믿을 수밖에 없다.

나무는 죽어서 목(木)이 된다. 목이 되면 목가구로 우리 곁에 머문다. 목가구는 아름답지 않은 것이 멋이다. 목가구는 간결하고 검소하다. 장식도 없는 것이 특징이다. 목가구는 보기에도 좋지만 부드러운 촉감 때문에 우리 머리맡에 놓고 살았다. 옛날 검소한 분위기를 연출하는 데는 목가구가 제격이다.

서양에도 목가구가 있다. 하지만 서양의 것은 주인의 신분을 과장하기 위해 화려한 장식을 한다. 반면에 우리 목가구는 장식이 없다. 단순하고 나뭇결을 그대로 따라간 장식이 전부다. 서양 목가구는 화려한 칠과 무늬가 있다. 서양의 목가구는 소유하는 사람의 부와 권위를 위한 것이지만, 우리 목가구는 만든 장인의 솜씨가 은은하게 빛난다.

서양의 것은 나이를 먹으면 화려함이 다해서 쓸모가 없다. 우리 것은 나이를 먹으면 오히려 품격이 살아난다. 서양의 가구는 힘찬 장식으로 혼자서 빛나지만, 우리 가구는 자신은 빛나지 않는다. 대신 방에서 주인의 성품을 대신하고 있다. 선비의 방에서는 인격의 격조를 높이고, 여인의 방에서는 온화하고 은은한 가풍을 만들어 낸다.

나무는 나에게 청빈을 가르친다. 폭염과 태풍 속에서 끄떡없던 잎사귀들은 어느새 서러운 빛깔로 물든다. 그리고 열매 하나를 얻기 위해 여름내 키워 온 잎을 스스로 버린다. 달빛을 받으며 순결해지는 나무는 기도의 자세로 순명을 가르친다.

눈 속에 발을 묻고, 인고의 겨울에 오히려 충만해지는 나무의 역설은 고통과 시련 속에서도 삶을 뜨겁게 사랑할 수 있는 믿음과 지혜를 준다. 추위를 온몸으로 버티며 더욱 맑아지는 겨울나무들이 인고하며 생존하고 있는 모습을 보면 새삼 삶의 의지가 아름답게 느껴진다.

무념무상(無念無想)에 잠긴 나무를 본다. 한 그루 나무가 되고 싶다. 맑은 하늘 아래 세상을 초연히 바라보는 나무가 되고 싶다.

# 나만의 힐링이 필요해

업무 때문에 깊은 산속에서 며칠 있었다. 휴대 전화까지 빼앗겼다. 그런데 입소한 다음 날 면도를 하다가 벴다. 턱 선을 따라 피가 날 정도였다. 짐이 부담이 되어 전기면도기를 가지고 오지 않고 투박한 일회용 칼날면도기를 사용한 탓이다. 업무 보안 때문에 약을 구하기도 어려웠다. 그래서 지혈을 하고 버텼다. 그런데 며칠 지나고 나니 상처 부위가 가려워지더니 어느새 나았다. 이번만이 아니다. 어릴 때 큰 상처가 아니면 아예 무시했다. 그러다 보면 낫는 경우가 많았다.

요즘은 얇은 종이에 베도 연고를 바르고 밴드로 보호를 한다. 어떨 때는 지나치다 싶은데, 당사자는 아프다고 호소한다. 물리적 상처만이 아니다. 마음의 상처도 빨리 치유하겠다고 호들갑을 떤다. 이름하여 '힐링(healing)'이라고 한다.

너도 나도 힘들다고 힐링에 마음을 기댄다. 어른부터 아이까지, 일반인부터 선생님들까지 힐링 캠프의 문을 두드리고 있다. 그림 그리기, 글쓰기, 명상 등을 통해서 마음을 달래고, 운동, 산책, 등산을 하면서 마음을 치유하고 있다. 힐링 관련 기업 마케팅도 활발하다. 힐링 강연으로 인기를 끄는 강사들이 등장했고, 서점에도 힐링 관련 책이 많이 나왔다.

힐링이 인기를 끈다는 것은 반가운 일일까. 힐링에 관심이 많다는 것은 그만큼 우리 사회에 마음이 아픈 사람들이 많다는 뜻이다. 아이들은 과도하게 경쟁에 내몰리고 있다. 행복한 학교생활을 꿈꾸지만, 폭력과 왕따의 덫이 곳곳에 있다. 대학을 졸업하고도 취업을 할 수 없고, 설사 취업을 해도 사회적 지위는 여전히 불안하다. 수명 증가로 고령화 사회가 진전되고 있는데, 노후 준비는 미흡하다.

어디 하나 만만한 것이 없다. 물질은 풍요롭지만, 풍요 속에 삶은 지쳐 간다. 정치도, 경제도, 심지어 문화도 우리를 갑갑하게만 한다. 실제로 우리나라는 OECD 국가 중에서 자살률이 가장 높다고 하니, 이런 것과 관련이 있는 듯하다.

물리적 상처는 내 의지와 상관없이 날카로움에 베어 만들어진다. 반면 우리가 만나는 마음의 상처란 우리 스스로 삶에서 필연적으로 만나는 것이다. 그것은 피할 수가 없는 상황의 문제다. 고립의 굴로 들어가지 않고 더불어 산다면 상처는 나타나기 마련이다. 이 상처도 물리적 상처처럼 그대로 놓아두면 아무는 속성이 있다. 힐링에 의지하려는 것은 상처를 빨리 극복해야 하는 조급함이 있는 느낌이다.

한편으로 우리가 갈등이 많고, 마음이 힘들다는 이야기는 삶에 충실하기 때문이 아닐까. 잘하기 위해서, 더 나은 삶을 위해서 노력하다 보니 힘들다. 배가 항구에 정착해 있다면, 그것은 배의 어떠한 역할도 못하는 것이다. 배는 바다에서 거친 파도를 이겨 내고 목적지에 도착한다. 마찬가지로 우리가 힘들다는 이유로 아무 노력도 안 하고 편안한 날을 보낼 수 있을까. 그것은 불가능하다. 삶에는 고통이 따라다닌다. 그래서 우리의 삶을 흔히 고해(苦海)라고 하지 않나.

문제는 그 고해의 성격이다. 남과 비교하여 받는 스트레스는 고해가 아니다. 95점을 받고도 100점을 받은 아이와 비교한다면 백약을 써도 행복해질 수 없다. 좋은 대학, 해외 연수, 대기업 취직의 잣대를 버리지 못하면 아픔은 계속된다. 이는 모두가 많이 얻으려는 욕심이고, 이로 인한 아픔은 치유가 불가능하다.

고해는 아픔이 아니다. 선의의 경쟁을 통해 얻는 갈등이다. 그것은 삶의 동력이다. 우리 삶에서 만나는 어려움은 성공의 필수 조건이 된다. 어려움이 있기 때문에 극복 의지가 생기고, 그 과정에 능력 이상의 성과를 만들어 낸다.

누구나 아플 수가 있다. 그때마다 힐링의 그늘 아래서 쉬면서 모든 것이 해결된다면 얼마나 좋을까. 급변하는 시대에 우리를 엄습하는 아픔은 계속된다. 이때마다 힐링 캠프에 들어갈 수도 없다. 흔히 말하는 마음의 병은 모두 자신이 만든 경우가 많다. 그래서 어떤 사람은 늪에 빠져 헤어나지 못하는가 하면, 곧 툴툴 털고 일어서는 사람도 있다. 그 차이는 생각이다. 이것이 긍정의 약이다.

살다 보면 좀 쉬고 싶을 때가 있다. 그때는 그냥 쉬면 어떨까. 몸도 마음도 놓고, 마음이 하는 대로 따라가자. 이만큼 열심히 왔다면, 이제 내 내면을 들여다보는 것도 좋겠다. 잠시 마음을 놓고, 조급한 마음을 버리자. 그리고 인정받아야 한다는 강박 관념도 내려놓자. 인정받지 못해 마음이 울적해지면 어린아이와 다를 바가 없다. 타인에게 인정받기보다 차라리 삶의 주인공인 나에게 인정을 받아야 한다. 참 열심히 살아온 자신을 사랑하고 격려할 줄 아는 삶이 곧 힐링이다.

# 행복한 삶 만들기

아침에 자리에서 일어나 서둘러 출근을 한다. 눈을 거의 감은 채로 밥을 떠 넣고, 무섭게 가속 페달을 밟는다. 교무실에 도착해서 커피를 손에 들고 컴퓨터 앞에 앉는다.

매일 다른 날이 열리지만 삶의 모습은 다르지 않다. 출근하는 시간 동안 안면이 없는 사람들인데 같은 장소에서 지나친다. 집으로 돌아올 때도 발끝으로 달빛을 차는 무게가 어제와 같다. 어찌 보면 무서운 생각마저 든다. 우리가 삶을 전개하는 것이 아니라 틀에 박힌 삶에 의해 우리가 같은 일을 반복하는 기계처럼 느껴진다.

반복되는 일상에서 출장을 가는 날은 새로운 기분이 든다. 대중교통을 이용하니 한층 여유가 있다. 산이 가을빛에 흠뻑 젖어 있다. 출근길에는 코앞 신호등만 보고 다녀 저 멀리 산자락이 치마폭을 붉게 물들이고 있는 것을 보지 못했다. 오늘은 느리게 가면서 천천히 산을 보고 있다. 도심의 공기도 이른 아침이어서인지 상쾌하다.

사람들은 어디론가 바쁘게 가고 있다. 저마다 발걸음을 재촉한다. 어디로 가는가. 가고자 하는 곳은 좋은 곳일까. 오랜만에 그리운 사람을 만나러 가는가. 혹시 나쁜 일을 해결하러 가는 것은 아닌가.

지금 학교에 있는 동료들은 나의 빈자리를 느낄까. 조직에서 나의 역할은 끈끈하게 연결되어 있었던가. 그들이 내게 주었던 관심이 메아리친다. 결국 끈끈함이란 것도 내가 쏟은 애정의 함량에 비례한다.

간혹 일상이 지루하다는 이유로 일탈을 꿈꾼다. 오늘 출장도 그런 욕구를 채워 주는 기회였다. 하지만 막상 어두워지니 집이 그리워진다. 한나절도 안 돼 집이 그리워진다. 내가 지나친 것일까. 그렇지 않다. 우리는 혼자서 집을 훌쩍 떠나고 싶을 때가 많지만, 그것은 일상이 싫어서가 아니다. 일상에서 에너지를 얻기 위한 노력이다. 나를 돌아보고, 함께 사는 사람들을 그리워하는 시간을 누렸다.

돌아오는 길에 멀리서 노을이 피곤한 하루를 접고 돌아가는 것을 보았다. 노을은 이제 사라져야 하는 슬픈 운명처럼 붉게 운다. 세상 속으로 사라져야 하는 허전함이 가슴을 스친다. 늘 보아 오던 노을빛이었는데 가슴에 잔잔하게 번져 오는 아름다움이 있다. 어린 날의 꿈만큼이나 붉게 피어오르는 노을이다.

어린 시절 학교를 다니던 기억이 떠오른다. 그때 차멀미 때문에 많이 걸어 다녔다. 그래서 혼자 학교에 다녔다. 하늘을 보고 구름을 따라 발걸음을 옮겼다. 가다가 활짝 피어 있는 꽃을 보면 위안을 받았다. 들판에 피어 있는 꽃이 마냥 신비로워 나도 모르게 저절로 황홀경에 젖었다. 길가에 코스모스가 가녀린 허리를 흔들면 공연히 가슴이 설렜다. 가을이면 노란 은행잎을 시집에 끼어 넣고 수신자도 없는 편지를 썼다.

그때는 궁핍했지만 오히려 삶이 윤택하고 활기찼다. 새 한 마리의 비상에서 꿈을 키우고, 시원한 바람 한 줄기에도 생명의 힘을 느꼈다. 아침 햇살에 빛나는 영롱한 이슬에 위안과 한없는 감동이 밀려왔다. 그늘진 곳에서 생명을 움틔우는 이름 모를 꽃을 보고 있으면 슬픈 현실도 금세 맑은 눈물방울로 떨어져 버렸다. 혼자였지만 다른 홀로인 자연과 더불어 존재의 의미를 생성했다. 그때의 삶은 모두 감동적이었다.

우리가 사는 데 여럿이 힘을 주지만, 망각의 저편에서 지워지지 않고 있는 추억도 한몫을 한다. 추억은 오랜 침묵과 고요의 힘으로 숙성시킨 시간의 향기가 난다. 그것이 슬프든 아니면 아름다운 추억이든 내 마음에 잔잔히 여울진다. 가끔 훌쩍 지난 기억의 우물에서 두레박질을 하다 보면 시간이 남긴 과거의 흔적이 떠올라 삶에 미소가 머문다.

오늘날은 세상의 변화로 풍요로움이 넘친다. 차는 홍수를 이루고, 빌딩은 하늘 높은 줄 모르고 올라간다. 우리의 가슴을 뛰게 하는 것이 새로 구입한 자동차일까. 크고 웅장한 건물이 우리를 풍요롭고 행복하게 하는 것일까.

우리의 삶이란 큰 집이, 그리고 새로 산 자동차가 다 채워주지는 못한다. 인간의 삶이란 늘 부족함이 있기 마련이다. 인간이기 때문에 남과 비교해 모자람을 느끼고, 바라는 것도 많다. 간혹 많이 가진 것처럼 보이는 사람도 내심 남모르는 결핍에 괴로워한다.

사람들은 자신의 부족감에 크게 실망하기도 한다. 하지만 결핍은 인간만이 가지는 모습이다. 결핍은 우리를 슬프게 하는 것이 아니라 우리를 꽉 차게 하는 밑거름이다. 인간은 부족함을 알기 때문에 소원의 씨를 뿌리고 열매를 맺게 된다. 거센 눈보라 속을 헤매면서도 마음의 밭에 기대를 담은 따뜻한 바람의 풍차가 돌아가기 때문에 삶에 힘이 솟는다. 이처럼 비워지고 채워지는 순환의 반복이 우리의 삶이다.

# 버리는 마음이 순결하다

대학 때 조병화 선생님이 다시 그리워진다. 선생님의 수업은 감동 그 자체였다. 선생님은 문학 이론을 가르치시기보다는 문학에 대한 열정을 심어 주셨다. 인생을 가르쳐 주셨다. 그뿐인가. 선생님은 한없이 무엇인가 주시는 분이었다. 신간 시집이 나오면 헌사를 써 주시고, 수필집이 나오면 제일 먼저 주셨다.

선생님의 사랑은 거기에서 끝나지 않았다. 대학 졸업 후 편지 왕래를 했는데, 어느 날 붓글씨를 써 주셨다. 선생님의 스물두 번 째 시집『남남』에 실려 있는 시였다. 선생님의 인자하신 모습처럼 글씨 또한 따뜻함이 그대로 묻어 전해왔다.

*버릴 거 버리고 왔습니다.*

*버려선 안 될 거까지 버리고 왔습니다.*

*그리고 보시는 바와 같습니다.*

*–「나의 자화상」*

나는 이 글을 액자에 넣어 책상머리에 걸어 두었다. 내 생활의 방편으로 삼았다. 거창하게 이야기하면 내 인생의 지표이고, 가훈이 되기도 했다.

'버림'의 철학을 말씀하셨지만, 사실 인간은 '버림'에 익숙하지 않다. 인간은 본능적으로 외부로부터 얻어야 살 수 있다. 먹는 것부터, 남보다 좋은 것, 맛있는 것을 먹으려고 한다. 집도 커야 하고, 차도 좋은 것에만 눈을 둔다. 그래서 바다는 메워도 사람의 욕심은 못 메운다는 말까지 있다.

많이 가지려는 욕심이 인간을 그릇되게 만든다. 매일 신문을 장식하는 권력가의 몰락도 한없는 욕심의 끝이 만들어 낸 슬픔이다. 자기가 충분히 누리고 있는 데도 더 차지하려다가 몰락의 낭떠러지로 추락한다.

욕심은 인간만이 가지는 본능이라고 하는데, 이것은 인간에게 절대로 유익한 정서가 아니다. 욕심은 그 속성이 영원히 만족을 주지 못하기 때문에 사람을 소리 없이 죽게 한다.

인간은 존엄하다고 하지만 욕심 앞에서는 한없이 나약한 존재일 뿐이다.

인간은 누구나 불안, 공포, 근심, 걱정, 아픔 등을 안고 살아간다. 그러나 많은 사람은 자신에게 닥친 불행을 슬기롭게 극복한다. 그런데도 그 아픔의 무게를 감당하지 못해 정신까지 놓은 경우가 있는데, 그들은 욕망에 자아를 지배당하기 때문이다. 우리를 힘들게 하는 아픔이라는 것도 생각의 전환만 가져오면 쉽게 해결된다.

인간의 본능을 알기 때문에 성인(聖人)들은 버리는 철학을 말한다. 물질의 욕심뿐만 아니라 정신세계도 훌훌 털어 버리는 삶의 지혜를 말한다. 종교인의 수행도 마지막 단계는 버리는 것에 집중되어 있다.

심오한 철학적 배경으로 말할 필요도 없다. 신산한 삶의 시름을 풀어내는 방법은 마음의 짐을 버리는 것이다. 하루의 피로를 풀고 여유를 누리면 오히려 내적 충만으로 마음이 풍요로워진다. 세상과 잠시 단절하고 나의 내면을 들여다보면 사위가 적막해진다. 정신 또한 청량함이 인다.

인간이 오래 살고 생을 마감하는 것도 더 이상 얻을 것이 없어서 스스로를 버리는 것이다. 태어날 때 맨몸으로 태어나듯 돌아갈 때 빈손으로 돌아가는 것이 삶의 이치이다. 실제로 인간은 살아가면서 얻는 것보다 잃게 되는 것이 더 많다. 그렇다면 인간은 본질적으로 버리며 살아야 하는 역설적인 존재이다.

오늘날 우리는 과거보다 생활이 편리해지고 물질적 풍요를 누리면서 산다. 그러나 우리는 가슴 한구석에 구멍이 뚫린 듯 살고 있다. 늘 더 많은 것을 바라보고 살고 있기 때문이다. 자신의 형편이나 수준을 벗어난 소유욕은 남과 비교되어 굴욕감과 수치심으로 밀려온다.

그나마 다행이라면 최근 우리 삶의 모습에 새로운 바람이 불고 있다는 점이다. 나눔의 문화가 확산되고 있다. 가진다는 것은 나눔을 위한 예비이다. 재산을 모으는 것보다 욕망을 줄이는 일이 더 쉽고 풍요롭다. 한 모금의 물도 혼자 가지고 있으면 썩어 버린다. 하지만 목마른 사람에게 나누어 주면 생명수가 된다.

우리는 간혹 복잡하고 화려한 세상을 좋아하는 것 같지만 텅 빈 마음에서 위안을 얻는 경우가 많다. 사람도 많이 가지고 있는 사람은 대하기가 힘들다. 욕심이 없고 마음이 맑은 사람이 좋다. 버리지 않으면 그 무게에 짓눌려 헤어날 수 없다. 권력도 버려야 하고, 명예도 버려야 한다.

마음에 공깃돌만 한 욕심도 내려놓아야 한다. 나를 조금씩 버리며 우화(羽化)를 꿈꿔라. 욕심이 없는 마음이 순결해지고 신성한 나를 만든다.

# 꿈을 꾸면 누구나 젊은이

학생들이 지식을 배우는 것도 중요하지만 무엇보다도 꿈을 지니게 해야 한다. 학창 시절에 꿈을 갖는 것은 삶의 목표를 정한다는 것이다. 목표를 정해야 자신의 미래를 위해 주체적인 삶의 자세를 갖는다. 꿈을 지니고 성취 의식을 갖게 되면 학업은 저절로 일어난다.

학생들을 독려하기 위해서 먼저 내 자신의 꿈을 말한다. 가깝게 혹은 멀게 구체적으로 말해 준다. 그런데 간혹 아이들이 내가 꿈을 가지고 있는 것을 이해할 수 없다고 한다. 나는 교사가 되었으니 꿈이 있을 수 없다는 것이다. 아이들은 꿈과 목표를 혼동하고 있다.

얼마 전 연수를 받았는데, 그 강사도 비슷한 이야기를 했다. 강사는 학생 지도에 가장 중요한 것이 꿈을 지니게 하는 것이라고 한다. 꿈이 있으면 학교 폭력도 줄어든다는 주장을 했다. 스스로 꿈을 키우는 학생은 자아존중감이 높고 그런 학생은 학교생활이 행복하고 즐거워 학교 폭력과 멀리 있다. 학교 폭력 피해 학생도 꿈을 통해 자존감을 높여 주면 역시 같은 결과라고 한다. 일반적으로 학교 폭력은 교육 과정, 수업, 동아리 활동에서 대책을 찾는데, 강사의 관점과 방법이 선생님들의 머리를 끄덕이게 했다.

그런데 강사가 강의 도중에 '선생님들은 연세가 들어 꿈을 지니기 쑥스럽지만'이라는 말을 한다. 이 표현에는 나이가 지긋한 사람은 꿈을 지니는 것이 이상하다는 뜻이 담겨 있다.

꿈이 청소년의 전유물이라고 생각하는 것은 잘못이다. 생체 나이와 관계없이 누구에게나 꿈이 있다. 성인이 되어서도 더 큰 꿈을 품을 수도 있다. 사람은 늙고 나이 들어서 꿈을 꾸지 못하는 것이 아니라, 꿈을 꾸지 않으면 늙는다. 꿈을 품고, 그 꿈을 실현하기 위해 의지와 노력을 보인다면 그 사람은 나이와 상관없이 젊다.

시인 김현승은 꿈에 대해 '언제나 내 갈 길을 손짓하여 주는 / 나의 꿈은 영원한 깃발 / 나의 영원한 품'이라고 표현했다. 꿈은 삶을 이끈다. 어렵고 힘든 사람도 자신의 꿈이 삶의 지표가 된다. 꿈이 있는 사람은 늘 자신의 삶에 애착을 갖게 된다. 꿈이 있는 사람은 자신이 만든 비전을 향해 끊임없이 선택하고 행동하며 실천하는 가운데 아름다운 열매를 거둬들일 수 있다. 꿈이 있는 사람은 인생을 즐긴다.

생각해 보니 내 삶을 이끈 것도 꿈이다. 고등학교 때 방황하다가 담임 선생님의 지도를 받았다. 선생님은 국어를 가르치셨는데 시인이었다. 수업 시간에 늘 당신이 쓰신 시를 읽어 주셨다. 그래서 나도 국어 선생님이 되고 싶었다.

선생님이 되고도 내 꿈은 계속 성장했다. 당시 담임 선생님처럼 문단에 등단해서 글을 쓰고 싶었다. 그리고 여전히 좋은 글을 쓰고 싶은 소망도 지지 않고 있다.

미당 서정주가 자신을 키운 것은 8할이 바람이라고 했는데, 나를 키운 것은 8할이 꿈이다. 꿈은 내면에 자리한 성장 에너지다. 꿈이 있어 아이들 앞에서 오랫동안 서 있을 수 있다.

고백하지만 나란 위인은 참으로 평범하다. 남보다 나은 능력이 없다. 교직에 발을 디딜 때도 남들보다 늦었고, 어렵게 했다. 부끄럽지 않게 온 것은 꿈이 있어 가능했다. 어제보다 더 나은 선생님이 되겠다는 구체적인 꿈이 있었기 때문이다.

꿈을 향한 도전은 남과의 경쟁이 아닌 나와의 경쟁이기 때문에 아름답다. 남과의 경쟁은 늘 패배감을 만난다. 그것은 이겨도 져도 상처가 남는다. 나와의 경쟁은 벽을 만난다. 꿈이 크면 벽도 커진다. 이 벽은 성장을 위한 대가이다. 따라서 벽을 만나도 피하지 않고 기꺼이 극복의 과정으로 받아들인다.

꿈은 새싹처럼 늘 힘차게 약동하는 생명력을 지녔기 때문에 우리를 성장하게 한다. 꿈은 노력, 열정, 용기, 자신감을 생산한다. 이것이 삶의 활력이 된다. 꿈은 변화의 시작이다. 꿈은 자신감 위에 피는 인생의 꽃이다. 누구나 성공을 꿈꾼다. 그러나 성공은 출세, 막대한 부를 이루는 것이 아니다. 너무도 평범한 말이지만, 꿈을 키우는 사람만이 진정한 성공을 만난다.

# 어쩌다 꼰대

며칠 전 동료 선생님들과 식사를 했다. 학교도 뭐가 그리 바쁜지 오래전부터 하자던 모임을 어렵게 했다. 내친김에 카페에서 커피를 앞에 놓고 이런저런 이야기를 나눴다. 나란 위인은 워낙 말이 없는 탓도 있지만, 나이 먹고는 다른 사람들의 이야기를 들으려고 노력한다.

이날도 주로 선생님들의 이야기를 들었다. 선생님들이 집안 이야기를 하면, 크게 공감하고 짧게 말하는 것이 전부였다. 젊은 여선생님이 블로그 이야기를 할 때도 분위기를 맞추기 위해 맞장구를 치고, 웃는 것으로 내 역할을 다했다.

그런데 갑자기 그 여선생님이 "수석선생님도 블로그에 글을 남기고 그러시나요?"라고 묻는다. 여선생님의 질문은 답을 하지 않아도 된다는 느낌을 받았다. 말없이 앉아 있는 나에게 그냥 인사치레로 물었다는 느낌도 있었다. 순간 짧게 답하는 것보다 정확한 정보를 전달하는 차원에서 말해야겠다는 마음이 일었다. 그래서 가끔 좋은 글은 꼼꼼히 읽고, 피드백을 한다는 답을 했다. 교육 관련 콘텐츠가 풍부한 블로그도 소개했다.

그랬더니 놀라는 표정으로 "신세대시네요!"라고 규정한다. 순간 오기가 나서 블로그를 직접 운영하고 있고, 페이스북과 연동되어 있어 방문객이 많다는 자랑을 했더니 못 믿을 상황이라도 벌어진 듯, 좌중에 큰 소리로 떠든다. 모두 의외의 상황을 만났다는 듯 눈빛이 모아졌다.

이런 상황을 두고 뭐라고 해야 하나. 이것은 편견이다. 흔히 사람이 사람을 상대할 때는 그 상대방을 집단이 지닌 속성으로 범주화하게 된다. 그들은 내 겉모습을 보고 컴퓨터를 하지 못할 것이라고 선입견의 그물을 씌웠다. 머리가 반백이니 나도 컴맹일 것이 분명하다고 규정하고 자기들만의 그물에 가둬 놓고 있었다.

이는 나란 위인에 대한 검증 없이 던진 말이다. 내면에 자리하고 있는 고정관념을 표출한 것이다. 편견이나 고정관념에 의한 언행은 자기도 모르는 새에 튀어나온다. 이는 심리적 과정이지만, 말하는 사람의 입에서 나오는 순간 은근한 형태의 차별을 드러낸다. 심리에는 개인이나 집단들에 대한 부정적이고 적대적인 태도도 깔려 있다.

'외모가 부각되지 않으면 실력이 모자랄 것이라고 생각한다.', '아주머니는 운전이 서툴다.', '동남아 사람들을 보면 가난할 것 같다.', '특정 지역 출신들은 다 그렇다.' 등의 사고방식이 같은 유형이다. 따라서 이런 생각을 입 밖에 드러내는 것은 각별히 주의해야 한다. 말하는 사람은 의도하지 않았지만, 노골적인 차별 의식이 담겨 있기 때문이다.

내 나이 또래를 젊은 사람들이 '꼰대'로 부르는 것도 같은 맥락이다. 꼰대는 젊은 사람들에게 사사건건 이래라저래라 지시한다. 내 생각을 젊은 사람들에게 강요한다. 내 생각과 다를 때 '요즘 젊은 사람은…' 하면서 탓한다. 자신의 생각에 잘잘못을 따질 생각이 없고 세대 차이로 규정한다. 업무 처리 등의 능력보다는 태도, 복장 등 외적인 것으로 평가하는 것을 좋아한다. 자신은 젊었을 때 목숨 바쳐 일했는데, 요즘은 그런 사람이 없다고 생각한다.

인간관계는 나이 · 성 · 직업 · 수입 등에 따라 양상이 달라진다. 특히 현대인은 직업을 갖고, 그 조직에서 지위나 역할을 부여받는다. 그러다 보면 필연적으로 상하 관계 등의 구분이 생긴다. 여기서 꼰대 문화가 나올 확률이 높다.

대개 꼰대라고 지칭하는 것에는 꽉 막혀 있다는 전제가 깔려 있다. 소통할 줄을 모르고 자기주장이 강하다. 남의 의견을 받아들이지 않고, 자기 의견만 옳다고 여긴다. 자연 훈계조나 명령조로 말하기 일쑤다. 지위가 높다고 자신의 생각을 사람들에게 강요하는 것이 꼰대의 전형이다. 의견이 대립할 때 나이로 상황을 제압하는 것도 마찬가지다.

꼰대는 우리말 같지 않는 느낌인데, 국어사전에 실려 있다. 은어로, '늙은이'를 이르는 말이다. 그리고 학생들의 은어로, '선생님'을 이르는 말이다. 실제로 어릴 때 우리끼리 선생님을 이렇게 부르던 기억이 있다. 그러고 보면 나는 여지없이 꼰대다. 나이도 차고 있고, 직업도 들어맞는다.

나는 꼰대이기를 거부한다. 우선 어감이 안 좋다. 늙은이라는 것도 억울하다. 젊은 사람들이 말하는 꼰대의 이미지를 거부하려고 부단히 노력했다. 가장 먼저 나는 젊은이처럼 살려고 노력한다. 젊은이처럼 산다는 것은 끊임없이 호기심을 갖고 배우는 일이다. 쥐꼬리만큼 가지고 있는 지식이 위태로워 늘 공부를 한다. 곰팡내 나는 생각도 참신하게 하려고 책을 가까이한다. 공부는 젊은이에게 많이 전해 주려고 한 것도 아니다. 나이 들어가면서 내면이라도 살찌울 수 있는 길을 모색한다.

나이 먹은 사람들의 최고 덕목은 남의 이야기를 들어 주는 것이다. 내가 이야기하는 것보다 남의 이야기를 다양하게 들을 때 현명해진다. 자기를 돋보이는 것보다 다른 사람의 삶에 관심을 갖고 따뜻한 시선을 보일 때 내 삶은 어느덧 빛날 수 있다. 내 삶을 구구하게 설명하면 구차하다. 그 자체로 빛나면 감동이 있다.

나이 들수록 중요한 것은 누구에게 보이는 것보다 나 스스로 내면을 채워야 한다는 점이다. 세상에서 가장 쉬운 것이 남을 평가하는 일이다. 가장 어려운 것은 나를 평가하는 것이다. 그렇다면 나이에 맞게 어려운 일에 도전하는 삶을 영위해야 하지 않을까.

나를 스스로 평가해야 바르게 살려고 노력한다. 물론 평가의 잣대도 내가 만들어야 한다. '나는 주변 사람에게 따뜻한 사람인가. 나는 어린 사람들의 눈에 어른으로 보일까. 나는 제대로 살아가고 있는가?'라고 끊임없이 내 자신에게 물어야 한다. 그렇지 않으면 누구나 어쩌다 꼰대가 된다.

# 남의 떡만큼 내 떡도 크지 않을까

새해 들어 주변에서 좋은 소식이 들린다. 나이가 비슷한 친구 몇 명이 교감 연수 대상자가 되었다. 후배는 장학사로 부임한다. 회사에 다니는 친구는 이사 자리에 올랐다. 가까운 친척 딸은 고려대학교 의과대학에 합격했다고 한다. 작년 실패했을 때는 이야기도 못 붙였는데, 엊그제 모임에서는 목소리가 쩌렁쩌렁한다. 직장에 또래 선생님이 상가 건물을 하나 샀다는 소문도 풍선을 타고 떠다녔다. 모 선생님의 아들이 서울대학교 대학원에 진학했다는 소문은 작년 겨울에 시작되었는데 여전히 이야깃거리가 되고 있다.

부럽다. 모두 내가 이루고 싶은 성과이다. 나뿐만이 아니다. 내 나이에 이르면 누구나 승진과 자식 걱정, 돈 버는 것에 마음을 둔다.

그런데 요즘 주변의 좋은 소식을 접하면서 갑자기 마음이 뒤틀렸다. 사촌이 땅을 사면 배가 아프다더니 내가 그 짝이다. 그들과 나를 저울에 올려놓고 있자니 자꾸만 처진다. 저들은 저렇게 잘되는데 나는 왜 잘되는 일이 없을까. 내 자신이 한없이 초라해진다. 내 딴에 같이 달려왔지만 그들만 높은 자리에 섰다는 자괴감도 인다. 남의 떡이 커 보인다고 하더니 그들의 떡만 크게 보이는 착시 현상인가.

엊그제도 친구 놈 집에 다녀왔다. 부부 동반 모임이다. 집들이를 한다고 오래전부터 날짜를 주었다. 친구들도 오랜만에 만나서 좋았다. 그런데 돌아오는 길에 차 안에서 아내와 무거운 마음에 뒤척였다. 45평 아파트의 넓은 평수가 마음을 공허하게 했고, 고급 가구의 화려함이 마음을 헝클어뜨렸다.

친구 부부는 맞벌이로 고생도 많이 했다. 성실하게 노력한 결과니 축하도 해 주고 함께 기뻐했다. 주변 사람들의 좋은 일도 마찬가지다. 그들이 성실하게 노력해 온 삶의 결과이다. 내가 부러워하되 자존심을 내세울 필요가 없는 일이다.

그런데도 마음에는 자존심이 무성해지고 수그러들 기미가 보이지 않는다. 자존심이 이제는 패배감으로 일어나 나를 억누르고 있다. 어떻게 해야 하나. 엉뚱하게 미움의 감정도 싹트고 있다.

갑자기 내가 힘들어졌다. 의욕도 없고 즐거운 일도 없다. 직장에서는 웃음을 잃었다. 집에 돌아와서는 헌 옷 구겨지듯이 쓰러졌다. 그림자조차 꾸부정하게 드러누웠다.

이 생각 저 생각을 휘적거리면서 법정 스님이 남긴 무소유 화두를 만났다. 물건의 노예가 아닌 주인이 되라고 한 말씀이 가슴을 울린다. 무엇인가 갖는다는 것은 다른 한편 무엇인가에 얽매인다는 뜻이다. 그러므로 많이 갖고 있다는 것은 그만큼 많이 얽혀 있다는 뜻이다. 내가 남의 떡 크기에 집착하는 것도 다른 바가 없다. 이것도 결국은 탐욕에 얽혀 있다는 뜻이다.

생각해 보니 인생이 참 힘들다. 나이를 먹어도 좀처럼 나아지지 않는다. 웬만한 일은 그럭저럭 햇수가 지나면 이골이 나고 전문가가 되는데, 삶은 해를 거듭할수록 더 어렵게 한다. 나이를 먹어도 가지고 싶은 것은 많고, 남의 것과 다른 나의 모습에 슬퍼한다.

우리는 이미 충분한데 부족하다는 생각에 살고 있다. 좋은 직장에 다니면서 더 많은 연봉에만 눈을 둔다. 아이들이 자기 삶에서 몫을 다하고 있는데, 좋은 대학만 바라고 있다. 최선을 다하고 있으면 된다. 누구나 최고가 될 수는 없다. 조금 부족하다고 해서 실패한 것이고, 최고만이 성공은 아니다.

물론 돈을 많이 버는 것, 높은 자리에 오르는 것도 인생에서 중요한 부분이 될 수 있다. 그러나 인생의 진정한 의미는 보다 더 만족한 자기를 찾는 데 있다. 가치 있는 자기를 찾는 것이 인생의 의미 있는 길이다. 남에게 휘말려 살아가는 짓은 불행이라는 생각이 든다. 나도 그랬지만, 우리 주변에는 남의 흉내만 내며 불행하게 살아가는 사람이 많다. 삶은 일생에 단 한 번이다. 한 번뿐인 인생을 남에게 얽매여 산다면 너무 억울하고 부질없는 짓이다.

어쩌면 너무도 평범한 진리를 가까이에 두고 멀리에서 생활의 보람과 삶의 가치를 찾아 헤매고 있는 것이 아닐까. 남의 떡이 큰 만큼 혹시 내 떡도 크지 않을까. 친구 놈이 내 등에 대고 '난 네 처가 집에 있는 것이 더 부럽다.'라고 한 것처럼, 내가 남의 떡을 부러워하듯 분명히 내 떡도 크게 보는 사람이 있다.

비록 자기의 작은 행복이라도 그것이 삶의 아름다운 열매가 된다. 나도 열심히 살았다면 많이 성취하지 못했어도 값진 것이다. 삶의 행복은 자기가 심은 씨앗의 열매이다. 삶이 때때로 비틀거리고 만족스럽지 못할 때도 그 아픔을 치유하는 순간에는 아름다운 눈물이 흐른다. 그래서 우리는 그 아픔까지도 사랑해야 하는 운명을 지닌 채 살아간다. 그것이 우리의 삶의 모습이 아닐까.

# 삶의 굴곡도 아름답다

인생은 고행(苦行)이라고 한다. 그만큼 힘들다는 이야기다. 실제로 삶은 쉽지 않다. 세상의 길은 거칠고 험하다. 삶의 소소한 순간도 늘 흔들리며 간다. 개인이 몸만으로 그 길을 모두 감당하는 것은 여간 힘겨운 것이 아니다. 살다 보면 경제적 어려움도 밀려오고, 뜻하지 않은 불행도 만난다. 인간이기에 생기는 증오, 질투, 불신, 냉담, 탐욕이 마음을 휘젓고 삶을 흔든다. 상황에 따라서 마음을 추스르며 극복할 경우도 있지만, 발버둥을 쳐도 벗어날 길이 없을 때도 많다.

사람들은 당당하게 살아가는 듯하지만 들여다보면 안타까운 삶의 모습이 담겨 있다. 나도 요즘 부쩍 삶의 고통을 지고 있다. 우선 아버지의 병환 때문에 마음고생을 많이 한다. 치매가 벌써 다섯 해를 넘었다. 요즘 그 증세가 심하시다. 아내와 나도 걱정스럽지만 함께 사시는 어머니는 매일 가슴을 적시고 계신다.

아내와 나도 마찬가지다. 평생 청춘 같은 몸일 줄 알았는데, 어깨며 허리로 손이 자주 간다. 해를 거듭할수록 먹는 약도 많아진다. 두 녀석은 어떨까. 입 밖에는 내지 않지만 저들도 고민이 많을 것이 분명하다.

운전 중에 라디오를 자주 듣는다. 그중에 청취자와 전화 연결하는 경우가 많다. 이상하게도 연결된 사람들은 사연이 깊다. 어제도 서른여섯 때 혼자된 아주머니 이야기가 울컥 눈물을 쏟게 한다. 남편이 갑자기 심장마비로 세상을 떠나고 혼자 3남매를 키운 이야기였다. 또 하나는 이제 마흔을 넘긴 가장이 고치기 힘든 병에 걸렸는데, 아내마저도 극복할 수 없는 병에 걸렸단다. 스물도 안 된 두 딸이 병원비며 생활비를 벌고 있다는 이야기다.

모르는 사람들의 이야기지만, 내 한쪽 가슴이 미어져 온다. 말할 수 없을 정도로 슬프다. 참으려고 해도 눈물이 그치질 않는다. 그들의 삶에 닥친 불행이 눈물을 흘리게 할까. 나는 그들을 덮친 불행도 안타깝게 느끼지만, 그들의 가족을 사랑하는 마음에 눈물을 흘리고 있다. 아픔과 몸 부비며 살아가는 눈물겨운 삶이 나를 감동으로 몰아넣고 있다.

세상을 살아가자면 눈물 날 일이 많다. 하지만 대다수 사람들은 봄철에 씨를 뿌리듯 슬픔도 묻어 두고 자신의 삶을 묵묵히 가꾸어 간다. 불평도 없다. 포기할 줄도 모르고 걸어간다. 겉으로 보기에 금방 포기해야 할 사람들이 오히려 감동을 준다. 팔다리가 불편해 먹고 입고 하는 것조차 불가능해 보이는 사람이 초인적인 능력을 보인다. 다리가 없는데도 온 힘을 다해 달리면서 지친 사람들을 부끄럽게 한다.

어머니가 고통을 받아들이시는 것도 고개가 숙여진다. 아버지가 교통사고로 머리를 심하게 다치셨을 때, 나는 가해자를 용서할 수가 없었다. 그러나 어머니는 가해자는 아랑곳하지 않고 아버지를 지키셨다. 치매가 점점 심해질 때도 나와 아내는 아버지를 요양원으로 모시고 싶었다. 아버지보다 어머니를 위해서였다. 그러나 어머니는 그 일을 감당하시겠다고 의지를 보이신다. 당신 몸도 오랜 질병으로 쇠약하신데, 아버지와 함께 있기를 원하신다. 어머니는 아버지의 치매를 병으로 인정하지 않으신다. 당신이 감당해야 할 운명으로 생각하신다.

불행은 우리를 힘겹게 하지만, 사람들은 그 불행 속에서 자신의 역량을 최적으로 꾸며 대응하고 산다. 우리는 모두 같은 인간이지만 다른 존재다. 우리가 보기에 불행한 사람처럼 보일 뿐이지, 그들은 절대로 불행하지 않다. 행불행을 따질 겨를도 없이 그들은 자신의 삶을 향해 뜨겁게 가고 있다.

자신의 소중함을 깨닫는 것이 행복의 시작이다. 나를 최고로 사랑하는 사람만이 단 한 번뿐인 인생을 뜨겁게 살아간다. 그들은 자신이 그 누구와도 바꿀 수 없는 소중한 존재라고 생각한다. 그래서 자신을 사랑하는 삶을 살고 있다.

'심상사성(心想事成)'이라는 말이 있다. 『금강경』에서 읽을 수 있다. 이 말처럼 우리의 세상살이는 마음먹은 대로 이루어지는 경우가 많다. 불행이란 것도 어느 것이 불행인지 엄격히 가리기 힘들다. 우리의 삶에서 이런 것을 가리기 위해 시간과 정력을 낭비할 필요도 없다. 삶이란 이유도 해석도 붙일 필요가 없다. 그저 살아야 한다. 경험해야 한다. 이것저것 따지는 것은 부질없는 생각으로 소중하고 신비로운 삶을 낭비하는 꼴이다. 머리로 살지 말고 온몸으로 뛰어들어야 한다.

삶은 과거도, 미래도 아니다. 오직 현재다. 열심히 사는 것이 진리다. 우리가 산다는 것은 그때그때 한 번뿐인 새로운 삶이다. 이 한 번뿐인 삶에 쓸데없는 고민으로 허비한다면 이것이 불행이다. 갑자기 다가온 불행을 한탄하고 원망만 한다면 고통은 가시지 않는다. 불행을 이겨 내기 위해서 일어서는 용기가 필요하다.

산에 오르면 몸이 뒤틀린 고목을 보게 된다. 혹독한 바람과 추위를 이기지 못해 몸까지 굽어졌다. 그러나 고목은 굽은 흔적이 멋있게 보인다. 부드럽게 누운 몸의 곡선이 운치가 있다. 고통에 굴복하지 않고 성장한 고목에서 생명의 경의를 만난다.

우리의 삶도 순탄하지 못한 경우가 많다. 입 밖에는 내지 않지만 비명을 지르고 싶은 때가 많다. 그때마다 우리가 무릎을 꿇었다면 삶의 아름다운 곡선을 만들지 못한다. 역경의 바람과 싸워야 하는 것이 우리의 삶이다. 좋은 쇠는 뜨거운 화로에서 단련된 다음에 나오고, 매화는 추운 고통을 겪은 다음에 향기를 발한다. 마찬가지로 고통을 극복한 사람이 삶을 뜨겁게 산다.

# 친구의 은퇴 일기

대기업에 다니던 친구가 명퇴를 했다. 그는 사범대학 동기지만 우리와 다른 길을 갔다. 우리가 군에 갈 때 학군단(ROTC) 지원을 하고, 장교로 입대했다. 그리고 제대하면서 대기업 증권사에 들어갔다. 주식 시장이 좋을 때 강남 대치동에서 일했고, 지점장까지 했다.

이력에서 보듯 그는 우리 동기 중에 제일 잘나갔다. 그때는 학군단 합격도 실력이었다. 지원자가 많으니 학점도 좋아야 했고, 시험을 통과해야 했다. 우리 모두 학교로 갈 때 그 친구는 대기업으로 갔다. 그것도 우리나라에서 첫째가는 증권사였다. 소문에 의하면, 그 기업은 직원 평균 연봉이 우리나라에서 제법 많은 축에 속했다.

사실 친구는 입사 순간부터 순탄치 않았다. 사범대학 국어 교육과 출신으로 증권 업무를 하는 것이 쉽지 않았다. 입사 동기들은 업무에 맞는 공부를 하고 들어와서 일하기 쉬웠지만, 그는 아니었다.

그러나 역시 인간의 능력은 학력이나 조건이 아니다. 친구는 장점이 많았다. 그는 정신적으로 육체적으로 건강하다. 그 건강에서 무한대의 에너지를 창출하여 삶을 주도한다. 곁에 있는 친구가 어깨라도 처지면 특유의 입담으로 상대방의 기운을 북돋아 주는 능력도 있다. 남을 포용하고 이해하는 마음도 부럽다. 성실성을 바탕으로 일하기 때문에 늘 믿음을 준다. 그의 이런 성격은 증권 영업에 딱 들어맞는다.

그가 품은 희망의 크기도 한몫했다. 자신의 부족함을 노력으로 극복하고 끈기 있는 노력으로 자신만의 능력을 만들었다. 우리는 친구가 생소한 증권 회사를 선택한 것을 늘 걱정하고 안타까워했는데, 친구는 보란 듯이 지점장까지 했다. 걱정과 달리 그 바닥에서 어느 정도 성공을 했다.

그런데 문제는 나이였다. 50 중반에 들면서 밀렸다. 더 오르는 사람도 있지만. 특별한 능력이 아니면 거기까지는 힘들다고 한다. 그러니까 친구가 밀린 것은 무능력이 아니라 신체적 나이다. 그것도 물리적 나이라기보다는 요즘 회사에서 정하는 심리적 나이의 개념에서 설 자리를 찾지 못했다.

나이 이야기가 나왔으니 말이지, 50 중반은 한창 일할 나이다. 정부에서도 55~64세를 가리키던 '고령자'라는 말을 '장년(長年)'으로 한다는 보도가 있었다. 이때 쓰이는 장년은 경험이 많고 생체적 · 정신적 노동을 하기에 충분한 시기라는 뜻이라고 했다.

인생에서 장년은 멋진 시기다. 이맘쯤이면 얼굴뿐만 아니라 마음속에도 삶이 남긴 회한과 근심의 주름이 있다. 이 주름은 삶의 지혜와 넉넉함으로 자리한다. 따라서 이 나이에 하는 말은 따뜻함이 있고, 판단력에도 신뢰성이 간다. 분노를 다스릴 줄 알고, 갈등을 슬기롭게 해결하는 삶의 철학이 있다.

핑계는 나이지만, 팍팍한 사회 구조 탓도 있다. 신자유주의 시대에 기업이 살아남기 위해 인력 감축을 자주 단행한다. 그 후 우리 사회에 사십대, 오십대 나이에 퇴직이 보편화되었다. 친구의 퇴직도 경기 둔화가 장기화되면서 나타난 그늘이다.

아무튼 그는 쫓겨나듯 회사의 문을 나섰다. 그런데도 누구를 원망하는 기색이 없다. 벌써 새로운 삶을 준비하고 있다. 작지만 농토를 구했다고 한다. 그리고 회사 생활 때처럼 새벽부터 밭으로 간다. 농약이나 비료를 쓸 줄 모르니 눈에 띄는 것은 잡초뿐이다. 특별한 농기구도 없이 손으로 농사를 하다 보니, 일하다 보면 어느새 어둠이 뒤덮여 있다.

친구는 늘 그랬던 것처럼 의기소침한 구석이 없다. 오히려 얼굴이 밝다. 이제 경쟁의식도 없고, 조바심의 페달도 밟지 않아 좋다는 모습이다. 자연과 친구가 되어 사는 느림의 삶이 한없이 좋다는 얼굴이다. 나이 들어 낮게 사는 모습도 소박해 보인다.

세상을 살면서 사람을 만나고 헤어지는 과정에서 여러 사람을 알게 된다. 어떤 사람은 만나면서 점점 싫어지는 경우가 있다. 그러나 그 친구는 늘 따뜻했다. 정열적인 삶이 나를 돌아보게 했다. 오랜만에 만나기로 하면 만나기 전부터 기다려졌고, 그를 만나고 일상으로 오면 한참 동안 나도 열심히 살게 되는 것을 느낀다.

그는 지금 또 우리에게 가르침을 준다. 자신은 그동안 너무 일에만 빠져 살았다고 한다. 나이가 들고 후회가 많이 인다고 한다. 이제라도 가족과 잘 지내고 싶다고 한다. 아등바등 살았는데, 자기를 발견하는 취미를 갖고 싶다고 했다. 그리고 우아한 말년을 보내려면, 가정에서부터 성공하라고 한다. 아내로부터 자식으로부터 부모에게 인정받지 못한 성공은 성공이 아니라고 제법 그럴듯한 말을 한다.

친구의 퇴직 이야기를 하니, 주변에서 정년이 보장된 교직에 있는 나는 복 받은 것이라는 평을 한다. 그러나 나는 오히려 친구가 부럽다. 손에 흙을 묻히고, 자연에서 마음의 여유와 평화를 즐기는 친구가 부럽다. 세상의 덫에 걸렸어도 원망의 눈빛이 없고, 에둘러 가는 삶의 자세가 나를 깨운다. 내가 나이에 밀려 직업을 잃었을 때 삶의 가치를 저렇게 온화하게 유지할 수 있을까. 두려움이 일어선다.

# 좋은 차보다 좋은 사람이 먼저다

후배 선생님과 자동차 이야기를 했다. 손윗동서가 고급 차를 샀는데 부럽다고 한다. 조수석에 탔는데, 부잣집 응접실에 앉아 있는 느낌이었다고 한다. 자신도 언젠가는 그 차를 타고 싶다고 한다. 그러면서 나에게 다음에는 꼭 그 차로 사라고 권한다. 이제 나이에 맞게 그 정도는 타야 한다는 것이다. 그래야 어디 가서 제대로 대접을 받는다고 한다.

대접이 어떤 의미인지 모르지만, 나도 이미 그 차에 눈과 마음을 빼앗긴 것이 한두 번이 아니다. 친구가 이 차를 타고 있어, 마음에 두고 있었다. 나만이 아닐 것이다. 지금 타고 있는 차보다 더 좋은 것에 욕심을 가지고 있는 사람들이 제법 많다.

사실 차에 대해 욕심을 보이는 것은 남에게 피해를 주는 일도 아니다. 마음속에 꿈틀거리고 있는 혼자만의 생각이다. 도덕적으로 비난받을 일도 없고, 나쁠 것도 하나 없다. 욕심이란 단어 그 자체도 순하다. 한자로 봐도 '욕(慾)'자는 '바랄 욕(欲)'자 아래에 '마음 심(心)'자가 있는 형태이다. 말 그대로 무언가를 바라는 마음, 얻고자 하는 마음이다.

실제로 욕심은 발전의 동력이다. 욕심이 있기 때문에 더 노력하고 성과를 만들어 낸다. 오늘과 같이 문명의 이기를 누리며 편하게 살 수 있는 것도 결국 우리에게 욕심이 있기 때문이다. 욕심 많은 사람들은 대부분 어떤 일이든 진취적이고 의욕이 강하다. 흔히 어린 학생들을 보고 공부를 못한다고 단정 짓는 경향이 있는데, 이는 위험한 판단이다. 그들은 아직 어리다. 어린아이들이기 때문에 공부 욕심만 있다면 언제든지 공부를 잘하게 된다.

그런데 욕심은 단순한 바람을 의미하지 않는다. '욕심을 부리다'라는 표현에서도 알 수 있듯이, 부정적인 의미로 쓰이는 경우가 많다. 보통 이때의 욕심이란 물질적인 욕망을 채움으로써 얻어지는 쾌락을 바라는 마음이다. 매일 신문이나 뉴스에 나오는 사건을 보면 모두 욕심이 빚어낸 것이다. 기업을 하던 사람이 하루아침에 무너지는 것이며, 권력과 명예를 누리고 있던 사람이 쇠고랑을 차는 것은 결국 과한 욕심이 만들어 낸 참사이다.

주변에 소소히 일어나는 갈등도 욕심의 물줄기가 만든다. 아이들을 키우면서 끊임없이 남과 비교한다. 공부를 남보다 잘해야 하고, 일류 대학에 가야 하고, 좋은 직장에 취직하고, 잘 살아야 한다고 밀어댄다. 영어 공부를 하는 것인지, 스펙을 쌓기 위한 것인지 주객이 전도된다. 그러다 보니 욕심이 과해지고, 만족이라는 기쁨을 누리지 못한다. 좋은 점수를 받고도 남과 비교하면서 우위에 서지 못했다며 자책을 한다.

생각의 뜰을 빗질하다 보면 주변에 고마운 것이 많다. 지금 타고 있는 자동차도 그렇다. 자동차 덕에 매일 안전하게 직장에 다니고 있다. 휴일에는 자동차를 타고 여기저기 일을 보러 다닌다. 지난 연휴 때는 이 차로 공주, 부여로 가고, 담양으로 땅끝 마을까지 다녀왔다. 며칠 사이에 과하게 다녔는데도 지친 기색이 없다.

좋은 차를 사야겠다는 생각은 오히려 나를 괴롭힌다. 차를 살 수 없는 형편 때문에 마음만 상한다. 하지만 지금 차가 좋다는 생각을 하면 마음이 가벼워진다. 차만이 아니다. 사람들은 지금 사는 곳보다 넓은 곳으로 가고 싶다는 이야기를 자주 한다. 돈을 많이 벌어야겠다는 욕심, 남보다 예뻐 보이려는 욕심, 좋은 대학에 가겠다는 욕심, 내 아이는 잘 키워야겠다는 욕심도 마찬가지다. 누구나 이 바람을 가질 수는 있지만, 그 마음이 지나치면 삶에 회의와 실의에 빠지게 된다. 지금 손에 쥐고 있는 것에 마음을 두면, 순박한 정취가 풍겨 와 우리를 평화롭게 한다.

고급 차를 타는 이유는 꽉 막힌 도로를 거침없이 달리려고 하는 것도 아니다. 아무리 비싼 차도 그때는 순서를 기다리고 서 있는 차의 꽁무니에 있어야 한다. 비싼 차에 대한 욕심의 이면에는 삐뚤어진 마음의 칼날이 숨어 있는 경우가 많다. 그것은 갖지 못한 사람들에게 상대적 빈곤감을 주고, 그것으로 상대방을 제압하고 주눅 들게 하려는 거만함이 담겨 있다.

이 기회에 사람들이 좋은 차보다 먼저 좋은 사람이 되겠다는 마음을 지니면 어떨까라는 생각을 담아 본다. 좋은 옷으로 몸뚱이를 치장하기보다는 살아가는 목적을 깊이 따져 보며 사는 눈빛을 가져 보면 어떨까. 넓은 평수의 아파트보다 이웃과 좋은 관계로 행복감을 느끼고 사는 삶이 아름답다.

# 풍경을 달고

제주 여행 중에 이중섭 거리에 갔다. 화가 이중섭은 한국전쟁 중에 서귀포에 머물렀다. 머문 것이 아니라 피란 생활이었다. 제주 사람의 도움으로 방을 하나 얻어 살았다. 그때의 인연으로 이 거리가 조성된 것이다. 사실 이중섭이 이곳에 살았던 시간은 1년도 안 된다. 그럼에도 그는 여기서 여러 개의 작품을 남겼다. 그리고 피란민 배급품과 고구마로 연명했지만, 가족과 함께했기 때문에 행복한 여생을 보낸 곳이라고 한다.

천재 화가의 추억이 있는 곳이지만, 모두가 소박하다. 당시 머물렀다는 초가집은 그때의 어려움을 그대로 이고 있는 듯 지붕이 낮다. 거리에 이중섭을 따르는 화가들이 자리하고 있지만 가난한 예술가들이다. 그들은 창작의 꽃을 피우기 위해 노력하고 있지만, 속된 눈으로 보면 밥벌이도 못하는 듯하다.

화려한 도시 생활에서 떠나온 여행객들은 오히려 이런 모습에 흥이 났다. 저마다 작은 가게를 드나들며 장식품을 사느라 정신이 없다. 나도 휩쓸려 다녔지만 눈에 들어오는 것이 없었다. 모두 몸에 치장하는 장신구라 만지작거리지도 않았다.

그런데 마지막 가게에서 풍경을 봤다. 한 손으로 쥘 수 있는 풍경이지만, 재질이며 색깔은 제법 멋스럽다. 쇳조각이 고급 청동처럼 보인다. 회색 빛깔은 가마에서 엄청나게 뜨거운 불을 견딘 듯 숯 빛이 고스란히 남아 있다. 그 빛은 오랜 세월의 흔적처럼 오묘하게 느껴진다.

깊은 산에 있는 절에 가면 제일 먼저 반가운 인사를 건네는 것이 풍경이다. 풍경은 불구(佛具)의 하나로 '풍령(風鈴)' 또는 '풍탁(風鐸)'이라고 한다. 요령이 손으로 흔들어서 소리를 내는 데 반하여, 풍경은 바람에 흔들려서 소리를 낸다. 그 소리는 맑고 청아해 경내를 더욱 경건하게 한다.

풍경은 원래 경세(警世)의 의미를 지닌 도구이다. 풍경 방울에는 물고기 모양의 얇은 금속판을 매달아 둔다. 물고기는 잘 때도 눈을 감지 않는다. 마찬가지로 수행자는 잠을 줄이고 언제나 깨어 있어야 한다는 의미이다. 이것이 수행자의 나태함을 깨우치는 역할을 한다.

풍경을 베란다에 걸었다. 내 비록 수행자는 아니지만 풍경을 보면서 고결한 인품과 마음가짐을 생각해 보고 싶었다. 풍경 소리를 들으며 마음의 경지와 처세를 생각해 보고 싶었다. 산사의 고요함과 교감을 하다 보면 마음이 한결 깨끗해지겠지. 풍경 소리에 피리라도 불고, 달밤에 피리 소리를 바람 따라 보내면 내 마음속 고통과 번뇌도 함께 날아가겠지.

그러나 베란다에 있는 풍경은 울지 않는다. 바람이 오지 않는다. 허공에 매달린 풍경은 애련한 가슴으로 산사의 바람을 기다리는 듯했다. 이 모두가 욕심이 빚어낸 것이 아닐까. 욕심으로 얼룩진 내 마음에 고요함이 올까. 꽃은 꽃을 버려야 열매가 되고, 강은 강을 버려야 바다에 이른다. 지금 풍경을 걸어 놓고 바람을 기다는 것은 욕심이다. 나에게 어울리지 않는 욕망을 키우고 있는 것은 아닐까. 이 욕망의 잡초를 뽑아내야 내가 비로소 마음에 평화가 온다.

풍경은 바람과의 만남을 통해서 실체를 드러낸다. 우리의 삶도 마찬가지다. 홀로인 사람이 누군가를 만나서 사랑을 하고 행복을 누린다. 사람뿐이겠나. 이 세상 모두가 만남을 통해서 어울리고 조화를 만들어 낸다. 하지만 요즘 세상은 사람과 사람이 만나면 더욱 혼란스럽다. 경쟁을 하고, 시기하고 질투를 한다. 우리에게 필요한 것은 사람을 만나는 것이 중요한 것이 아니다. 새로운 사람으로 만나는 것이 중요하다. 그러기 위해서는 내가 먼저 새롭게 정화되어야 한다.

풍경은 맑은 소리를 위해 자신의 몸을 흔든다. 자신의 몸을 때려 소리를 낸다. 마찬가지로 내가 해야 할 일은 나를 올곧게 키우는 일이다. 요즘 나는 이웃들에게 바라는 것이 많지 않았을까. 그러다 보니 나이를 앞세워 훈계의 말을 많이 한다. 그것 또한 내가 벗어나야 할 생각이다. 침묵으로 이웃을 만날 필요가 있다.

내가 풍경을 단 이유도 여기에 있다. 삶의 정갈함을 그리워 한 탓이다. 푸른 하늘 아래 바람을 따라 울리는 풍경 소리를 통해 마음을 닦고 싶다. 티끌 하나 묻지 않은 맑은 소리를 닮고 싶다. 하늘의 신비를 닮아 깊은 명상으로 안내하는 풍경 소리에 몸과 마음을 쉬고 싶다.

이름 없는 장인이 만든 풍경은 화려한 치장도 없다. 작고 투박하다. 우리네 소박한 마음을 꾸밈없이 담아 놓은 모습이다. 욕심을 버린 순박한 마음이 숨 쉬고 있다. 단순 미학과 삶의 달관이 보인다. 그 풍경이라도 닮고 싶다.

입만 열면 대립하는 세상이다. 실체도 없는 바람과 만나

영혼의 교감으로 우는 풍경을 본다. 그 우는 소리에 마음을 쉬고 싶다. 매듭도 없는 삶, 힘겹기만 한 삶의 길목에서 문득 바람을 쐬러 가고 싶다는 생각이 스친다.

# 2부

# 나는 내가 좋다

# 꽃이 되는 순간

블로그를 하고 있다. 국어 교육 관련 글을 올린다. 교육 관련해서도 사회 현상 관련해서도 칼럼을 쓰면 이곳에 올린다. 그리고 블로그 글은 페이스북에 연동되도록 했다. 블로그 글이 페이스북에도 노출되도록 한 것은 독자를 염두에 둔 것이다. 이렇게 하면 블로그에 접근하지 못하는 사람도 페이스북에서 읽는다. 특히 페이스북은 휴대 전화로 접속이 가능해서 언제 어디서나 글을 읽을 수 있다. 자연히 독자가 많아지고 내 블로그 방문자 수도 는다.

이 시스템을 두고 동료가 인정 욕구를 지니고 있다고 말한다. 글을 쓰고 블로그와 페이스북을 하는 것은 결국 남에게 인정받으려는 욕구 때문이라고 한다. 페이스북에서 내 글을 자주 읽는다며 한 말이다. 사실 인정 욕구라고 점잖게 말했을 뿐이지, 말의 의도를 세밀히 살피면 내가 자랑을 하는 것을 좋아한다는 평가가 담겼다. 블로그에 강의 다녀온 이야기나, 한 해 동안 했던 일을 기록해 놓은 것에 대해 언급할 때는 말끝에 가시가 묻어 있었다.

내게 인정 욕구가 있다는 평에는 크게 탓잡고 싶지 않다. 주변 사람들에게 인정받고 싶은 마음은 누구에게나 있기 때문이다. 실제로 남에게 인정을 받으면 기분이 좋은 경험을 많이 한다. 하지만 내가 글을 쓰고, 블로그를 통해 외부에 공개하는 것은 인정 욕구하고 상관이 없다. 강의를 다녀오고, 기타 나름대로 성과를 보이는 일을 한 것을 소소히 올려두는 것 역시 자랑과 거리가 멀다.

글을 쓰고, 블로그에 올리는 이유는 간단하다. 글을 간직하는 것이다. 컴퓨터가 병에 걸린 적이 있다. 그때 모아 놓은 글을 모두 잃었다. 관리를 잘못해서 보물 창고를 몽땅 날린 느낌이었다. 돈을 잃었다면 다시 벌면 되는데, 이것은 다시 찾을 수 없어서 충격이 컸다. 그때부터 블로그에 글을 올리기 시작했다. 블로그에 글을 올리는 것은 든든한 저장 창고에 귀중품을 보관하는 것이다.

강의 다녀온 느낌을 기록하고, 각종 글쓰기 심사 경험, 교육 관련 단체에서 자문 위원 역할 등을 올리는 것도 자랑이라고 단정 지으면 억울하다. 그것은 내 삶에 의미 있는 단상들을 기록 · 보존하는 것이다. 제법 나이를 먹다 보니 지나간 시간이 기억에서 멀어진다. 내 딴에 힘겹게 삶을 이겨 내 왔는데 막연하게 과거의 우물에 희미하게 남는다. 어떤 생각을 했고, 어떤 선택을 했는지, 어떻게 계획을 하고 실천했는지 떠올리고 싶지만, 한 줄의 기록도 없는 기억은 무용지물이었다. 그래서 비록 화려하지도 않지만 기록을 남기고 싶다는 유혹이 있었다.

블로그에 '내가 걸어온 길'은 그렇게 시작됐다. 이런 기록들은 누구에게 보이기 위함이 아니라 내 삶을 위한 것이다. 삶의 현장에서 내가 잘 버티고 있다는 증거다. 그것은 실력으로 성취한 것이 아니라 노력으로 이룩한 것이어서 자랑스럽고 사랑스럽다. 그 느낌과 감정을 잘 보관하고 싶다. 그것을 회고하면서 내면에 힘을 얻고 창조적인 내일을 계획한다.

자주 이야기했지만, 글쓰기로 영혼의 갈증을 푼다. 글을 쓰면서 외로운 영혼을 만난다. 영혼의 산책길을 걸으면서 삶을 성찰한다. 홀로 걸으면서 불안과 쓸데없는 것을 비운다. 나는 생각하고, 사색의 힘으로 나만의 관점과 시선을 다시 채운다. 나이 먹어 가면서도 퇴화되지 않고, 교실에서 아이들과 소통하고, 그들을 깨어나게 하는 마음을 쏟을 수 있는 것도 이 힘에서 나온다.

칼럼을 쓰는 일도 나의 시선으로 세상을 바라보는 것이다. 급변하는 세상에서 내용은 없고 형식만 정형화된다. 내 감성과 지성이 없다면 삶의 그물은 자극적인 형식에 금세 엉키고 만다. 글을 쓰면서 복잡한 세상에서 나를 지킬 수 있다. 세상을 깊게 보면서 질문을 하고, 의미를 찾는다. 질문을 통해 의미를 찾을 때, 삶과 세계가 친밀하게 만난다.

사람들은 건강을 위해 자신의 몸 관리에 신경을 쓴다. 내가 글을 블로그에 올리고 삶의 단상을 정리하는 것도 비슷한 구석이 있다. 몸 관리를 하면서 좋은 몸매를 유지하는 것처럼, 가치 있는 삶을 살아가는 길이다. 삶을 애정 어린 눈으로 바라보고 있으면, 행복이라는 선물이 오고 창조적인 기쁨이 만들어진다. 블로그에 남기는 일상이 그 출발이다. 내가 인정받고 혹은 자랑하고 싶은 것이 굳이 있다면 이것이 될 수 있다. 일상의 힘으로 기쁨과 행복을 얻고, 그로 인해 내가 꽃이 되는 것이다.

# 승진에 대한 변명

가깝게 지내던 직장 동료가 질문을 던졌다. "윤 수석, 어쩌다가 승진을 못 하셨어? 윤 수석 같은 사람이 관리자가 돼야 하는데……." 격식 없는 술자리에서 나온 질문이지만 당황했다. 이런 대화는 친분이 있는 경우 조용하게 나눈 적은 있지만, 이렇게 공개된 자리에서 듣기는 처음이다.

술자리에서 나온 질문이어서 대답할 이유는 없었지만, 지금도 머릿속에 맴돈다. 비슷한 질문은 이미 여러 번 들었다. 후배 중에 아예 "승진하지 못한 이유가 무엇이냐?"라고 노골적으로 물은 경우도 있다. 대답을 머뭇거리니까 일부 선생님은 "혹시 일부러 승진을 안 하신 것은 아니죠?"라고 되묻기도 한다. 이날도 질문은 많아지고 답은 없는 상황에서 "수석 선생님 같은 분은 교단에서 아이들을 가르쳐야 해요."라며 말을 던지는 후배도 있었다. 내가 곤혹스러운 방석에 앉아 있는 것을 눈치 채고 위로의 말을 한 것이다.

대통령 선거에 뛰어들었다가 중도에 그만두는 사람들이 이유를 댄다. 그중에 나에게 감동을 준 말이 있다. 그것은 "국민의 마음을 얻지 못했다."이다. 짧지만 내용은 강했다. 스스로 부족했다는 판단이다. 다른 사람이 구차하게 핑계를 대는 것과 대조되어 깊은 울림을 준다. 마찬가지로 내가 지금 남기고 싶은 답도 이런 유형이다. 내가 부족했기 때문에 승진의 문턱을 넘지 못했다. 다른 이유는 없다.

그런데도 지금 어찌 들으면 구차한 변명이 될 수도 있지만, 해명은 남기고 싶다. 우선 일부러 승진을 하지 않았냐는 질문에 대한 답이다. 처음 교직을 사립학교에서 시작했다. 그러다가 공립으로 옮겼다. 공립으로 옮기고 보니 승진의 길목에서 빗질을 하고 있는 선생님들이 제법 많았다. 그래서 나도 욕심을 내기 시작했다.

사립학교에서 근무할 때는 전혀 관심이 없었던 현장 연구도 해 보고, 입상의 기쁨도 누렸다. 컴퓨터 워드 자격증이 필요하다고 해서 어렵게 자격증 시험도 통과했다. 그러나 승진의 기준과 시스템은 온전하게 내 힘으로 되는 것이 아닌 경우도 있었다. 농어촌 점수, 연구학교 근무 경력 등이 그렇다. 나는 공립에 늦게 온 탓에 이런 데서 멀리 있었다. 동료들이 가까운 섬 지역에 같이 가 보자는 제의도 있었지만, 늦었다는 핑계로 따라가지 않았다.

물론 이런 복잡한 사다리를 한 번에 건너는 장학사 시험이 있었다. 그러나 이 또한 부담은 여전했다. 주변 경험자들을 보니 보통 공부해서는 안 되는 길이었다. 한가로운 업무를 맡아야 하고, 학원까지 가서 공부를 해야 했다. 공립에서 새로운 출발을 하고, 학교 업무를 해내야 하는 나로서는 엄두도 못 내는 영역이었다. 마음은 가득했지만, 결국 시험도 못 봤다.

모든 사회 조직이 그렇듯이 교직에서도 승진은 오르고 싶은 자리다. 간혹 선생님들의 승진에 대한 욕심을 속되게 보는 경향이 있는데 동의할 수 없다. 교사도 인간으로 승진에 대한 욕망을 지니는 것은 자연스러운 현상이다. 다만 그 욕망은 교단에서 학생들을 가르치며 얻는 기쁨으로 나타나야 한다. 교사로서 자신의 일에 대해 소신과 자부심을 가지며 헌신하다 승진의 길로 가는 것이 바람직하다.

교직 사회의 승진 욕구를 부정적으로 여기는 것은 승진에 대한 욕망이 교사의 본분을 망각하고, 눈살을 찌푸리게 하는 일탈 행위로 이어지는 경우가 있기 때문이다. 교육에 헌신하는 것이 아니라 상사의 눈치를 보고, 그 사람의 힘에 기대려고 하는 것이 문제다. 이런 문제를 극복하기 위해 승진은 교육에 기여하는 방식으로 기준과 시스템을 바꿔야 한다. 지금이야 컴퓨터 워드 시험이 없어졌지만, 그때 컴퓨터 워드 시험을 보면서 생각이 많았다.

승진도 일종의 경쟁이다. 그러다 보니 선생님들은 승진하지 못한 것을 패배의 영역으로 읽기도 한다. 경쟁에서 얻을 수 있는 것에 반드시 승리만 있을까. 아니다. 비록 이기지 못했지만, 자신의 능력을 펼치고 남과 더불어 배우는 기회를 얻는다. 목적은 이루지 못했지만 그 과정에서 만들어진 노력의 가치가 있다. 현장 연구 대회 준비와 입상, 그리고 동료들과 품위 있는 경쟁의 뜀박질이 나를 만져 주었다.

동료들이 섬에 같이 가자고 했을 때, 오래 고민을 하다가 가지 않았다. 나를 짓누르는 선택보다 내게 여유를 줄 수 있는 선택을 하고 싶었다. 그 친구들은 고생한 덕에 교감(校監)이 됐다. 그들은 관리자로 후배 선생님들과 학생들에게 존경을 받는다. 물론 나는 교감이 되지 못했다. 하지만 나도 아이들과 선생님들과 교감(交感)하는 기쁨을 누리고 있다. 삶의 기쁨으로 가르치는 용기를 내고, 학생들을 배움으로 안내한다. 경쟁에서 한발 물러선 여유가 학생들의 마음속에 지성과 감성으로 연결되어 풍요로운 성장에 기여하고 있다.

# 나는 내가 좋다

나는 내가 좋다. 실없는 소리 같지만, 나의 모든 것이 좋다. 이름부터 '재열'은 부르기 쉽다. 받침이 앞 음절에는 없고, 뒤 음절에만 있다. 모자라지도 넘치지도 않는다. 공평하고, 깔끔하다. 이런 구조의 단어로는 '희망, 사랑, 하늘, 구름, 가을, 바람, 자연'처럼 의미도 좋은 것만 있다. 흔한 이름 같지만 막상 만나기 어렵다. 어릴 때는 아명으로 좋았는데, 지금은 중년에도 딱 맞는 이름이다.

생일도 자랑하고 싶다. 내 생일은 5월 15일이다. 이날은 세종대왕 탄신일이다. 많은 사람들은 이날을 스승의 날로 기억한다. 이날을 스승의 날로 정한 것은 세종대왕이야말로 겨레의 스승이기 때문이다. 감히 비교하기 부끄럽지만, 겨레의 스승인 세종대왕과 생일이 같다는 것이 한없이 자랑스럽다. 나는 국어 선생으로 우리말 바로 쓰기에 많은 노력을 기울이고 있다. 이것이 모두 운명 같은 기분이다.

숫자에 관련 있는 것이 하나 더 있다. 전화번호다. 집은 1316이다. 이 번호와 관련하여 휴대전화를 만들 때 1319를 받았다. 의도하지 않았는데도 이 번호에는 청소년의 나이가 연상된다. 내가 고등학교에 줄곧 근무했기 때문에 묘한 의미가 있다.

직업이 선생이라는 것도 마음에 든다. 세상에 직업이 없는 사람이 없다. 그러나 누군가의 마음속에 스승으로 살아가는 사람은 많지 않다. 물론 오랫동안 교직 생활을 했으니 내 실수로 마음의 상처를 받은 아이들도 있을 수 있다. 하지만 큰 과오 없이 교단에 서 있는 것으로 보아 제법 많은 제자들의 스승으로 살아가는 것은 분명하다.

가르치는 과목이 국어인 것도 천만다행이다. 영어, 수학, 체육, 음악 등은 아무리 생각해도 가르치기 어려웠을 것이다. 문학은 내가 좋아하는 것이다. 오랫동안 공부도 많이 했다. 문학은 가르치는 데 자신이 있다. 문학을 통해 삶의 모습을 안내하는 것도 즐겁다. 고답적이고 관념적인 학문보다는 삶의 진정성이 담긴 문학을 강의하는 것이 행복하다. 좋아하고 잘하는 것을 하니 이것도 복이다.

등산을 좋아하지만, 푹 빠지지 않는 것이 좋다. 산에 건강을 챙기러 가기도 하지만, 명상을 즐기는 취미가 좋다. 그래서 산에 올라가다가 힘에 부치면 무리를 하지 않고 내려온다. 등산을 적당히 하는 것처럼 나는 한 가지 일에 푹 빠지지 않는다. 적당히 힘에 부치면 물러난다. 이를 두고 내 성격이 끈기가 없다고 해석할 수도 있다.

사실 끈기라는 것이 좋은 것으로 발전할 때도 있는데, 쓸데없는 고집이 되는 경우가 많다. 주변에서도 보면 끈기와 고집을 혼동하고 자기주장을 강하게 하는 사람들이 많다. 그런 사람들은 타인과 공감하기 어렵고 객관성이 떨어지는 흠이 있다. 적당히 물러나는 것은 내가 어느 한쪽에 고정되지 않겠다는 의지의 표현이다. 단호한 철학이 없거나 자신이 없을 때 자존심을 접고 상대방의 의견을 존중한다.

나도 한때는 자존심을 소중히 했다. 그 자존심은 불의에 대항하는 힘이라고 생각했다. 그러나 자존심은 궁벽한 경우가 많았다. 그것은 간혹 타인을 이해하는 걸림돌이었다. 자존심을 감추는 것이 힘들었지만, 사람들과의 더 큰 관계를 위해 과감히 휴지처럼 구겨 버렸다.

자존심을 버리고 나니 남들이 물러 터졌다고 하는데, 오히려 적당히 져 주는 생각도 배웠다. 져 주는 것은 패배가 아니라 배려가 된다. 이 세상은 많은 사람과 함께 살아가야 한다. 배려가 중요한 이유가 여기에 있다. 배려는 삶의 중요한 가치이다. 져 주면 건강한 생각으로 새로운 지평이 열린다.

수필을 쓰고 있는 내 모습도 매력적이다. 수필을 쓰면서 사물을 따뜻하게 보고, 세상을 풍요롭게 보는 모습이 좋다. 살다 보면 뜻하지 않은 고난과 슬픔을 만난다. 그때는 나를 어둡고 쓸쓸하게 만들었던 상심에 대한 기억을 언어로 표현하면서 삶의 뒤안길로 흘려보낸다. 주름진 생활과 아픔도 이른 봄 향기 같은 언어로 엮다 보면 평온이 찾아온다.

나는 요행을 바라지 않고 묵묵히 산다. 사람들이 싫어하는 것을 하지 않으려고 노력한다. 남이 가진 것을 부러워하지 않는다. 오히려 내가 부족한 것에 눈을 두고 있다. 그리고 그것을 채우려고 노력한다. 사람들을 만나는 것도 좋아하고, 모르는 사람들에게 쉽게 정을 준다. 나는 돈도 없고 사회적으로 높은 자리에 오르지도 않았다. 그야말로 한없이 평범하다. 그래서 나는 내가 더욱 좋다.

# 문학, 삶의 결핍을 메워 주는 노동

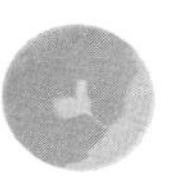

나는 문학을 왜 하는가. 재능도 없으면서, 그렇다고 천재도 아니면서 글을 쓴다고 궁싯거리고 있다. 남들은 원고지를 앞에 놓으면 하루 저녁에 수십 장, 수백 장을 써 내려간다지만, 나는 밤을 새워도 한 장도 못 쓰는 경우가 허다하다. 그러다 보니 글을 쓰는 즐거움은 없고, 재미도 없다. 오히려 힘든 노동이다. 그런데도 평생 글쓰기를 놓지 못한다. 이유는 그것이 내 삶의 결핍을 메워 주는 즐거운 노동이기 때문이다.

고등학교 때 잿빛 사춘기를 심하게 앓았다. 공부는 저만치 두고, 삶의 의미도 찾지 못하고 있었다. 학교에서 더 메말라 오는 느낌이었다. 그래서 학교만 나서면 방황의 배고픔을 채우기 위해 돌아다녔다. 그곳이 허름한 청계천이었다.

이곳에서 한용운을 만났다. 수업 시간에 「님의 침묵」만 배웠는데, 시집을 보는 순간 만해의 목소리를 직접 듣는 느낌이었다. 시집 전편에 흐르는 빼앗긴 현실과 민족을 되찾으려는 끈질긴 극복 의지가 가슴을 뜨겁게 했다.

시인 윤동주도 마찬가지였다. 「서시」만 배웠는데, 시집에서 「별 헤는 밤」을 읽었다. 애틋한 서정을 맑고 앳된 감각으로 노래해 나의 쓸쓸한 감정을 울렸다. 단테의 『신곡』을 펼쳐 들고 읽고 또 읽고 하면서 오랫동안 고민의 늪에 빠져 있었던 때도 기억난다.

이런 경험 덕에 대학에 갈 때 망설이지 않았다. 문학을 공부하고 문학을 가르치는 선생님이 되고 싶었다. 그래서 사범대학 국어교육과에 갔다. 공부도 열심히 하리라 마음먹었다. 하지만 내가 입학한 그해 가을에 역사가 소용돌이 쳤다. 철옹성 같던 유신 체제가 무너진 것이다. 캠퍼스는 군인이 주둔하고 기약 없는 휴교에 들어갔다. 이듬해 봄에 대학의 문을 열었지만 극심한 혼란이 지속됐다. 이때 쫓기듯 군에 갔다.

제대 후 다시 찾은 캠퍼스는 겉으로는 최루탄 냄새가 나지 않았지만 시대의 불안은 여전했다. 분노의 가지는 아예 드러낼 수가 없었다. 학우들은 공백도 역사이고 침묵도 발언이라며 폭음을 했다. 그 속에 있는 나는 더욱 고독했고, 답답했다. 군에 가기 전에 전투 경찰을 향해 돌을 던지던 친구들과 다시 만났다. 대학 후문의 허름한 술집에 모여 '민중 문학, 민중시…' 하면서, 먹은 술을 다시 게워 낼 때까지 토론을 했다. 첨예한 시대정신을 꿰뚫어 보지 못하고 사랑이나 눈물 타령만 하는 것은 문학이 아니라며 수업 시간을 베돌기도 했다.

그러던 어느 날, 당시 부총장님인 조병화 선생님을 만났다. 선생님은 등을 다독거리시면서 많은 말씀을 해 주셨다. "뜨거운 감정은 젊은이다워야 하고, 분출은 지성적이어야 한다. 때로는 그 감정을 숨길 줄도 알고, 아낄 줄도 알아야 한다. 문학은 삶의 흔적이지만, 올곧게 가꾸어야만 격조 높은 향기가 난다. 꼭 현실의 복판을 가로지르는 것만이 좋은 문학이 아니다. 현실을 극복하는 정신을 발휘해야 한다."

조병화 선생님께서 주신 사랑으로 강의실에서 진지하게 앉아 있게 되었다. 윤동주는 식민지 현실이라는 모순의 시대 한가운데 있었다. 그러면서도 절망적인 허무의식에 빠지지 않고, 어둠을 조금씩 몰아내기 위해 등불을 밝히겠다고 노래했다. 김재홍 선생님 수업 시간에 윤동주의 현실 대응론 강의가 이어졌다. 시인 윤동주는 현실 생활과 괴리되어 있음을 알고 부끄러워하고 무기력하게 사는 자신에 대해 자책과 현실적 괴로움을 노래한 것이다.

생각해 보니 나는 그때 삶에 지쳐 있었다. 병영 생활을 하고 캠퍼스에 돌아왔지만, 달라진 것이 없었다. 오히려 사회는 제5공화국의 출범으로 평온을 찾고 있는 것처럼 보였다. 사람들은 컬러 TV 덕분에 더욱 화려함에 취해 있었다. 소위 지성인이라고 알량한 자존심을 내세우던 우리들과는 다르게, 후배들은 외향적인 소비문화에만 가속 페달을 밟고 있었다. 달라진 세계에 융화되지 못하고 있었다.

이 시기에 나는 현실과 균형을 이루기 위해 문학 공부를 열심히 했다. 문학 작품보다는 학문으로서의 문학 연구에 심취했다고나 할까. 특히 작품 연구, 작가 연구에 몰입했다. 김태준의 『조선소설사』와 김기림의 『시론』을 통독했다. 김현과 김윤식이 함께 쓴 『한국문학사』는 근대의 기점을 영 · 정조까지 끌어올리고, 민족 개념을 중심으로 한국 문학의 역사를 서술했다는 점에서 신선한 충격을 받고 설렜다.

대학을 졸업하고 소망하던 교직에 발을 디뎠다. 아이들에게 문학을 가르치는 일은 행복한 순간이었다. 그런데 이것도 오래가지 못했다. 고등학교에서 문학을 가르치는 일은 대학 입학시험을 준비해야 하는 현실의 벽에 갇혔다. 감상의 주체자가 아이들이 되어야 하는데 그렇지 않았다. 내가 시를 해석해서 가르치고, 소설도 시험에 나오는 것만 요약해서 친절하게(?) 감상 내용까지 주입했다. 그것이 교사로서 아이들을 사랑하는 것이라고 생각했다.

결국 위기가 왔다. 당시 '서태지와 아이들'의 〈교실 이데아〉라는 노래가 등장했다. 학력 위주의 교육으로 치닫는 세태를 비판하고 있었다. 꼭 나를 두고 하는 외침처럼 들렸다. 창의적인 교육이 이루어져야 하는데, 미처 살피지 못한 죄책감이 마음을 무겁게 했다.

노랫말에 있는 '이데아'도 있지만, 우리가 감당하고 있는 현실도 중요했다. 교실은 미래의 씨를 뿌리는 희망의 공간이라고 말하고 싶었다. 그것을 칼럼 형식의 글로 썼다. 우리는 현실에 서 있는 것도 중요하다. 그리고 우리의 삶이란 어느 한 가지로 이뤄지고 도달하는 종착역이 아니다. 마찬가지로 공부를 열심히 하는 것은 우리 인생의 큰물줄기 중에 하나라고 썼다.

처음에 실망이 컸던 아이들도 말로 설득하는 것보다 글로 이야기를 하니 마음을 여는 듯했다. 그래서 아예 등단의 절차를 밟았다. 그리고 고등학교 시절 선생님이 시를 읽어 주셨듯이, 나도 아이들에게 글을 읽어 주기 시작했다. 학창 시절 선생님께서 마음속에 문학의 씨를 뿌려 주셨듯이 아이들에게 내 글을 읽어 주면서 그들의 미래 삶에 도움을 주고 싶었다. 현실 극복 의지로 시작된 글쓰기는 결국 수필을 쓰는 계기가 됐다. 수필로 아이들과 소통하는 문학 시간이 풍요로웠다.

돌이켜 보니 글쓰기는 어디로 가야 할지 모르는 삶의 길목에서 흐트러진 영혼을 다시 추스르게 한 것 같다. 방황하던 10대에 문학이 아니었다면 곁길로 갔을 것이다. 20대에는 80년대라는 역사적 공간을 힘겹게 건넜다. 그 시절 어두운 하늘 아래 방황하는 젊음을 안고 있었다. 까닭 없이 서러웠고, 많은 차가움을 참고 겨울을 나야 했다. 그러면서도 안으로는 뜨거운 생명을 닦아야 했다. 그것을 문학으로 했다. 문학에는 세상을 향한 진실이 있었다.

사람들의 관심이 오직 물질과 향락으로 쏠리는 세태를 향해 삿대질을 할 수 있는 것도 글쓰기에서 가능하다. 따라서 세상을 향해 책임 있는 말을 할 줄 알아야 한다. 그러기 위해서는 항상 깨어 있어야 한다. 삭막한 도시에서도 아름다움을 찾고, 하찮은 삶에서도 감동을 발견해야 한다. 이런 것이 내가 문학에 대해 재주도 없으면서 강행군을 하는 이유이다.

글을 쓰면 위대한 삶을 공급받는 느낌이다. 정신적으로 익

사할 것 같은 거대한 혼돈의 도시에서 바쁘게 살아간다. 하지만 나의 삶은 늘 세상의 중심에 서지 못하고 터덜거리며 간다. 외롭고 힘겨운 삶에 위안을 주는 것이 글쓰기이다. 오늘 거친 세상의 숨결이 나를 몰아칠 때도 글쓰기를 하며 영혼을 달랜다.

# 글쓰기는 영혼의 여행

글을 제법 오래 쓰고 있다. 정확히 문단에 발을 디딘 것으로만 따져도 18년째다. 고등학교 때 문학 공부에 빠져들기 시작해서 원고지 메우는 작업까지 따지면 근 30년이 넘는다. 발표도 제법 많이 하고 있다. 글을 쓰는 것이 좋아 형식에 구애받지 않고 여기저기에 내놓고 있다.

글을 쓰는 일은 누가 시켜서 하는 일이 아니다. 오직 내가 좋아서 하는 짓이다. 혹자는 에너지를 쏟는 것에 비해 돈이 안 되는 사실을 알고는 오히려 측은하게 보기도 한다. 그러나 내가 글을 쓸 때는 적어도 돈과는 멀리 있다.

인생은 아파트 평수나 돈으로 채울 수 없는 부분이 있다. 누구나 마음속에는 갈망이 있다. 그것은 열정이라고 말할 수 있다. 나는 글을 쓰는 열정을 지녔다. 글을 쓰면서 삶의 뜨거움을 만끽한다.

글을 쓰면 삶의 풍요로움에 젖는다. 삶에 성실하게 접근하고, 열심히 사는 길을 찾게 된다. 한 번뿐인 인생을 마구 살 수는 없지 않은가. 삶에 충실해야 할 필요가 있다. 글이 이 모든 것을 살피게 한다.

글쓰기는 치열한 사색을 언어로 표현하는 작업이다. 글을 통해서 혼란스러운 내면을 정리한다. 삶의 충동적인 파도를 잠재우고 질서를 구축한다. 글을 통해 세속의 어지러움에서 벗어난다. 삶의 모습을 조절하고 안으로 끌어들인다. 이제 삶은 안정을 찾고, 정화의 순간을 맞이한다. 마침내 영혼의 땅에 머무를 수 있다. 그러고 보면 글쓰기는 영혼을 여행하는 과정이다.

오늘도 달빛 내음이 흠씬 풍기는 시간에 수필을 한 편 쓴다. 봄바람에 대한 느낌, 개화를 기다리는 나무의 모습까지 언어로 차곡차곡 읽어 낸다. 비록 정갈한 언어가 아닐지라도 미처 못 보았던 세상을 구석구석 만난다. 관념적인 하루도 알뜰하게 다듬어진다. 그리고 무거운 일상이 가벼워지는 느낌도 있다.

글에는 삶의 무늬가 펼쳐진다. 남과 굽었던 관계도 부드러워지고 어느새 삶의 잔무늬로 남는다. 글로 인해 내 자신의 감정이 정화되고, 정화된 감정은 다시 삶에 활력이 된다. 다른 사람에게 연민의 감정도 갖게 되면 내 삶이 따뜻해진다. 삶의 한계에 눈뜨고, 삶의 늪과도 같은 혼돈을 정리한다. 글쓰기를 통해 이루는 내적 성숙함은 세상을 사는 데 넉넉한 힘이 된다.

삶이란 마음먹은 대로 흘러가지 않는다. 힘겹고 때로는 거칠고 황량하다. 매일 부딪히는 일상이라도 빗먹기 시작하면 감당하기 힘들다. 지난겨울에도 혹독한 추위에 떨었다. 그때 무엇이 그리도 추웠을까. 곰곰이 생각해 보니, 나를 괴롭힌 것은 아등바등 살아가려는 내 안의 조급증이었다. 욕심 때문에 지쳐 있었다. 다행이 겨울 추위를 견디는 나무의 의연한 모습에 관한 글을 쓰면서 마음의 조급함에서 벗어났다.

현직에서 물러나면 간혹 방황의 괴로움을 지고 다니는 사람들이 있다. 갑자기 혼자가 된 낯선 환경 때문이다. 혼자 있으면 외로울 것 같지만, 가끔 혼자 있는 시간이 필요하다. 혼자는 즐거움이 될 수 있다. 혼란스러움도 없고, 나를 돌아보는 시간을 가질 수 있다. 혼자서 자신과 만날 필요가 있다. 나는 글을 쓸 때 혼자라는 의식의 방에 들어간다. 그곳에서 나 자신과 만나고 정체성을 찾는다.

우리는 너무나 대중 속에 휩쓸려 살고 있다. 나도 발견하지 못하고 여기저기 떠밀려 왔다. 혼자서 자신을 돌이켜 볼 필요가 있다. “사색하지 않는 배움은 쓸모가 없다[學而不思卽罔].”라고 공자는 말했다. 혼자 있는 것을 두려워하지 말고 성찰과 깨달음의 기회로 삼는 자세가 필요하다.

오늘날 사람들은 손안에 스마트 폰으로 급변하는 세상을 만난다. 저마다 최첨단의 교류를 즐기고 있다. 그야말로 전 세계인과 실시간으로 교감하고 있다. 하지만 디지털 세상에서의 만남은 온기가 없다. 인간의 근원적 존재의 모습은 누구나 혼자인 것처럼, 오히려 거대한 세상에서 외로움을 느끼게 한다. 미국의 사회학자 데이비드 리스먼이 말한 ‘군중 속의 고독’은 이를 두고 한 말이 아닐까.

인간을 지탱하는 것은 여럿이 있겠지만, 그중에 큰 것이 마음이다. 마음이 불안하면 인간은 신체적 삶도 유지할 수 없다. 즉, 우리는 감정을 교감하면서 외로움을 달랜다. 정보화 시대로 모든 것이 디지털화되더라도 아날로그식의 전통적 교류는 반드시 필요하다. 인간관계는 아날로그형의 열정이 감동을 만든다. 수필은 화려하지 않지만 소박한 맛이 있다. 느리고 다소 지루하기도 하지만 사색의 길이 열린다.

디지털 세상일수록 아날로그 감동과 접목하는 디지로그 전

략이 필요하다. 나는 글을 통해서 바깥세상을 만난다. 글을 쓰는 일은 디지털 세상을 사는 또 다른 삶의 방식이다.

# 글쓰기 심사 중에 있었던 일

– 편견이 마음을 찔렀다

글쓰기 심사를 하러 갔다. 단체를 밝히기 곤란하지만 정부 기관이었다. 그리고 꽤나 상급 단체였다.

이런 부탁을 받으면 정확한 시간에 도착하려고 마음먹고 여유 있게 나선다. 이는 평생 교직 생활을 하면서 생긴 버릇이다. 이날도 30분이나 일찍 도착했다.

밖에서 기다리기 추워서 사무실에 들어갔다. 업무 관계자를 만나서 차를 마시면서 이런저런 이야기를 나눴다.

관계자가 심사의 공정성을 위해서 선생님을 세 분 모시고, 문인협회 회원을 세 분 모셨다고 한다. 계속해서 초 · 중 · 고 학생을 대상으로 하는 것이기에 교육청 협조를 얻어 선생님을 모셨고, 또 전문성 확보를 위해서 문인협회에도 초청을 했다는 이야기다.

이 말에 내 말을 덧붙이고 싶었는데 심사위원이 하나둘 도착하면서 전달하지 못했다. 지금도 아쉬움이 남는데, 이런 생각이 그때의 경우만 아닌 듯해서 지면을 통해서 밝혀 두고자 한다.

먼저 문인이 글쓰기 심사를 하는 데 전문가라는 생각에는 이의가 없다. 하지만 교사는 그렇지 않다는 논리는 꺼림하다. 그들은 글쓰기 심사에서 문인과 교사를 놓고 확고하게 전문가와 비전문가로 구분하여 말한다. 문인들에게는 심사비도 후하게 드리지 못해 죄송하다는 말을 한다. 점심시간에 주최 측의 고위 인사와 함께 식사를 했는데, 그분이 문인을 어렵게 모셨다는 둥, 만나서 영광이라는 둥 하면서 덕담을 놓는다. 우리에게는 과거에 학교 다니며 선생님께 맞은 이야기를 하면서 최근 아이들 성향이 예전과 달라서 선생님들이 고생하겠다는 걱정만 늘어놓는다.

이번뿐이 아니다. 비슷한 경험이 많다. 글쓰기 심사를 하러 가면 초대한 쪽에서 문인협회 회원에 대해서는 거창한 수식어를 동원해 치켜세우고, 필자와 함께 학교에서 오신 선생님들은 교사라고만 소개한다. 이때 청중의 분위기도 같다. 문인이 소개되면 뒤쪽에 앉아 있던 사람들이 엉덩이를 들고 얼굴이라도 보려고 하다가 필자가 소개되면 앉아서 박수를 치는 둥 마는 둥 한다.

심사를 하면서 이름을 트고 대화하다 보니 선생님들도 모두 등단을 한 작가다. 선생님들은 대학에서 문학 공부를 했다. 이미 작품집을 내고 문단에서 묵묵히 활동하고 있는 중견 작가가 많다. 필자도 대학과 대학원에서 문학 공부를 했다. 문단에 발을 딛고 열심히 작품 활동을 했고, 작품집도 발행했다. 그리고 평생 지금까지 아이들에게 문학을 지도하고 있다.

비교의 저울에 올리고 싶지 않지만 이왕 이야기가 나왔으니 교사와 문인을 견주면 할 말이 많다. 문인은 글만 쓰지만 문단에 입성한 교사는 글을 쓰고, 아이들에게 글쓰기를 가르친다. 대학에서 문학 공부를 하고 평생 문학을 가르치는 일에 종사하고 결코 문인들에게 뒤지지 않는 자격을 가지고 있다. 자격으로 따지면, 교사는 국가에서 인정을 했다는 점에서 오히려 공신력도 있다.

여기서 교사와 문인의 전문성을 비교하고 싶은 생각은 추호도 없다. 그러나 선생님은 심사비에 부담이 없는데, 문인은 전문가이기 때문에 심사비를 많이 줘야 한다는 인식은 고쳤으면 하는 마음 간절하다.

이왕 시작한 김에 하소연 하나 더 풀어놓아야겠다. 보통 심사에 참여할 때 교육청에서 추천을 한다. 그때도 기관에서 교육청에 의뢰를 했고, 교육청은 필자를 추천했다. 그런데 그 기관이 가관이다. 자기들은 교육청 장학사나 교감 급이 오는 줄 알았다고 한다. 요즘 글쓰기 대회에 학부모들까지 관심이 많아 격이 높은 사람을 원했다는 이유까지 덧댄다.

살다 보면 예의 없고 논리가 부족한 사람들이 많다. 글쓰기 심사를 하는 데 장학사를 찾고 교감을 찾는 사람들도 그런 부류다. 겉모습에 집착하고 허명에 기대면 본질을 잃어버린다. 실체를 보지 않고 겉으로 드러난 이름에 얽매이면서 우리 사회는 '학력 위조'라는 열병을 앓았다.

학력 위조를 한 당사자들이 문제였지만, 우리는 실력보다 학력을 중시하는 사회 풍토에 대해서 반성을 했다. 마찬가지로 무턱대고 글쓰기 심사하는 능력보다 직책에 매달리는 습관도 보기에 흉하다.

사실 오늘 문인으로 참석한 분들은 필자하고 문단에서 함께 활동한다. 모두 좋은 글을 쓴다. 필자보다 선배도 있지만 필자보다 등단 연도가 늦은 사람도 있다. 심사를 하러 가면 소개하기 편해서 교단에 있다고 하는데, 그로 인해 오히려 부당한 대우를 받는 듯해서 마음이 불편하다.

우리 주변에 잘못된 편견으로 필자처럼 마음에 상처를 입는 사람이 많을 것이라는 짐작이 간다. 본질을 깊숙이 통찰하는 눈이 필요하다. 편견의 웅덩이는 썩은 물이 고이고 우리 모두를 불행에 빠지게 한다.

# 원고료는 노동의 대가

며칠 전, 지인이 오랜만에 전화를 했다. 잡지사 기자가 내 글을 받기를 원한다는 것이다. 그 사람은 기자와 친구처럼 지낸다며 원고 청탁이 오면 받아 주라는 부탁을 했다. 간혹 원고 청탁을 할 때 직접 연락이 오기도 하지만, 이렇게 인맥을 동원해 외압(?)으로 밀고 들어오는 경우도 있어 준비를 하고 있었다. 그러면서 교육 전문 잡지라는 이야기에 내심 기대를 했다.

전화 통화가 끝나기 무섭게 기자가 전화를 했다. 교육 전문 잡지를 창간했는데, 특집에 나를 모시고 싶다는 황송한 말씀을 한다. 특집에 맞게 글의 주제도 까다로웠고, 원고 매수도 많았다. 원고 청탁은 받으면 묘한 감정이 생긴다. 청탁을 받는 순간은 작가 대접을 받는다는 느낌에 가슴이 부풀기도 하지만, 막상 글을 쓰다가 글이 마음대로 안 풀리면 산더미 같은 후회를 한다. 하지만 이번은 달랐다. 잡지 창간호 특집에 실리는 글이라는 부담감이 오히려 기대감을 갖게 했다.

청탁을 받고 글을 쓰는데 연락이 왔다. '수업'이 특집이지만 필자가 여럿이기 때문에 내용이 겹치면 안 된다는 것이다. 그러면서 '배움이 효율적으로 이루어지기 위해서는 어떤 수업을 해야 하는지, 수업에서 실패했던 이야기 중심'으로 써 달라는 부탁을 한다. 순간 그동안 퍼부은 노동력을 보상하라고 소리치고 싶었지만 마음을 눌렀다. 가르치는 것에 대해서만 생각했지, 배우는 관점을 살피지 못했다. 이 기회에 수업의 실패를 떠올려 보고 성찰해 보는 것도 좋은 경험이 될 듯해서 참았다.

갑자기 원고 내용을 수정하고 분량 때문에 고생은 했지만, 약속 날짜에 맞춰 원고를 보냈다. 간혹 유명인은 원고 날짜를 넘기는 것이 미덕인 것처럼 말하지만, 나 같은 무명인은 약속을 지키는 것이 중요하다. 그래서 다른 일을 접어 두고 마무리를 했다. 하고 싶은 이야기도 다 완곡하게 표현하며 마쳤다. 늘 하던 대로 원고료 입금 통장 번호, 주민번호, 사진도 함께 보냈다.

그 뒤 며칠이 지나서 지인이 다시 전화를 했다. 묻지도 않았는데 잡지사 사정을 길게 말한다. 친구는 1인 기업가라고 한다. 즉 기자, 영업, 편집, 운영까지 혼자 하고 있다는 말을 한다. 그러면서 재능 기부를 하라는 통보다.

이 말을 듣는 순간 화가 치밀어 올랐다. 불쾌했다. 억울했다. 글의 내용을 바꿔 가면서 청탁에 응했는데 고작 이런 답례를 받다니. 글 값은 제쳐 두고라도 최소한 늦은 시간까지 내 몸을 혹사했던 노동의 대가는 받아야 한다고 생각했다.

사실 이런 비슷한 사례는 종종 있다. 젊어서는 보통이고 최근까지도 있었다. 잡지사 환경이 안 좋다느니, 신문사가 어렵다느니 하면서 사정이 좋아지면 원고료를 지급할 계획이라고 너스레를 떤다. 심한 경우는 지면에 글을 쓰는 기회를 제공했다며 오히려 자기들이 어깨를 편다. 하도 여러 번 당해 언젠가는 글을 싣지 말라고 따졌더니 엉뚱한 화살이 왔다. 선생이라는 사람이, 더욱이나 글을 쓴다는 사람이 돈을 너무 밝힌다는 비난이었다.

청탁도 일을 시키는 행위다. 당연히 대가가 있어야 한다. 존 스타인백은 "글쓰기는 세상에서 가장 외로운 노동"이라고 했다. 글쓰기는 외로울 뿐만 아니라 강도가 센 노동이다. 길거리에 붙는 간단한 부업거리도 일하는 시간과 임금을 안내하고 있다. 따라서 청탁을 할 때는 주제, 원고 매수만 요청할 것이 아니라 반드시 원고료 액수도 알려야 한다.

간혹 청탁을 한 사람들은 원고료를 주지 않고 재능 기부며 봉사 활동이라고 생각하라고 한다. 이는 자신의 비열한 행위를 재능 기부나 봉사 활동으로 합리화시키려는 의도다. 봉사나 재능 기부는 하는 사람이 결정한다. 자의에 의해서 결정해야 한다. 그것을 상대방이 결정하는 것은 노동 착취다.

요즘 노동 환경에서 열정 페이가 논란의 대상이 된다. 몇몇 기업에서 취업을 준비하는 사람들에게 인턴 기회를 부여한다는 명분 아래 무급 혹은 저임금 인턴으로 고용한다. 이 상황은 자세히 살펴보면 부당한 방법으로 청년을 고용하면서 열정 페이로 미화하는 격이다.

열정 페이는 절박함을 이용한 폭력이다. 마찬가지로 일부에서 원고료를 주지 않는 관행도 부당한 행위를 넘어 횡포에 가깝다. 잡지사 운영도 사업이다. 정당한 투자를 하고 이윤 창출의 길을 모색해야 한다. 원고료 지급 준비도 없이 잡지 판매에만 눈을 두는 사업 행태는 성공하기 어렵다. 처음부터 글쓰기 노동에 합당한 대가를 지급하는 혹독한 준비가 있어야 잡지 사업에 미래가 보인다.

# 편견의 덫에서 벗어나야

우리나라 최대 문인 단체로 한국문인협회가 있다. 협회는 1961년 12월 창립했다. 역대 이사장을 보면 전영택, 박종화, 김동리, 서정주, 조연현, 조병화 등 한국 문단에 큰 획을 그은 분들이다. 여기서 『월간문학』과 『계절문학』이라는 기관지를 발간한다. 『월간문학』은 1968년 발행해 2015년 7월호로 통권 557호를 냈다. 『계절문학』은 계간지다. 이 잡지는 회원들의 작품 발표 확대를 위해 창간했다. 이제 통권 31호를 발행했으니, 『월간문학』에 못 미치는 나이다. 하지만 발행 부수도 같고, 원고료도 같아, 『월간문학』의 연장선에 있다.

이 협회에서 금번 7월호에 '월간문학 · 계절문학에 바란다'라는 특집을 기획했다. 26대 임원진의 등장으로 한국문인협회의 기관지가 어떻게 나아가야 할지를 회원들에게 물었다. 임원진이 이 시도를 한 것은 고무적이라고 생각한다. 임원들이 회원과의 소통을 통해서 편집의 방향을 점검하겠다는 의지가 바람직하다.

물론 문인협회가 회원이 모여서 이룬 단체이니, 전 회원에게 물어야 한다. 하지만 지면 관계상 그렇게 할 수가 없다. 회원만 1만 3천을 이루고 있으니 도저히 불가능한 일이다. 그래서 중진들에게 그 뜻을 물었다. 그들은 이름 석 자만 들어도 알 수 있는 선배 문인들이다. 그들의 의견은 전 회원들의 의견을 대변할 수 있다는 느낌이다.

나도 문인협회 회원으로 20년 가까이 몸담고 있어 이번 기획 글을 관심 있게 읽었다. 선배 문인들은 등단이 쉬어 시인 1만 명 시대로 회원은 늘었지만 질적 저하를 가져왔다는 걱정을 먼저 했다. 이런 사실을 전제로 원고 청탁 때 가급적 우수한 작가에게 청탁해야 한다는 주장을 했다.

어떤 중진은 비슷한 이야기를 '신진 문인들의 작품 수준에 높낮이가 크다'라는 표현으로 했다. 등단 연대순으로 실리는 앞쪽의 몇 분 말고는 모두 수준 이하의 졸작이라는 의견이다. 무명인의 작품도 일정한 비율로 발표하자는 배려도 보였지만, 이 또한 메이저급 시인들의 작품을 다수 실어야 한다는 말끝에 덤으로 한 말이다.

중진들의 표현 방법은 조금씩 달랐지만, 궁극적으로 내용은 같았다. 전반적으로 수록 작품의 수준을 걱정하고 있다. 한국 문학을 대표하는 문예지로 자리매김하기 위해서는 수준 높은 작품을 게재해야 한다는 논리가 강하다.

수준 있는 작품을 실어야 한다는 논리를 탓잡을 사람은 없다. 나도 전적으로 공감한다. 그러나 수준 있는 작품의 선별에는 이견이 있다. 의견을 표출한 중진의 표현에는 등단 연도에 무게감을 두고 있다. 등단 연도가 오래된 문인의 작품은 우수하고, 젊은 문인들은 작품의 질이 떨어진다는 선입견을 갖고 있는 듯하다.

물론 등단 연도가 오래된 문인들은 작품을 창작하는 치열한 경험이 풍부하다. 그러다 보니 좋은 작품이 술술 나올 수도 있다. 하지만 젊은 문인의 작품도 눈여겨보면 우수한 것이 있다.

유명한 시인의 대담을 신문에서 읽었다. 그분은 신춘문예 작품이 축복이자 감옥이라고 고백했다. 그는 시집을 여러 권이나 냈지만 사람들은 오로지 자신의 신춘문예 작품만 기억하더라는 말을 했다. 내가 섣부른 판단을 하기 어렵지만, 독자들은 그가 젊은 날 죽을힘을 다해 썼던 신춘문예 작품이 담고 있는 문학성에 마음을 두고 있지 않았을까. 실제로 고등학교 교과서에서도 신춘문예 작품이 실려 있다. 따라서 등단 연도가 오래되면 좋은 작품이고, 짧으면 수준이 떨어진다는 생각은 위험하다. 일종의 편견이다.

편견을 깨야 한다는 이야기를 위해서 최근 유행하는 텔레비전 프로그램을 언급해야겠다. 〈복면가왕〉이다. 여기서는 가수가 복면을 쓰고 노래한다. 외모가 복면에 의해 차단되었기 때문에 관객은 노래에 집중한다. 복면의 효력은 대단했다. 우리가 노래를 못하는 가수라고 생각했는데, 집중해서 들으니 실력을 알 수 있었다.

편견의 착각은 우리의 판단을 흐리게 한다. 학력만 내세우면 실체를 보지 못한다. 혼사 때도 집안과 재산에 집착하면 사람을 제대로 만날 수 없다. 명품, 브랜드, 유명세를 무조건 맹신하는 것도 같은 맥락이다.

부끄러운 고백이지만, 나란 위인도 편견의 눈을 가지고 있다. 우연히 인사동을 배회하다 불쑥 미술 전시회에 들어간 적이 있다. 하지만 기대와 달리 그림은 아무리 봐도 수준 이하다. 이건 어린아이가 장난을 해 놓은 것 같기도 하고, 어떤 그림은 알 수 없는 붓 칠을 한 것 같았다. 그런데 한참 돌다가 그림 밑에 화가의 학력과 약력을 보고 다시 보게 됐다.

갑자기 화가의 깊은 생각이 밀려오는 경험을 했다.

등단 연도에 따라 원로, 중진, 중견으로 분류하고 그들이 생산하는 작품도 이렇게 분류하다 보면 작품을 제대로 보지 못한다. 우리가 보는 것은 결국 등단 연도라는 편견이다. 복면가왕은 댄스 가수는 노래를 못할 것이라는 편견을 없애 줬다. 마찬가지로 작품으로 엄중하고 공정한 평가를 해야 한다. 젊은 문인의 작품도 잘 읽어 보면 들꽃에 비치는 햇살처럼 눈부시게 다가올 수 있다.

우리의 취향이라는 것은 저마다 다르게 가지고 있는 기준이고 가치이다. 그렇다면 우리의 일상에서는 편견이라는 것이 언제든지 나타날 수 있다. 문제는 이 편견이 상대방에게 불공정성을 드러내고 불리함을 줘서는 안 된다는 것이다. 그리고 대상을 왜곡해 바라보는 시선으로 고정되어서도 안 된다. 그러기 위해서는 사랑과 관심이 먼저다. 나태주 님의 시 「풀꽃」처럼 자세히 보는 것이 길이다.

# 나도 구라맨

소설가 황석영이 올해로 등단 50주년을 맞는다. 그의 삶은 파란만장했다. 고등학교(경복고) 재학 시절 등단을 했지만, 자퇴와 가출, 자살 시도, 막노동, 떠돌이 생활을 했다. 그는 베트남 전쟁 참전 후부터 본격적인 창작 활동을 하고 대중의 사랑을 받았다. 대하소설 『장길산』은 한국 문학사에 큰 획을 그었다. 그는 방북, 해외 체류, 수감 생활 등 현대사의 한복판을 가로질러 걸어갔다.

그가 최근에 다시 『여울물 소리』를 출간하면서 신문 인터뷰를 했다. 여기에서 그는 별명을 '황구라'라고 소개했다. 50년을 넘게 소설가로 이야기를 술술 풀어낸 것을 두고 하는 말이다. 실제로 그가 남긴 작품의 양이나 깊이로 보아도 이야기꾼을 뜻하는 '구라'라는 별명은 제격이다.

감히 비교하기도 불경스럽지만, 나도 별명이 '구라'다. 직장에서 '구라맨'이라는 별명을 얻었다. 내가 거짓말을 자주 한다고 동료들이 붙여 준 애칭(?)이다. 황석영과 나의 별명은 같지만, 의미에는 약간 차이가 있다. 황석영은 소설가의 필력을 칭찬한 것이고, 나는 입으로 해대는 말을 두고 한 것이다.

이 말을 들으면 대뜸 나의 직장 생활을 낮잡아 연상하기 쉽다. 하지만 애칭이라고 표현한 것처럼, 여기에는 나름대로 설명할 부분이 있다. 나는 근무지에서 제법 나이가 있는 축에 든다. 그러다 보니 젊은 선생님들이 가까이 다가서기 꺼린다. 그래서 내가 먼저 신소리를 하고 다닌다. "차림새가 눈부시도록 아름답다. 웃는 모습이 햇살 같다. 목소리가 흐르는 냇물처럼 맑고 청아하다."라고 말을 건넨다. 할 말이 없으면 "같이 근무하고 있어서 좋다."라고 하거나, 심지어 "이렇게 잘생긴 분하고는 처음 근무해 본다."라며 친근감을 나타낸다. 학기 초에 인사이동으로 인해 학교 선생님들은 서먹서먹하다. 그때 내가 이렇게 말하고 다니면 마음의 벽이 스르르 녹아내린다.

그런데 내 말이 간혹 과하기도 했는지, 직장 동료들이 별명을 붙였다. '구라'였다. 내 말에 진실성이 없다는 것이다.

모두 입에 침도 안 바르고 하는 거짓말이라고 단정한다. 그러나 나는 결단코 거짓말을 하지 않는다. 나는 거짓말이 아닌, 격려와 칭찬의 말을 한다. 만나는 사람들의 모습을 보고 그들의 특징을 잡아내 아름다운 말로 표현해 준다. 지극히 자연적인 감정을 기반으로 그들을 이해하는 나만의 방식이다.

다시 변명하지만, 인상은 객관적으로 존재하지 않는다. 따라서 애초에 거짓과 진실의 판단이 불가능하다. 오히려 삶의 모습은 통찰력에 의해서 발견된다. 특히 우리의 삶은 믿음과 의지에 의해서 구현되기도 한다. 나도 어릴 때부터 부모님이 보내 주시는 무한한 신뢰의 그늘에서 컸다. 믿어 주시고 격려해 주신 것이 힘이 되었다. 부족하기 짝이 없는데 늘 자랑스럽게 생각하셨던 가치 지향이 나를 키웠다.

난 '구라'라는 별명이 좋다. '구라'는 '구라(口羅)'처럼 들린다. '구라(口羅)'라는 말처럼, 입에서 비단처럼 잘 뽑아 주면 돈도 안 들이고 호감을 얻는다. 더욱 나는 아이들을 가르치는 선생이다. 아이들과 함께하다 보면 문제를 지적하기에 급급한 경우가 많다. 그러다 보면 아이도 멀어진다. 이때는 생각을 바꿔야 한다. 장난이 심한 아이에게 활발해서 좋다고 칭찬해 보라. 이내 듬직하게 다가온다.

선생님들을 대상으로 강의를 할 때도 이 방법이 좋다. 강의에 앞서 방문한 학교가 아름답다고 말한다. 실제로 아름답기도 하지만, 학교에 들어서서 든 느낌을 섬세하게 표현해 주면 모두 좋아한다. 그리고 마이크를 잡으면 "오늘 선생님들의 얼굴이 화사해 보입니다. 눈빛을 보니 배우겠다는 에너지가 내재돼 있어서 기대가 됩니다."라고 말한다. 그러면 순간 의자 뒤에 등을 대고 억지로 앉아 있던 선생님들도 내가 준비한 파워포인트 자료를 보려고 고개를 든다.

나는 비록 문단의 말석에 앉아 있지만, 명색이 작가다. 늘 아름다운 언어를 빚어내기 위해 고통을 감내하고 있다. 그렇다면 나는 평생 '구라(口羅)'를 치면서 사는 운명을 안고 있다.

우리의 삶은 타인과의 관계에서 형성된다. 타인은 남처럼 느껴지지만, 내 삶의 중심축이다. 서로 말을 섞으며 감정을 나누면 애정이 확대되고 마침내 정신이 풍요로워진다. 우리의 삶이란 진리가 될 만한 모습이 얼마든지 존재하는 것처럼, 그 모습의 일면을 창조하는 말을 해라. 우리의 삶에서 냉철하고 객관적인 말이 상대에게 도움이 되기도 하지만, 때로는 따뜻한 거짓말이 우리를 더 감동하게 한다.

우리가 사는 세상은 점점 힘들다고 한다. 일이 힘들어서일까. 아니다. 인간관계가 어렵기 때문이다. 혹시 생활에 회의를 느끼고, 타인들과 의사소통이 어렵다고 생각하는가. 지금 옆에 있는 사람을 향해서 구라를 쳐라. "당신이 아름답습니다. 같이 있어 행복합니다."라고. 옆 사람은 물론 내 마음도 한없이 따뜻해진다.

# 들녘에 꽃도 아름답다

금번 새 학기에 이제 막 50이 된 교장 선생님이 온다고 학교가 술렁거렸다. 젊은(?) 교장이라며 기대가 컸다. 오기 전부터 교장 선생님의 나이는 물론 학력까지 공개되었다. 그뿐만 아니라, 그분의 이력도 여기저기서 입소문으로 떠돌고 있었다.

누구의 입에서 나왔는지 모르지만, 쓸데없는 소문도 많이 돌았다. '교장으로 만족할 분이 아니다. 나중에 큰일을 하실 분이다.'라며 소문이 무성했다.

사실 그분은 교장으로 처음 발령을 받으셨다. 이제 새내기 교장이다. 아직 학교 경영 경험도 없다. 경력을 보아도 그분은 특목고에서만 근무를 하셨다. 젊은 나이에 전문직을 하시면서 학교 경험도 일천하다.

이런 경력을 보면 당신에게는 화려하다. 그리고 기대도 가져 볼 만하다. 하지만 겉으로 보면 교장 선생님께서는 일반계고의 경험이 없기 때문에 불리한 측면이 있다. 또, 오직 젊다는 이유만으로 참신함을 기다리고 능력을 과대평가하는 것은 세밀한 사고가 아니다.

능력이 있기 때문에 젊은 나이에 교장의 자리에 이른 것은 맞다. 젊기 때문에 학교도 활기를 찾을 것이라는 기대도 틀린 것은 아니다. 그러나 젊다는 이유 하나만으로 기대를 부풀리는 것은 경계해야 한다.

나는 이번 일을 보면서 우리 사회가 성숙한 사고를 할 필요가 있다는 마음을 담아 보았다. 언제부턴가 우리는 나이를 먹었다는 것에 가치를 두지 않는 인색함을 보인다. 물론 나이를 먹게 되면, 젊은 사람들에 비해서 활동적이지 못하다. 정열적인 일에 대한 의욕이 뒤지는 것도 사실이다.

하지만 이러한 생리적 특징은 오히려 존중받아야 할 몫이 아닌가. 젊음이 많은 사람들로부터 기대받고 예찬받듯이, 늙은 사람들도 험난한 세월의 산을 올라왔다는 사실 하나만으로 존경받아야 한다. 서양 속담에도 '미모는 피부의 한 꺼풀에 지나지 않는다.'고 했는데, 늙었다는 것도 이와 다를 바가 없다. 그것은 우리 눈에 보이는 자연적인 현상일 뿐이다.

옛날에는 머리끝이 희끗희끗해지면 어른 대접을 받고, 나이 때문에 인품까지 존경을 받았던 기억이 난다. 군 제대 후 대학 복학 때였다. 그때 철이 들었는지, 어른의 말씀에 귀를 열기를 좋아했다. 선생님들의 모습은 내 삶의 거울이었다. 그분들의 연세는 정확히 몰랐지만, 내 아버지보다는 더 지긋하신 선생님들의 모습은 큰 산 같았다. 세월이 내려앉은 흰 머리카락은 선생님 학문의 세계만큼이나 경이롭고 존경스러웠다.

그래서 난 지금도 어른을 좋아한다. 모임에 가거나, 혹은 회식 등을 하며 여흥을 즐길 때도 슬그머니 어른 옆에 가서 앉는다. 그분들과 이야기를 하다 보면, 주워듣는 것이 많다. 책에서도 볼 수 없는 당신의 살아온 이야기는 내 삶을 더욱 뜨겁게 한다. 세파에 흔들리지 않고 바위처럼 살아오신 이야기, 아니 강직해서 너무나 강직해서 비바람에 흔들리지 않았을 것 같았던 분도 오히려 수없이 태풍에 어린 나뭇가지를 부러뜨리고 거목이 된 것처럼, 자신의 내밀한 아픔을 들려주신다.

온갖 풍파를 견디고 살아오신 어른들은 말씀도 온화하다. 생각하시는 것도 논리적이고 깊은 데가 있어서, 산중에서 마시는 약수처럼 느껴진다.

나란 위인도 나이를 먹으면서 제법 좋아지는 느낌이 있다. 학교에서 아이들을 보는 눈이 제법 달라지고 있다. 과거에는 아이들의 못된 것만 보았는데, 지금은 아이들의 장점이 보인다. 그전에는 아이들에게 꾸중만 했다. 아이들에게 원망의 눈빛만 키웠다. 이제는 아이들의 마음에 잔잔한 파문을 던지는 말을 건네고 있다.

또 하나, 50대 교장을 맞이하면서 모두가 성공한 삶을 말한다. 나이가 지긋한 선생들도 부러워하지만 젊은 선생들도 닮고 싶어 한다. 젊은 교장처럼 고속 승진의 꿈을 꾸고 있다. 아이들조차도 교장 선생님이 '짱'이라며 고속 출세를 흠모하고 있다.

물론 50이라는 나이에 교장이 되었으니 능력과 성과를 높이 살 만하다. 하지만 성공이 곧 아름다운 인생이고, 나머지는 실패했다는 인식은 위험하다. 인생이란 간단명료하게 설명하기 어렵다. 삶이란 개인 모두가 다르고, 규정할 수 없는 그 무엇이 있다.

성공을 못한 사람은 실패한 것이 아니라, 어떡하다가 큰 물줄기를 따라가지 못하고, 곁길로 간 것이다. 그들은 어리석은 것이 아니라 어진 삶을 산다. 큰 물줄기를 따라가지 않고, 한적한 삶을 찾아간다. 그곳에 가슴을 적시는 풍경이 있었다고 생각한다.

들녘에 꽃을 보면 가슴이 뜨겁다. 꽃이 본래 지니고 있는 소박한 아름다움도 있지만, 거친 바람을 견디고 올곧게 핀 생명력이 감탄을 자아낸다. 또 들녘에 피는 꽃은 그 자체의 아름다움보다 자신이 서 있는 주위와 잘 어울리게 핀다.

넓은 땅에서 소박하게 사는 사람이 많다. 바람에 흔들리지만, 바람보다 먼저 일어나고 햇살이 뜨거우면 뜨거울수록 전신을 태우는 삶을 산다. 삶의 특정한 것만 계량화하는 것보다, 삶의 자질구레한 것들조차 퇴적물로 쌓이는 들녘에서 사는 사람이 아름답다. 생을 마감하기 전에 평생 모은 재산을 기부하는 사람, 또 평생 김밥 장사를 하면서 모은 돈을 불우한 사람들에게 남기고 가는 할머니. 이들이 한없이 아름다운 감동을 준다.

꽃만이 아니다. 요즘 우리 사회는 출세해서 높은 자리에 있는 사람이 존경받고 영원히 추앙을 받는다고 생각한다. 그러나 우리 사회는 궂은일을 하면서 묵묵히 사는 사람들이 더 많다. 교직에서도 보면 교장을 지내고 화려한 정년퇴임을 하는 사람은 한 사람뿐이다. 평생을 학생들과 더불어 음지에서 사랑을 실천하며 교단을 떠나는 많은 평교사들의 아름다운 삶은 눈시울을 뜨겁게 하곤 한다.

들녘에서 제 몸의 마지막 결실인 씨를 흩날리는 꽃처럼, 물욕을 벗을 수 있는 이름 없는 삶도 아름답다. 들녘에서 햇빛에 맑아지고 자유롭게 오가는 바람의 친구처럼 사는 인생도 감동적이다. 들꽃이 지니는 수수하고 겸허한 자태를 닮고자 하는 인생을 꿈꿔라.

# 문인이 부끄러운 시대

모임에 가면 남의 이야기를 듣는 축에 속한다. 변변한 말재주도 없고, 또 좌중을 압도할 만한 사회적 위치에 있지 않기 때문이다. 얼굴만 내밀고, 끝자리에 앉아 있다 오는 편이다. 엊그제도 주변에서 명함을 주고받으며 이런저런 이야기를 하고 있을 때, 나는 그저 듣고만 있었다.

그런데 이날은 뜻하지 않게 내가 이야기의 중심에 있었다. 발단은 내 옆자리에 중소기업의 임원이라는 사람이 앉으며 시작되었다. 그 사람은 늙직했지만 외모에서는 기름이 흘렀다. 말에 자신감이 넘치고 몸짓도 익었다. 나와 별로 친하지 않은데 툽상스러운 자기 손을 내 무릎에 얹어 가며 화제를 주도했다.

그러다가 나와 안면이 있는 사람이 작품 활동을 여전히 왕성하게(?) 하냐며 알은체를 해 왔다. 그 순간 주변의 시선이 내게 집중되면서 그 사람이 다시 말이 많아졌다. 자기 안사람도 얼마 전에 수필가로 데뷔했다는 자랑을 한다. 평생교육원에 나가더니 바로 수필가가 되었다고 큰소리를 친다. 그러더니 책도 곧 출판한다면서 은근히 자랑을 했다. 다시 술이 넘치자, 요즘 주변에 작가가 흔하다며 혀끝을 찼다. 작가 배출을 엄정하게 해야 한다는 나름대로의 대안도 제시했다.

그 사람은 처음에는 아내를 자랑하는 것처럼 말했지만 갈수록 문단의 현실에 칼날을 세웠다. 잘못된 부분도 있어서 고쳐 주고 싶기도 했지만, 워낙 거칠게 말해서 끼어들지 못했다. 그리고 술자리에서 정제된 대화를 하고 싶지 않아서 입을 다물었다.

그러면서도 집에 돌아와 생각해 보니 그 사람이 지적한 것에 공감이 가는 부분이 많이 있다. 특히 작가가 너무 많다는 말에는 부끄럽기도 했다.

금년 한국문인협회 주소록에 보니 회원 수가 1만1천 명이 조금 넘는다. 주변에 단체에 가입해 있지 않은 문인을 감안하면 우리나라 문인 수는 이보다 더 많다. 우리나라에 문인이 많은 것은 일본과 비교해도 짐작할 수 있다. 일본은 우리나라보다 인구가 약 두 배 반이다. 그런데도 일본은 문인 수가 3천여 명에 불과하다.

같은 맥락이지만 문인이 되는 길이 너무 쉽다는 말에도 공감한다. 1990년대 이후 언론기본법이 폐지되고 정기간행물 등록 등에 관한 법률에 따라 문학지가 우후죽순처럼 탄생했다. 자연히 잡지사는 경영난에 봉착하게 되었다. 결국 잡지사는 경영난 극복을 위해 신인 등단 제도를 두고 문단 등용자에게 책을 떠넘기는 장사를 해 왔다. 그러다 보니 함량 미달의 작가가 마구 배출되고, 글 한 편도 제대로 못 쓰는 작가가 우글거린다.

그와 더불어 문단은 글 쓰는 문화보다 패거리 문화가 형성되고 있다. 일부 문단정치꾼들이 신인 배출을 통해 자파 세력을 지속적으로 불리고 이를 기반으로 문단의 권력을 쥐락펴락하고 있다.

사실 문인이 많다는 것은 좋은 현상이다. 문인이 많으면 우리의 문학이 풍요로워진다. 따라서 자랑거리로 삼아야 한다. 문제는 문인 수가 아니라 작품의 질이다. 문인이 많아지는 만큼 그와 비례해 작품의 질이 떨어지는 경우가 많다. 문인은 작품으로 말해야 한다. 어설픈 글을 쓰면서 문인 행세를 하면 본인은 물론 모든 문인이 공멸하게 된다.

그 사람이 말한 것처럼 아무나 문인이 되는 상황은 안 된다. 현대는 자격증 시대다. 문인도 전문가로 자격증 제도를 검토해야 한다. 공신력 있는 잡지를 통해서 등단하는 제도 정비가 필요하다.

문인 단체의 개혁도 필요하다. 문인 협회에 식구가 많아지면서 패거리가 탄생하고 권력화하는 경향이 많다. 문협 선거 때마다 구린내가 나고 상대방에 대한 비방이 끊이지 않고 있다. 이렇게 탄생한 집행부는 문학 행사보다는 선거에서 있었던 비방에 대한 보복에 치중하게 된다. 이러한 현상은 중앙 문단에서 지방 문단까지 자행된다. 문단은 글 쓰는 문화 구현보다 패거리가 모여 반목과 질시를 일삼게 된다.

문인은 문화 중심에 있는 사람들이다. 시대의 지성인이고, 대중에게 지식을 주는 스승이다. 달빛이 온 세상을 은은히 비추듯 고귀한 언어로 어두운 세상에 빛이 되는 존재이다. 문인이라고 자랑할 필요는 없지만, 문인이 부끄러운 시대라면 안타까운 현실이다. 이는 문인뿐만 아니라 우리 모두의 불행이다.

문인이라는 명함보다 글로 말하는 문인이 필요하다. 문인은 스스로 문학 습작 및 문학 이론 등 문학에 관한 역량을 살찌우는 노력을 기울여야 한다. 독자의 고달픈 인생을 어루만질 수 있는 글을 위해 밤을 밝히고, 뼈를 깎는 창작의 아픔을 감내해야 한다. 문인은 창작의 고통을 천형으로 여기고 글을 써야 한다.

# 삶을 가르쳐 준 교과서

누구나 교과서에 대해 잊지 못할 추억을 가지고 있다. 나도 교과서를 생각하면 메말랐던 기억의 샘물이 흥건해진다. 아니, 나는 학교를 졸업하고 직업 때문에 교과서를 끼고 다니니 마르지 않는 일화가 쌓인다.

어릴 때 새 학년이 될 때마다 몸과 마음이 훌쩍 커서 학교에 갔다. 고학년이 될 때는 교과서가 두꺼워지고, 글씨도 작아져 많이 컸다고 생각했다. 고등학교 때는 형이 입던 교복을 입었지만, 교과서만은 새것이어서 마음이 뿌듯했다.

그런데 고등학교 입학 후에 잿빛 사춘기를 심하게 앓았다. 그때 '나는 훗날 무엇을 하면서 살까?' 하면서 제법 어른스러운 질문에 대한 답을 찾고 있었다. 이성에 대한 호기심도 싹트기 시작했다. 공부도 멀리했다.

나의 이런 마음에 대해 부모님은 시답지 않게 생각하셨다. 공부를 열심히 하면 낫는 병이라며 무턱대고 학교로 등을 떠미셨다. 혼자서 가슴앓이를 하다가 하루는 빈 가방을 들고 학교에 갔다. 교과서는 책상 위에 가지런히 올려놓았다. 그것이 반항처럼 보이기도 했지만, 나로서는 메마른 마음을 보여 주는 방법이라고 생각했다.

하지만 상황은 예상과 다르게 흘러갔다. 아버지께서 학교를 그만두라고 강하게 나오셨다. 교과서도 모두 버린다는 꾸지람이 들렸다. 무서웠다. 우선 가방에 책을 담고 뛰쳐나왔다. 그러고는 친구 집에서 학교에 갔다. 다음 날 학교로 어머니가 찾아오셨다. 그러면서 내가 교과서를 팽개친 비행은 담임 선생님께도 낱낱이 공개되었다.

그날부터 나는 선생님께 벌을 받았다. 담임 선생님(원용문, 훗날 한국교원대 국어교육과 교수로 정년퇴임)께서는 황순원의 「소나기」를 한 페이지 이상 외워 오라고 말씀하셨다. 수업 시간에 시와 시조를 외운 적은 있었다. 소설은 외운 적이 없었다. 그래서 가혹한 벌이라고 생각했다.

벌을 받으면서 감정이 조금 가라앉았다. 가라앉은 것이 아니라 별다른 대안이 없어 그냥 학교에 다녔다고 해야 맞다. 그러던 중 수업 시간에 선생님이 소설 외우기를 시키셨다.

조금 더듬거리기도 했지만, 학급 아이들은 모두 놀라는 눈치였다. 소설을 외우는 괴짜로 옆 반에도 소문이 났다. 그 뒤로 나는 민태원의 「청춘예찬」을 멋들어지게 외워 아이들에게 박수를 받았다.

은근히 국어 시간을 기다렸다. 선생님도 좋았다. 소설 외우기라는 다소 엉뚱한 벌로 나를 이끌어 주신 선생님이 좋았다. 교과서의 문학 작품을 읽으며, 갈증만 나던 마음도 촉촉해졌다.

수업 시간에 담임 선생님은 당신의 시를 자주 읽어 주셨다. 아이들은 그런 선생님의 모습에 '원시인(이 별명은 선생님의 성姓에 시인詩人을 결합한 의미도 있었지만, 선생님의 후덕하신 외모와 수염이 많아 원시인原始人이라는 의미도 있었다.)'이라고 킥킥대며 놀려댔지만, 나는 선생님의 시를 받아써 가며 외어 보려고 했다.

나는 여기저기 배회하다가 문학과 가까워졌다. 문학에 삶의 아름다움이 있다는 것을 깨달았다. 절망을 희망으로 역전시키는 한용운의 「님의 침묵」은 슬프면서도 장엄했다. 나라를 빼앗긴 슬픔을 '빼앗긴 들'로 표현한 이상화의 처절한 외침은 가슴을 울렸다.

생각해 보니 나의 사춘기는 새로운 세계에 대한 두려움이었다. 현실과 지향하는 미래 세계에 대한 거리감 때문에 두려웠다. 나는 선생님을 뵈면서 꿈을 가졌다. 국어 선생님이 되고 싶었다. 선생님처럼 글을 쓰면서 국어를 가르치는 선생님이 되고 싶었다. 망설일 것도 없이 사범대학 국어교육과로 진로를 결정했다.

이런 꿈은 대학에서 조병화 선생님과 남광우 선생님을 만나면서 굳어졌다. 두 분은 고등학교 국어 교과서에서 만났던 분이다. 그분들은 큰 산처럼 느껴졌다. 조심스러웠다. 그러나 그분들은 사치스러운 말씀이 없으셨다. 묵묵히 연구하는 모습만 보여 주셨다. 그리고 따뜻한 사랑을 주셨다. 나도 그런 선생님이 되고 싶었다.

교직에 들어와 조병화 선생님의 시를 가르치는 날은 내가 더 수다스러웠다. 선생님의 사유(思惟)의 깊이까지 아는 것처럼 시를 해석했다. 남광우 선생님 글을 가르칠 때도 선생님의 호탕한 웃음소리까지 흉내 내며 수업을 했다. 그때마다 아이들은 자신들도 선생님을 직접 만나는 것처럼 좋아했다.

수업을 하면서 고등학교 때 소설을 외우던 생각을 떠올렸다. 「소나기」의 주인공 '소년'의 독백을 외우면서 수업을 했다. 아예 시 단원을 수업할 때는 교실에 빈손으로 들어갔다. 아이들은 그런 나를 멋있게 보았다. 졸지에 실력 있는 선생님이라고 소문도 났다. 나는 더 우쭐했다.

경기도 교육청 장학 지도 공개 수업 때도 이 방법을 썼다. 교과서를 교탁에 올려놓았지만 의식적으로 보지 않았다. 살짝 긴장을 했을 뿐 나의 강의는 푸른 산에 맑은 물 흐르듯 막힘이 없었다. 연습을 많이 하기도 했지만, 나의 실력이 발휘된 것이라고 의기양양했다.

그러나 수업 평가 때는 상황이 역전되었다. 국어 담당 장학사가 무겁게 지적을 했다. '선생님의 현학적인 시 해석은 참 부럽습니다. 책도 안 보고 수업을 하는 모습에 놀랐습니다. 그런데 수업은 선생님이 알고 있는 것을 쏟아내는 것이 아니라, 아이들이 모르는 것을 가르치는 시간입니다.'

얼굴이 뜨거웠다. 수업을 아이들과 함께하기보다는 혼자 했다는 자괴감이 일었다. 아이들이 모르는 것을 가르친 것이 아니라, 내가 아는 것을 자랑하듯 떠벌렸다는 생각이 들었다. 사실 나는 그때 교직에 막 발을 디뎠다. 가르치는 일에 서툰 것은 물론 자신도 없었다. 즉, 교실에 교과서를 들고 들어가지 않고, 교과서에 가르칠 내용을 메모하지 않은 것은 부족한 나를 가리기 위한 위선이었다.

대학 때 선생님은 우리를 가르치기보다 마음이 열리도록 기다리셨다. 시 한 편을 읽고, 또 읽으면서 우리가 시에 가까이 다가갈 수 있도록 하셨다. 고등학교 때 선생님도 일방적으로 벌을 내리지 않으셨다. 특히 「소나기」를 외우게 하신 것은 내 마음을 읽고 계셨던 것이다.

그 일이 있고, 교과서를 꼬박꼬박 들고 수업을 했다. 이제 교과서에 깨알같이 메모를 했다. 아이들에게 선생님도 교과서에 이렇게 메모를 많이 하니 너희들도 따라 하라고 일렀다. 내가 아는 것보다 아이들이 모르는 것에 치중했다. 아이들의 흥미와 욕구는 무엇인지, 그들의 생각을 키우는 수업을 위해 노력했다.

그러고 보니 교과서는 나에게 삶을 가르쳐 주었다. 마음이 아플 때 교과서에서 위안을 얻었다. 선생님이 되고 싶은 꿈도 소설 외우기 벌로 시작되었다. 교직에 들어와서도 교과서 때문에 가르치는 것에 눈을 떴다. 이런 교과서가 최근 새로운 기쁨을 주었다. 교과서에 내 글과 이름 석 자가 올랐다.

고등학교 때 담임 선생님과 대학 때 조병화 선생님의 영향으로 글 쓰는 선생님이 되고 싶었다. 노력한 결과, 꿈을 이루었다. 열심히 썼다. 그 결과, 내가 쓴 글이 교과서에 올랐다. 그것도 두 군데나 실렸다. 중학교 국어 교과서가 국정에서 검정으로 바뀌면서 종류가 많아져서 그런 것이라지만, 쟁쟁한 문인들과 함께 내 글이 올랐다는 것에 놀랍고 기쁘다.

살다 보면 뜻하지 않은 행운을 만나는 경우가 있다. 학교

다닐 때 선생님과의 만남이 그렇다. 또 이번에 내 글이 교과서에 실린 것도 마찬가지다. 세상에 좋은 글이 얼마든지 많은데 내 글이 운 좋게 실린 것이다. 나는 지금도 교과서를 통해 아이들을 만난다. 옛날 선생님이 교과서를 통해 아픔을 달래 주고 꿈을 심어 주셨던 것처럼, 나도 그들에게 교과서로 삶을 안내하는 선생님이 되고 싶다.

# 일상은 글쓰기의 힘

칼럼은 신문의 꽃이다. 칼럼을 쓰는 사람은 세상 밖으로 나올 수 있는 필력과 이름이 있어야 한다. 글도 세상의 어둠을 걷어내는 힘이 있어야 한다. 그런데 그만한 자리에 있지도 않은 내가 지역 신문에 칼럼을 오래 썼다. 이런저런 이유로 거절했지만, 쉽지가 않았다.

할 수 없이 글을 쓰기 시작했다. 늘 글을 쓰는 습관대로 일상에서의 경험을 소재로 독자를 만났다. 계절의 변화를 이야기하고, 아주 사소한 일상을 소재로 글을 만든다. 텔레비전을 보면서 느낀 이야기도 쓰고, 아파트 마당에 서 있는 나무의 생김새도 글의 소재가 된다. 길을 걷는 노부부를 보고 삶을 이야기하고 인생을 돌아본다.

신문이라 독자의 반응도 빠르다. 어떤 글은 제법 뜨거운 관심을 받기도 한다. 글의 내용이 공감이 되고, 따뜻함이 느껴진다고 말한다. 잔잔한 글에 삶의 성실함이 묻어 있다고 말해 주는 사람도 있다. 어떤 사람은 내 글의 긍정성으로 인해 구부러진 삶이 펴지고 둥그렇게 변했다고 좋아했다.

그런데 최근에 제법 무서운 독자를 만났다. 그는 나에게 독설을 퍼부었다. 우선 나의 글이 밋밋하기 그지없단다. 나의 칼럼은 지극히 개인적인 울타리에서 나오지 못하고 있다고 말한다. 나에게 보수인지 진보인지 묻기도 한다. 우파인지 좌파인지 글 속에 분명한 색깔을 밝히라고 한다. 이어서 그는 세상을 향해서 펜을 휘두르라는 주문을 하면서 격분을 했다. 세상의 모순과 지도층의 부패상을 낱낱이 지적하라고 한다. 국가 정책과 사회 현상에 대해서도 시시비비(是是非非) 하는 것이 진정한 논객이라는 충고를 남겼다.

전자우편을 받고 무시하려고 했다. 익명성에 숨어서 던지는 비방처럼 생각했다. 그런데 이번 글은 엄격히 말하면 비방이 아니었다. 예의가 없는 것도 아니었다. 오히려 논리도 제법 단단했다. 그래서 무시하지 못하고 있다. 그 부담이 마치 풋감 먹고 얹힌 것처럼 명치끝에 매달려 있다.

내 글이 밋밋하다는 것은 무슨 뜻일까. 한참을 고민했지만, 분명한 것이라고는 나의 글이 일상의 울타리에 있다는 것뿐이다.

사실 이런 비슷한 이야기는 이미 주변에서도 자주 들었다. 다시 말해서, 나는 줄곧 일상을 소재로 글을 쓴다. 사람들은 일상의 탈출을 꿈꾸기도 하지만, 그것도 잠시이다. 누구나 일상으로 돌아와야 안정을 찾는다. 일상은 삶의 근간이 되고, 내 존재의 가치를 느끼는 순간이다. 나는 일상에서 갈등을 느끼고 그것을 극복하면서 삶의 의미를 발견한다. 일상에는 생명의 힘이 들어 있다. 때론 힘겹고 고단하지만 평화스러움이 있고 그 온화함이 있어 한없이 따뜻하다. 일상은 삶의 기반이자, 행복의 원천이다.

일상을 다루면 글이 가볍고 사회 현상을 다루면 좋은 글이라는 일방적인 주장에는 동의할 수 없다. 오히려 즐거움과 괴로움이 팽팽하게 찬 일상을 표현하는 빈곤한 언어가 아쉬울 뿐이다. 더욱 지금 쏟아지는 칼럼은 균형을 상실한 채 허위와 거짓의 행로를 활보하고 있다. 진보니 보수니 하는 문제도 자기들만의 논리에 빠져 있다. 세상을 둘로 나누고 싸우자는 꼴뿐이 안 된다. 거기에 말을 섞어 봐야 적을 만드는 것이고, 그 적과 싸우기 위해 억지 논리만 생산하게 된다.

또 우리나라 사람은 지게꾼 셋만 모여도 정치 이야기를 하는 것처럼 신문에는 정치 이야기가 넘치고 있다. 정치가뿐만 아니라 기자, 교수, 기업인까지 정치 이야기를 한다. 이 와중에 나란 위인까지 거들 필요가 없다고 생각한다. 더욱 세상을 보는 혜안도 없고, 남을 비판할 능력도 힘도 없는 내가 마뜩잖게 소리 질러 봐야 무슨 소용이 있겠는가.

중국을 여행할 때의 일이다. 관광코스가 자금성, 만리장성으로 진행될 때 중국의 거대함을 보았다. 대륙의 위대함이라고나 할까. 그런데 밤에 호텔을 나서서 뒷골목에 갔다. 처마에 새끼 돼지고기가 줄줄이 걸려 있는 중국의 모습이 보였다. 좁은 문틈으로는 찌든 생활이 보였다. 높은 산에서 내려다보면 세상을 넓고 크게 볼 수 있다. 하지만 이때는 겉모습만 보게 된다. 내려와서 보면 세상을 가까이 볼 수 있고, 참된 모습을 볼 수 있다.

나는 글을 쓰면서 현학적인 놀림을 하지 않으려고 한다. 관념에 빠지는 수사는 글의 진실성을 의심하게 만든다. 또한 내 인생 자체가 사회의 중심에 서지 못했는데 독자에게 글로 제압하고 군림하려 한다면 그 또한 모순이다. 허름한 일상에도 거대한 유물 못지않은 아름다움이 숨 쉬는 것처럼, 나는 낮은 곳에서 숨겨진 삶의 진실을 닦고자 한다.

독자 중에는 시대의 그늘에 갇혀 있는 글보다 곰삭은 일상이 숨 쉬는 글을 더 좋아하는 사람도 있다. 세상을 껴안은 따스한 글도 어둠을 몰아내는 눈부심이 있다. 나는 오직 여기에 매달릴 뿐이다. 복잡한 정치적 상황과 거대한 이념도 일상의 실타래로 푸는 글쓰기의 힘을 키우고 있다.

# 아이와 영혼을 교감하는 편지를 써 보자

우리는 누구나 자녀를 키운다. 자녀는 가족을 넘어 자신의 분신이다. 내가 아픈 것보다 자녀가 아플 때 더 아픈 것이 부모 마음이다. 오죽하면 눈에 넣어도 안 아프다고 했겠나.

그러다 보니 자녀에 대한 욕심이 많다. 많이 먹게 하고 싶고, 남보다 낫게 입히고 싶다. 많이 가르쳐서 훗날 편안하게 하고 싶은 것이 부모의 마음이다.

그러나 지나치면 미치지 못한다는 말처럼 자녀 교육은 오히려 역효과가 많이 난다. 조급한 마음에 무리한 학습을 강요하는 경우가 많다. 일찍부터 성과를 기대하고 이것저것 강요를 많이 하게 된다. 당연히 부작용이 많다. 학습에 부담을 가진 아이는 극단적인 생각을 한다. 기대 수준에 다다르지 못한 아이는 곁길로 가는 경우도 많다.

요즘 부모는 아이를 가르치는 데만 목표를 두고 있다. 가르치기 위해서 아이에게 만들어진 목표만 제시한다. 아이가 스스로 가기보다는 부모가 정해 놓은 목표에 가도록 독려하기만 한다. 당연히 아이의 의사보다 부모의 욕심이 움직인다.

아이는 가르치기보다 스스로 자라도록 해야 한다. 큰 나무가 비바람을 이겨 내고 제 몸을 키우듯 아이들도 자기 스스로 세상에 서게 해야 한다. 저 혼자 큰 아이가 마음도 커지고 내면도 깊어진다.

그래도 부모로서 내 아이를 가르치고 싶다면 한 가지 방법이 있다. 아이에게 편지로 접근하는 방법이다. 아이에게 말을 건네다 보면 지시하고 억압하는 말투로 변한다. 또한 아이와 소통에 실패를 하면 대화는 파국으로 치닫는다. 반면 글로 하면 감정을 다독거려 따뜻하게 말할 수 있다. 부모의 사랑을 담아서 쓰는 편지는 소통도 부드럽고 쉽다.

우리 선인들은 누구보다 자녀 교육에 편지를 잘 활용했다. 가장 잘 이용한 사람이 다산 정약용이다. 다산은 유배지에서 18년을 넘게 있었다. 당연히 자녀 교육이 불가능했다. 다산은 이 불가능을 편지로 극복했다. 다산은 자녀들과 100여 통이 넘는 편지를 주고받으면서 유배 생활에서도 자녀 교육에 심혈을 기울였다. 그 결과, 큰아들 학연은 추사 김정희 등과 교분을 나눌 정도로 학문이 높았다. 둘째인 학유도 「농가월령가」를 지은 당대의 학자가 되었다.

퇴계 이황도 편지로 자녀 교육을 했다. 퇴계는 대학자답게 아들과 손자들에게 틈틈이 편지를 보내 공부에 힘쓰도록 당부했다.

세계적인 부호 빌 게이츠도 편지와 관련된 일화가 있다. 빌 게이츠는 마이크로소프트사(社) 창설로 돈을 많이 벌었지만, 지금은 오히려 기부를 많이 하는 사람으로 더 유명하다. 빌 게이츠 부부는 자선 활동을 하면서 사회 참여에 불을 붙였는데, 그 발화점이 자신의 어머니였다.

빌 게이츠의 어머니는 아들의 결혼식 전날 며느리에게 이런 편지를 썼다고 한다. "너희 두 사람이 이웃에 대해 특별한 책임감을 느낀다면 세상을 좀 더 살기 좋게 바꿀 수 있을 것이다." 이 말에 빌 게이츠 부부는 자신의 아이에게는 1천만 달러만 물려주고 나머지는 자선 사업에 쓰겠다고 말하며, 왕성한 자선 활동을 하게 되었다.

오늘날 우리 사회가 필요로 하는 것은 돈이 많은 사람도, 탁월한 정치가도 아니다. 조그만 일에도 남에게 감화를 주는 따뜻한 인격을 가진 사람이다. 부모와 함께 편지를 주고받으며 성장한 아이는 마음이 따뜻하다. 절망보다 희망을 보고 교만하지 않고 이웃을 배려하는 어른으로 큰다.

명문이 아니어도 좋다. 섬세한 언어와 깊고 깊은 사유로 사랑하는 사람들의 가슴에 와 닿는 말이면 된다. 겉멋만 부린 언어는 오히려 감동이 없다. 평범한 사랑의 표현도 한 줄의 아름다운 시구라도 인용하여 마음을 담아 보자. 엄마, 아버지의 사랑하는 마음을 담은 편지는 아이의 영혼을 울린다.

편지를 나누는 데는 기다림이 있다. 요즘처럼 바쁘게 돌아가는 세상에도 아이들은 폐쇄된 공간에서 무기력하게만 지낸다. 아이들이면서 오히려 생기가 없다. 기다림이 없기 때문이다. 삶의 의욕을 주는 희망이 없기 때문이다. 정기적으로 편지를 써 보자. 그 기다림이 아이를 눈부신 햇살에 출렁이는 바다의 물결처럼 만든다.

가족과 함께하는 행복이란 운명처럼 주어지는 것이 아니다. 편지를 정성스럽게 쓰면서 서로 사랑을 나누고 이해하는 데서 만들어진다. 추운 이불 속에서 잠자지 않고 읽고 또 읽을 수 있는 긴 편지를 쓰자. 이 세상 가장 아름다운 존재인 아이를 위해 밤을 밝히며 편지를 쓰는 괴로움은 소진이 아니다. 생산적인 구원이고 헌신의 불태움이다.

우리는 지금 풍요로운 시대에 살면서도 모두가 불행하다고 한다. 그러나 우리를 더욱 슬프게 하는 것은 마음을 주고받지 않는 세상이다. 잿빛 거리에서 잡음이 들리는 기계음에 의존하지 말고, 고요한 달빛 아래서 따뜻한 낱말과 그리움이 담긴 편지로 전하라. 비록 생활이 남루하고 고통에 시달린다 할지라도 편지 속에는 아름다운 꿈을 담아 보자. 꿈이란 것이 허망한 것이라 해도 그 허망한 꿈이라도 버릴 수 없는 것이 인간만이 가지고 있는 축복이다.

# 격조 있는 삶을 지향한다

강의를 하러 가면 강사 소개를 한다. 그러면서 업무 담당자가 나의 이력을 읽는다. 출신 대학부터 근무하는 학교, 직책, 그리고 출간한 저서를 열거한다. 사적으로 안면이 있는 경우는 강의 내용과 직접 관련이 없는 인연까지 들추며 연수생들에게 박수를 유도한다. 마지막으로 꼭 붙이는 말이 훌륭한 강사라고 칭송한다. 이때 일부 청중은 소개하는 사람의 의도를 알고 환호의 박수를 보내 준다. 그런데 그 순간은 민망하기 짝이 없다. '훌륭하다'라는 형용사를 내가 감당하기 힘들기 때문이다.

사실 나의 학력과 프로필은 부끄럽다. 남과 비교하면 더 보잘 것이 없다. 더욱 내가 가진 경력이라는 것이 온전히 나의 노력으로 이룬 것도 아니다. 교직이라는 조직 사회에서

관계하면서 얻은 것이다. 강의 내용도 내 것이 아니다. 그저 학교에서 아이들과 수업을 한 사례를 안내할 뿐이다. 수업하면서 어려웠던 점, 실패했던 경험을 이야기한다. 수업에 대해 학문적으로 연구한 것도 아니고, 그저 나만의 방식으로 했던 수업 사례일 뿐이다. 그래서 내 입장에서는 경력을 밝히고 싶지 않다.

그러나 우리가 남과 만날 때는 최소한 이름을 알려 줘야 하고, 강사로서 자격도 알려 주어야 한다. 나는 싫지만 그것이 상대방에 대한 배려이다. 문제는 그것이 이해의 수단이 되지 않고 평가의 잣대로 둔갑한다는 것이다. 이미 우리 사회는 이러한 덫에 광범위하게 걸려 있다. 무조건 일류 대학에 가야 한다는 강박관념과 스펙 쌓기에 열을 올리는 것이 그렇다. 멀리는 명품을 좋아하고 외모에 대한 집착을 보이는 것도 같은 성향이다.

물론 나란 위인도 사회적 존재이기 때문에 사회에서 맺고 있는 관계로 규정지을 수 있다. 그래야만 나란 존재를 쉽게 이해할 수 있다. 하지만 이런 소개에 자괴감을 느낀다. 그토록 치열하게 살아온 흔적을 몇 줄의 언어 표현으로 동기화시켜 버리고 싶지 않다.

나의 모습을 출신 학교로, 몇 권의 저서로, 직장에서의 직책으로만 규정하는 데는 억울한 면이 많다. 이것은 내 삶에서 가을걷이 끝나고 밭에 떨어진 곡식알 같은 것일 수도 있다. 무엇보다 나의 뜨거운 내면이 없다. 도드라진 특성을 나타내지 못하고 남이 이해하기 쉬운 겉모습에 지나지 않는다. 이런 것을 가지고 내 평생이 남긴 열매라고 치기에는 초라하기 그지없다.

나는 오히려 프로필을 통해 그들에게 말하고 싶은 것이 따로 있다. 지금까지 내 능력을 믿고 헤쳐 온 인내와 절제 그리고 부지런함 등이다. 시련이 짓누를 때 굴복하지 않고 일어섰다. 열병 속에 고생할 때도 나의 의지를 버리지 않았다. 그 덕분에 마지막 절망처럼 느꼈던 겨울을 보내고도 봄의 싹을 밀어 올렸다. 나태와 안일을 스스로 거부하고 눈물겹도록 달려왔다. 이것을 정작 그들에게 말하고 싶다.

주변에서 보면 열등감에 젖어 있는 사람이 많다. 어린 시절부터 사회가 구축해 놓은 경쟁의 대열에 서기 때문이다. 그들은 남들의 가치 기준에 따라 목표를 세우는 꼴이다. 자신의 아름다움을 값진 의상이나 장식품에만 의존하는 것과 같다. 모두 부질없는 낭비일 뿐이다. 얼마나 어리석은 짓인가. 그러다 보니 정작 중요한 가치들과 대면하지 못하고 황량한 거리에서 내면의 아픔을 삭이고 있다.

우리 삶에서 영원한 목표는 결국 나를 찾는 것이 아닐까. 교육을 통해서 가르치고 배워야 할 것도 나에 대한 앎이다. 나에 대한 앎이란 무지에 대한 깨달음이다. 이것이 소크라테스가 말한 지혜이다. 철학자 소크라테스는 간단히 말했지만, 자신을 정확히 아는 것은 쉬운 일이 아니다. 자기의 능력으로 성취하고자 하는 욕구는 무엇인지 끊임없이 물어야 한다. 그리고 이를 실천하려는 자세가 필요하다. 이것이 우리 삶의 중심이고, 부러움의 대상이 되어야 한다.

겉모습으로 표현하는 나를 버리고 내면의 모습을 찾아야 한다. 그 모습을 어떻게 만들어 갈지 고민해야 한다. 이 시점에서 나는 따스한 삶을 지향하는 사람이고 싶다. 인간적이고 인격적인 사람이 되고 싶다. 인간이기 때문에 인간적이고 인격적인 면이 있어야 한다. 인간적이라는 말은 도덕과 법을 지키는 맥락과 같은 말이다. 인격적이라는 말도 양심을 지키며 사는 것이다.

수필을 쓴다는 이유로 가끔 글을 잘 쓰려면 어떻게 해야 하냐고 물어오는 사람이 있다. 이때 묻는 의도는 글을 쓰는 기교에 두는 경우가 많다. 나의 대답은 다른 곳을 지향한다. 글을 잘 쓰려면 삶을 제대로 영위해야 한다고 말한다. 내 경험으로 비추어 볼 때, 삶과 글이 일치할 때 글이 생명력을 얻는다.

나이 먹어 가면서 요즘 격조 있는 글을 쓰고 싶다. 그래서 삶의 지향도 이렇게 하려고 한다. 생각에 부드러움이 스며들면 얼굴이 너그러워진다고 한다. 나이 먹어 가면서 삶의 방향을 부드럽고 격조 있는 곳으로 향하려고 한다. 몇 개의 문장으로 표현하는 삶이 아닌 곰삭은 부드러움으로 내 삶의 아름다움을 표현하고 싶다.

# 글로벌 교육으로 가는 길

우리 교육이 안팎으로 위기에 직면해 있다. 학교의 모습은 예전과 다르게 많이 흐트러져 있다. 공부를 많이 하는 것 같지만, 교실의 학생들은 학습 의욕이 없다. 학교 내에서 폭력 문제가 심심치 않게 발생하고, 일부 아이들은 피해를 이기지 못해 극단적인 선택을 한다. 학교와 정책 당국은 부단히 노력을 기울이고 있지만 쉽게 결과가 좋아지지 않는다.

한국 교육은 산업 사회에 혁신적인 역할을 했다. 오늘날 풍요로움은 교육이 바탕이 되었다는 사실은 누구도 부인을 못한다. 미국의 오바마도 한국의 교육을 칭찬했다(정확히는 한국의 교사를 '국가 건설자'라고 칭찬했다.). 교육계도 끊임없이 변화를 시도하고 노력한다. 그런데도 오늘날 학교는 부정적인 대상이다. 공교육은 사교육과 비교하면 늘 처진다고 한다. 교사도 학원 강사와 비교하면서 비난의 대상이 된다.

이와 같은 비난은 어디서 비롯된 것일까. 원인에는 여러 가지가 있을 수 있다. 그중에 대표적인 것이 입시 교육이라는 데는 같을 것이다. 입시 교육에 치중하면서 우리 교육이 본질을 잃었다.

고등학교 졸업식장에 가면 명문대 입학생을 자세히 보고 한다. 마치 교육의 목표가 여기에 있었다는 듯이 명문대에 많은 학생들을 보내 목표 달성을 이룩했다고 자랑스럽게 말한다. 이는 학교 정문에 현수막으로도 걸렸다. 이런 풍조에 대해 학부모는 물론 사회 일각에서도 이상하게 생각하지 않는다. 언론 매체는 오히려 이러한 통계 발표 집계를 즐기고 있다.

이것은 우리 교육의 문제점을 단적으로 보여 주는 사례다. 우리 교육이 입시에 매몰되어 있다. 입시 교육이 나쁜 것은 아니지만, 지나친 몰입은 모든 것을 지나치게 한다. 학교와 학생은 오직 내신, 수능, 논술 점수를 올리는 데 혈안이 된다.

앨빈 토플러(2008)가 '한국의 학생들은 하루 15시간 동안 학교와 학원에서 미래에 필요하지 않은 지식과 존재하지 않을 직업을 위해 시간을 낭비하고 있다.'라고 한 것도 결국 이런 교육 풍토를 두고 한 말이다. 글로벌 시대는 세계의 젊은이들과 경쟁해야 한다. 그러나 우리는 한 우물에 있는 친구들과 점수 싸움을 벌이고 있다. 국제화 시대에 우리끼리 경쟁한다는 것은 불행한 일이다.

잘못된 흐름 속에서는 학교는 방향을 잃었다. 학교에서는 정작 필요한 가치는 파괴되고, 부정적인 모습이 만들어진다. 경쟁은 필연적으로 패배자를 양산한다. 소위 명문대에 들어가지 못한 어린 학생들은 좌절감을 느끼고 마음의 상처를 입는다. 당연히 학교는 재미가 없고, 친구들을 괴롭힌다. 학생들과 선생님들 간의 교육적 소통도 없다.

특정 대학교 합격 현수막을 거는 관행은 최근 '학교 정보공시제' 등과 맞물려, 더욱 강화될 것으로 보인다. 하지만 인간의 심리를 자극하는 통계 내기는 값싸고 촌스러운 문화다. 핀란드 교육이 널리 이야기되는 이유는 학교에서의 서열을 매기는 평가 방식을 채택하지 않기 때문이라고 한다. 학교에서는 학생들을 경쟁 스트레스로부터 보호하는 대신 공부에 대한 올바른 태도가 형성된 다음부터 경쟁을 인정한다. 일본의 사토마나부 교수도 낙오자를 가려내는 교육이 아니라 누구나 최소한 30세 이전까지는 아무런 사회적 제약 없이 교육을 받고 도전할 수 있는 기능이 필요하다고 했다.

같은 새도 차이가 있다. 독수리는 새끼를 기를 때 낭떠러지에서 밀어서 높이 나는 법을 가르친다. 참새는 먹이를 주고 날 때까지 돌봐 주어야 한다. 병아리는 어미 뒤를 따라다니면서 큰다. 독수리가 창공에 높이 나는 모습이 부럽다고 그처럼 키우기 위해 참새 새끼를 밀어내면 죽는다. 하물며 인간은 모두 능력이 다르다. 독수리 나는 모습이 멋지다고 아이에게 힘든 공부를 강요한다면 잘못된 방법이다.

경쟁은 심각한 스트레스를 유발하고, 공부에 대한 부정적인 태도를 낳는다. 경쟁은 사고력을 약화시켜서 깊이 생각할 수 있는 여유를 빼앗는다. 아울러 협동의 능력도 기를 수 없다. 학벌 중시의 교육은 자연 독창적인 접근이나 창의성의 함양과는 거리가 멀다.

이제 우리 교육도 시스템을 선진화해야 한다. 글로벌 시대를 헤쳐 나갈 잠재력을 기르는 일이 중요하다. 이런 과제를 궁극적으로 해결하려면, 개별화 교육으로 가야 한다. 이것이 교육의 본질로 돌아가는 것이고, 좋은 교육이다.

교육은 미래 삶의 가치를 키우는 것이다. 미래 사회에서 가장 중요한 것은 창의력과 상상력이다. 그러기 위해서는 자기 주도의 창의적이고 비판적인 사고를 키우는 교육이 필요하다. 선진국들은 음악, 미술, 문학 등 예술 교과를 교육 과정의 중심축에 놓고 있다. 우리는 최근 교육 과정 개편을 하면서 이미 배정된 예술 교과조차 밀어내고 있는 추세다. 글로벌 리더에게 필요한 능력은 인간관계, 의사소통, 예술 향유와 세계 문화에 대한 이해다. 글로벌 리더는 영어를 잘한다고 키워지는 것이 아니다.

오래전 공익 광고가 생각난다. '부모는 멀리 보라 하고, 학부모는 앞만 보라 한다. 부모는 함께 가라 하고, 학부모는 앞서가라 한다. 부모는 꿈을 꾸라 하고, 학부모는 꿈을 꿀 시간을 주지 않는다.'라는 문구다. 여기에 정답이 있다. 부모의 모습으로 돌아가는 길이 참된 교육의 시작이다.

# 딸을 사랑하는 마음

누구나 그렇겠지만 나도 가족을 소중하게 생각한다. 가족은 나의 전부이고 사는 이유가 된다. 그중에 딸에 대한 사랑은 끝이 없었다. '딸 바보'라는 말이 있는데, 나도 넘치면 넘쳤지 모자라지 않는다.

딸애가 어릴 때 퇴근길을 서둘렀던 기억이 있다. 자전거를 밀어 주고 싶었기 때문이다. 새잎 눈뜨듯 글을 읽기 시작할 때는 함께 동화책을 읽는 즐거움에 콧노래를 부르며 갔다. 아들 녀석은 놀이터에서도 혼자 놀게 했지만, 딸애는 손을 꼭 잡고 다녔다. 제 오빠와 달리 예쁘게 키우고 싶었다. 꽃을 가까이 보게 하고, 따뜻한 눈길을 보내는 마음을 갖게 했다. 백합처럼 구김살 없이 크도록 했고, 긴 머리도 단정하게 묶어 주었다. 아빠는 우리 딸이 웃는 모습이 제일 예쁘다고 자주 말했다. 풍요롭게는 못했지만, 마음만은 부족한 것 없이 키웠다.

품 안의 자식이라고 딸애가 크고 나니 마음대로 안 되는 것이 한둘이 아니다. 추억을 만들어 주고 싶어 자주 여행을 갔다. 그런데 언제부턴가 딸애가 음악을 듣는다고 귀에 이어폰을 꽂고 있다. 나는 겨우내 움츠렸던 도랑이 생기를 찾는 소리며, 봄바람에 몸을 부비고 있는 꽃들의 움직임을 듣자고 조심스럽게 이야기해 보았지만 허사였다. 어느덧 자기만의 세계를 즐긴다.

옷 하나 살 때도 우리 부부와 딸애가 신경전을 벌인다. 우리는 봄빛을 닮은 치마를 사 주고 싶은데, 딸애는 가을색이 좋단다. 제 엄마는 구두도 튀지 않는 것을 고르지만, 딸애는 굽도 높고 색도 요란스러운 것을 고른다.

며칠 전에는 딸애가 휴대전화기 케이스를 바꾸고 왔다. 꽃 장식이 있어 요란하기도 하지만, 내가 보기에는 손에 쥐기도 힘들어 보인다. 딸애는 휴대전화를 가지고 다니는지 케이스에 집착하는지 주객이 전도된 느낌이다. 지난번에도 동물 귀까지 달려 투박하다며, 제 어미와 의견 충돌이 있었다. 하지만 딸애도 서운함이 많나 보다. 제 방으로 돌아가는데 차가운 바람이 불었다.

노란 달빛이 따뜻하게 느껴지는데, 우리 집은 갑자기 냉기가 돈다. 베란다에서 서성이며 마음을 휘젓고 있다. 어릴 때는 부모 말을 잘 들었는데, 왜 안 듣는 것인가. 왜 자꾸 엇나갈까. 걱정이 내려앉는다.

한편 생각해 보니 엄마 아빠 말을 안 듣는 것이 아니라, 딸애가 제 힘으로 생각을 키우고 있다는 판단도 선다. 내 과거를 들춰 보니 그 시절에는 내 생각만이 옳다고 사로잡혀 있었다. 어머니가 애절하게 말씀하신 것도 뿌리치고 걱정을 안겨 드린 것이 하루 이틀이 아니었다. 탈선은 아니라도 어머니의 마음에 휑한 바람이 들락거리도록 만들었다. 때로는 일탈의 들판에서 배회하다가 상처가 나도 스스로 아물면서 커오지 않았던가. 그렇게 딸애도 자기 길을 가고 있는 것은 아닐까.

해질녘에 찾아오는 어둠처럼, 나이를 먹으면서 못된 사고방식이 자리했나 보다. 젊은 층의 말과 행동, 생각을 바로 보지 못하고 있다. 딸애의 생각은 단순하고 경박하다는 판단을 했다. 나와 다르면 상식의 배반이라고 수직적 사고를 했다. 아이들의 문화가 있고, 어른의 문화가 있다. 당연히 문화가 다르다. 나는 선입견의 골목길로 따라오게 한 것이다.

우리 삶이란 것이 하찮은 일부터 큰 것에 이르기까지 실수나 잘못을 하는 경우가 많다. 그리고 뒤늦게 후회를 하게 된다. 딸을 키우는 것도 마찬가지다. 지금 후회가 많이 남는다. 키우는 동안 내가 잘못한 것이 너무 많다. 딸애가 바꾼 핸드폰 케이스도 요즘 문화다. 중장년층도 즐기고, 젊은이들은 패션으로 여긴다. 딸애도 세상의 흐름에 올라타 나이에 맞는 표현을 한 것이다. 비록 그것이 일상의 사소한 선택이라도 존중해야 한다.

내 딴에 딸을 잘 키우겠다는 강박관념이 있었다. 그 강박관념은 나만의 방식이었다. 딸과 의논하지 않고 일방적으로 만들었다. 인간보다 이기적인 존재는 없다고 했는데, 나를 두고 한 말처럼 느껴진다. 내 위주의 가치관에 따라 제멋대로 판단하는 모습을 보였다.

어디 딸에게만 그랬을까. 가까이는 식구들에게, 나가서는 동료들에게도 내가 생각하는 것만이 진리라고 강요했다. 나와 다른 모든 의견은 틀린 것이라고 생각하는 경우가 많다. 참 위험한 사고의 틀이지만 고치지 못한다. 누군가가 그런 말을 했다고 한다. '바꿔야 할 것은 내 마음 외에 없다.' 평범한 말 같지만 진리가 담겨 있다.

삶이란 날마다 개선되는 속성이 있다. 그렇다면 세상을 새로운 눈으로 보아야 한다. 지금이라도 편견에서 눈을 떼고,

딸애를 더 많이 바라봐야겠다. 더 바라보고 더 관심을 가져야겠다. 아이에게 물어보지도 않은 미래의 행복보다 지금 행복한 순간을 지켜 줘야겠다.

아버지의 눈으로 볼 때 여린 딸애가 세상을 향해 가는 발걸음은 걱정스러운 면이 많다. 하지만 딸애는 저 들판에서 비 바람 맞으며 크는 나무처럼, 제 나이에 맞게 햇빛을 맞고 또 바람도 맞으면서 컸다. 스스로 기쁨을 창조할 줄도 알고, 삶을 내다보는 긍정적인 사고방식을 지니고 있다. 이제 걱정보다 믿음으로 지켜야겠다. 제 삶의 길을 묵묵히 가는 것을 응원해야겠다.

사랑한다는 것은 나의 잣대로 보는 것이 아니다. 그 존재에 대해 마음으로 열렬한 희망을 갖는 것이다. 딸애를 통해 사랑을 배웠다. 오늘 내 편견의 틀에서도 크게 부딪치지 않고, 잘 커 준 딸애가 고맙다. 사랑한다.

# 내 글이 국어 교과서에 실리다

내가 쓴 글이 국어 교과서에 실렸다. 그것도 두 군데나 실렸다. 중학교 1학년 1학기 생활국어(새롬교육, 권영민 외)에 「조개껍질과 조개껍데기」라는 글과 1학년 2학기 국어 교과서(대교출판사, 박경신 외)에 「차로와 차선, 구별하여 쓰자」라는 글이다. 두 글은 일상생활에서 잘못 쓰고 있는 언어에 대해 지적하고 올바른 언어 사용의 필요성을 강조하는 내용이다. 편집자는 학습자가 글을 통해 우리말 사용의 중요성에 대해 인식하고, 정확한 어휘 선택으로 올바른 언어생활을 할 수 있도록 안내하기 위해 수록한 듯하다.

내 글은 금년에 첫 선을 뵈는 검정 국어 교과서에 실렸다. 지금까지 국어 교과서는 국정교과서였다. 국정교과서는 국가가 직접 발행한다. 당연히 편찬 주체는 국가(교육과학기술부)

였다. 국정교과서는 단일 교과서로 교육하기 때문에 교육의 통일성을 기할 수 있다는 장점이 있다.

그러나 다양화 시대에 획일화된 교육은 더 이상 존재의 의미를 잃었다. 이러한 사회 변화에 따라 '2009 개정 교육 과정'에 의거하여 중학교 국어 교과서에도 검정 제도를 도입했다. 검정교과서는 출판사가 교육부 지침에 따라 교과서를 제작하여 한국교육과정평가원의 검정에 통과하면 사용할 수 있다. 2010학년도 중학교 1학년 국어 교과서는 검정교과서의 출발인데, 이 검정 심사에 합격한 교과서가 자그마치 23종이다. 내 글은 이 중에 실렸다.

조사에 의하면, 이번 검정 국어 교과서에는 김소월의 작품이 14곳에 19작품이 실려 가장 많이 수록되었다고 한다. 기형도의 「엄마 걱정」은 6곳에 실렸고, 이병기의 「별」이 5곳으로 그 뒤를 이었다. 소설은 허균의 『홍길동전』이 14곳에 실렸고, 박완서, 하근찬, 황순원, 김유정 등의 작품이 자주 등장했다. 수필은 법정의 「먹어서 죽는다」가 5곳, 안네 프랑크의 『안네의 일기』와 장영희, 윤오영의 작품이 실렸다. 그 밖에 윤동주, 김영랑, 심훈, 박두진, 안도현의 작품도 다수가 실려 앞으로도 우리 국민의 사랑을 지속적으로 받을 것으로 기대한다.

이런 작가와 비교하면 내 존재는 미미하다. 글도 기라성 같은 문인들의 것과 비교할 수도 없이 초라하다. 이것은 겸손이 아니다. 세상에 좋은 글이 얼마든지 많다. 따라서 내 글이 교과서에 실린 것은 운이 좋았다고 생각한다. 실제로 살다 보면 뜻하지 않은 행운이 다가오는 경우가 있지 않은가. 내 글도 어쩌다 집필자의 눈에 띄어 이름 석 자와 함께 올라갔다.

흔히 글을 쓰는 행위를 산고(産苦)에 비유하는 것처럼, 내가 글을 쓰는 순간도 마찬가지다. 아주 고되고 힘든 작업이다. 일반 사람은 정신노동이라고 영역을 구분 짓고 마치 육체노동보다 강도가 덜하다고 말한다. 하지만 내게 글쓰기는 거의 육체노동에 가깝다. 특히 나는 글 쓰는 재주가 없어 한 편의 글을 쓰고 나면 거의 탈진 상태에 빠지게 된다.

그런데도 나는 이 작업을 그만두지 못한다. 글을 쓰면 물질적 대가는 받지 못하지만 정신적 포만감을 누린다. 나에게 글은 나를 찾아가는 과정이다. 삶은 늘 어떤 결핍의 상황을 만든다. 그 결핍의 상황을 탈출하기 위해 선택한 것이 글쓰기다. 글쓰기는 일상에서 잃어버렸던 나를 회복하기 위한 공간이다.

사실 몇 년 전에는 고등학교 문학 교사용지도서(지학사, 박갑 수 외)에 참고글로 실리기도 했다. 친구와 함께『즐거운 시 여행』이라는 책을 출판했는데, 이 글의 일부가 실렸다. 교육방송(EBS) 고등학생용 교재 10주 완성과 파이널 테스트에 각각 비문학 지문 글이 실리기도 했다. 그 밖에도 고등학생 대상의 학습 참고서와 공무원 대상 수험서에 글이 실린다. 참 과분한 사랑을 받고 있다.

학창 시절 국어 교과서의 글을 읽으면 늘 작가가 궁금했다. 글이 아닌 현실로 만나서 저자의 인품을 직접 느끼고 싶었다. 이제는 나도 교과서 작가 대열에 들어섰으니 누군가 나를 동경을 할까. 자부심을 가져도 되는 것일까. 기쁨이 넘치면서도 한편 무한한 책임감을 느낀다. 어린 학생들이 내 글을 읽고 공부를 하는데 그들에게 좋은 글을 남겨야 한다는 사명감을 느낀다.

그러면서도 더 욕심을 내는 것이 인간의 본성인가 보다. 역량이 부족한 줄 알면서도 피천득 님의「인연」이나 법정 스님의「무소유」처럼 멋 부리지 않으면서 많은 감동을 줄 수 있는 글을 남기고 싶다. 내 역량으로는 욕심이라고 생각하지만, 나는 글을 쓰는 순간 이 바람을 접을 수 없다. 그 바람이 나를 존재하게 하는 힘을 주기 때문이다.

# 수석교사, 학교에 새 희망의 꽃

먼 남녘에 머물던 봄이 버선발로 달려왔다. 매서운 추위에도 얼지 않고 3월이 되자 맨 먼저 우리 곁에 왔다. 어린 나무도 마지막 남은 찬바람에 잔기침을 하더니 따뜻한 햇살 덕에 멎었다. 고운 목청으로 지저귀는 새의 노랫소리도 맑게 들린다.

봄이 겨울 외투를 벗고 활기를 찾은 것처럼 학교는 긴 겨울방학을 끝내고 개학 준비에 바쁘다. 전근 오는 선생님 맞는 일로 교무실이 소란스럽다. 학급 이동으로 자리 배치를 새로 하고, 이참에 묵은 먼지도 털어 내고 있다.

3월에 새 업무에 따라 자리를 옮기는 것은 늘 하던 일이라 새삼스러울 것이 없다. 올해는 감회가 남다르다. 나는 수석교사로 출발을 한다. 수석교사는 초 · 중등교육법 제20조에 의해 '교사의 교수 · 연구 활동을 지원하며, 학생을 교육한다.'라는 임무를 수행한다. 법 조항에서 보듯 수석교사는 가르치는 업무 외에 동료 교사의 교수 · 연구 지원 활동을 한다.

나름대로 교육에 특화된 경력이 있다고 판단하여 지원했지만, 선발되고 나니 내 역량에 의문이 생긴다. 선생님의 수업 및 연구 활동을 도울 수 있을까. 발걸음을 내딛기 전부터 망설여진다. 수석교사 연수를 받는 동안에도 강사들은 전문성과 리더십을 강조했다. 동료 교사를 지원하는 수석교사는 그에 걸맞은 역량이 있어야 한다는 것이다. 역량과 함께 인간적으로 동료 교사들이 닮고 싶어 하는 리더십도 중요하다고 한다.

다급한 마음에 연수를 받으면서도 교육학 관련 서적을 뒤적거렸다. 교수-학습 모형을 익히고, 수업 분석 기술 관련 서적으로 밤을 밝혔다. 여전히 마음은 맑아지지 않는다. 얄팍한 교육학 지식으로 동료 교사의 어려움을 읽고 따뜻하게 도닥거려 줄 수 있을까. 그들이 인간적으로 닮고 싶어 하는 향기를 낼 수 있을까.

속을 끓이다가 어렴풋이 답을 얻었다. 능력을 타고난 사람도 있지만, 열정을 통해 재능을 꽃피우는 경우도 많다. 이게

답이다. 지금까지 그랬던 것처럼 앞으로도 선생님으로서 사랑의 눈빛을 잃지 않으려고 한다. 학생들의 마음속에 잠들어 있던 꿈을 깨우는 일에 매진하고 싶다. 그리고 아이들이 교실에서 행복하게 공부를 할 수 있도록 도와주고 싶다. 수석교사는 수업을 잘하는 선생님이다. 그러나 수업을 잘하는 선생님은 주변에도 많다. 내가 할 수 있는 것은 오직 열심히 하는 일뿐이다.

동료 교사들이 닮고 싶어 하는 리더십도 생각해 보았다. 훌륭하고 좋은 사상, 그리고 뛰어난 역량이 리더의 그릇임은 말할 필요도 없다. 하지만 넓고 원대한 사상과 남보다 우월한 역량만 있으면 무슨 소용인가. 고매한 생각을 생활에 알맞은 사고방식으로 다듬어 가면서 그것을 실천에 옮기는 사람이 남에게 감화를 줄 수 있다.

간혹 들에 주변과 어울려 핀 이름 없는 꽃에 빠질 때가 있다. 단조로운 풍모와 이슬로 닦아 낸 해맑은 표정이 함부로 범접하지 못할 품격을 보여 준다. 선생님들에게도 권위로 빛나기보다는 사명을 다함으로써, 그들의 마음속에 순수와 열정이 샘솟게 하고 싶다. 당장 그들의 눈앞에서 화려하게 비춰지기보다는 먼 훗날에 기억의 눈부심으로 남고 싶다.

내가 수석교사가 되었다고 하니 어머니께서는 제대로 이해를 못해 높은 자리(?)에 올랐다고 좋아하신다. 팔순이 되는 노모(老母)에게 자세한 설명이 어려워 더 이상 말을 못했다. 지금 내 마음은 분명하다. 동료 선생님과 학생에게 봉사하기 위해 수석교사라는 낮은 자리로 왔다. 그들이 믿고 따를 수 있도록 스스로 부족함을 품고 늘 배려하는 자세로 동행하고자 한다.

고백하자면 교직 경력이 쌓이면서 내 안에 안일과 나태의 잡초를 제거하는 데 소홀히 하기도 했다. 변화의 물결이 휘몰아쳐도 가난한 교육 철학으로 그럭저럭 꾸려 나가려고 버틴 면도 없지 않다. 번데기가 스스로 껍질을 벗어 버리고 곤충으로 태어나듯 이제 새로운 탄생과 출발을 하려 한다. 새로운 시작은 변화와 창조적인 기능을 동반하게 된다.

수석교사제는 우리 교육의 오랜 숙원이었다. 교실을 바꾸고 학교를 바꾸는 제도로 정착해야 한다. 그런데도 수석교사는 관리직 아래라는 둥, 하는 일에 비해 지나친 특혜라는 둥 곰팡스러운 기 싸움을 한다. 오히려 학교 구성원 모두가 수석교사제로 희망을 발견해야 한다. 가르치고 배우는 학교의 전통적인 모습을 회복해야 한다.

3월에 새로운 출발을 하면서 내 마음은 떨림뿐이다. 긴장돼서 떨리기도 하지만, 새 길을 가는 설렘 때문이다. 서로

돕고 배려하는 학교 문화의 꽃을 피우겠다는 기대가 나를 떨리게 한다.

# 교직 첫걸음에 만난 제자들

27년 만에 제자들에게 연락이 왔다. 기다리지 않았던 첫눈이 내리듯, 어쩌다 예고도 없이 날아온 한 장의 편지처럼 핸드폰이 울렸다. 보고 싶다는 내용이다. 섣달을 지척에 두고 저무는 해를 보고 있었는데 뜻밖에 반가운 소식이다.

스마트폰은 최고의 문화 이기다. 기술 분야의 척도이다. 그러나 나는 이 스마트폰을 애용하면서도 늘 비문화적이라고 생각했다. 소통을 오히려 불통으로 만들어 버리는, 아이들의 여린 마음까지 빼앗아 버리는 몹쓸 것이라고 생각했다. 그런데 이번만은 달랐다. 카톡이나 밴드는 잊었던 지인을 자연스럽게 연결해 주는 마력이 있다. 이번 연락도 그렇게 만들어졌다.

1986년 교직에 첫발을 디뎠다. 수원시 이목동에 자리한 동원고등학교였다. 당시 이목동은 가난한 사람들이 옹기종기 모여살고 있었다. 지붕은 모두 낮고 창틀도 빗먹은 집이 많았다. 마당에 고추는 혼자 햇살을 받고 있었다. 마을 사람들은 봉지쌀을 사들고 어스름과 함께 귀가했다. 말이 시(市)지, 어떤 집은 몇 마리 소도 키우는 농촌이나 같은 곳이었다. 산자락에 있는 우리 학교도 마찬가지였다. 학교 건물은 완공되지 않았고, 운동장도 고르지 않아 돌이 더 많았다.

아이들은 낯선 환경에 경계하는 것이 당연했다. 소위 뺑뺑이라는 고입 배정 정책을 노골적으로 원망하기도 했다. 그러면서도 아이들은 이내 젊은 선생님에게 마음을 열었다. 젊은 선생님들이 서툴기도 했지만, 아이들을 사랑하는 눈빛에 모여들기 시작했다. 아이들은 대견스러웠다. 선배도 없었고 전통도 없었지만, 곱고 밝게 성장했다. 선생님들도 수업이 없는 시간에는 학교에 나무를 심고, 길을 닦았다. 그렇게 고생을 하고 아이들은 더 큰 세상으로 진출했다.

살다 보면 시간은 바람처럼 무심하게 흘러간다. 한순간도 멈추거나 쉬지 않는다. 아이들과의 만남도 석양녘 어둠이 밀려드는 것처럼 그렇게 시나브로 잊히는 듯했다. 그런데 우리의 마음속에는 흐르는 시간의 물살 속에서 지워지지 않고 남아 있는 그 무엇이 있었다. 흔히 그것을 '추억'이라고 한다. 하지만 추억이란 삶의 여정에서 지나치게 많아 가을 끝자락에 지천으로 굴러다니는 낙엽처럼 처연하게 느껴질 뿐, 마음에 닿는 구석이 없다.

그러나 교직 첫걸음에서 만난 그들과의 추억은 달랐다. 기억의 저편에서 지워지지 않고 여전히 남아 있었다. 어려움을 함께 이겨 내면서 걸었던 탓인지 쉽게 잊히지 않았다. 그 추억은 살아오면서 어려운 때를 만나면 가슴 한구석에서 힘을 주었다.

그 추억의 실체를 이번에 다시 만났다. 중년이 된 아이들과 반백이 되어 버린 동료 선생님들을 모두 만났다. 반가웠다. 아이들은 기쁨에 큰절을 하고, 눈물을 찍어 대기도 했다. 사람들은 저만치 흘러가 버린 세월과 나이를 탄식하기도 한다. 그것이 젊음을 빼앗아 버린 것이라고 원망한다.

세월은 인간이 소비하는 것 중에 가장 가치가 있다. 세월 속에 어린 고교생들은 중년의 어른들이 되어 있었다. 모두 눈부신 성장과 발전을 했다. 그러고 보면 세월은 신이 인간에게 베푼 귀하고도 유일한 선물일 줄도 모른다.

녀석들은 나이를 먹었지만, 본래부터 지니고 있던 순수성과 맑은 모습은 그대로다. 청명한 지혜와 온화한 덕성을 보이고 건강한 몸까지 있어 모두가 훌륭하게 컸다. 경제적 여유를 이루지 못했지만, 아내와 일을 하며 부지런히 저축하여 내일을 꿈꾸는 녀석이 있다. 대기업에서 중견 간부로 일하는 친구도 있고, 저마다 자기 분야에서 제 역할을 다하고 있다. 특별한 분야에서 남다른 성취를 이뤄 낸 친구도 있다.

남자들은 아버지로서 가족을 사랑하는 마음이 가득하고, 여자아이들은 엄마로서 생활을 원만하게 다듬어 가는 여유가 있다. 서울대학교를 졸업하고 박사 학위까지 받아 후학을 가르치는 친구가 있는가 하면, 우리와 같이 교직의 길을 걷는 친구도 있다. 넉넉해 보이는 놈도 있지만, 조금 부족해 그것이 더 멋있는 놈들이다.

내가 훌쩍 커 버린 제자들에게 선생님으로 스승으로 대접을 받는 것이 송구하면서도 기쁘다. 지금은 어엿한 사회인으로 어깨를 펴고 있지만, 그들에게도 모두 실패와 좌절의 때도 있었을 것이다. 하지만 그들은 그것에 굴복하지 않고 내일의 영광을 위해 준비하는 것이라고 생각하고 끊임없이 노력했다. 그래서 그들이 더욱 대견스럽고 자랑스럽다.

우리는 오랫동안 흩어져 있던 시간을 메우기 위해 따뜻한 정을 나누었다. 27년이란 세월이 적지 않은 긴 세월이었는지, 때로는 격렬하게 기뻐하며 술잔을 기울였다. 이날 그들이 준 감동을 지금 언어로 표현하는 것이 새삼 어렵게 느껴진다. 아무리 고귀한 언어라도 그 기쁨을 그릴 수 없다. 혹 그때 어린 제자들에게 준 허물과 상처를 용서받고 이해받고도 싶어 했지만, 아이들은 아름다운 기억만 하고 있었다.

사람들은 누구나 가슴속에 추억의 우물을 간직하고 있다. 그리고 그 우물 속에 두레박질을 하면서 지나간 시간에 대한 애무를 한다. 추억은 실체도 없이 언제나 홀로이다. 그런데 오늘 그 홀로인 실체를 함께했던 제자들을 만나면서 생명력을 얻었다. 우리는 정지된 과거의 시간을 거슬러 올라가 뜨겁게 포옹을 했다. 우리들이 살아온 날들의 참모습에 찬사를 보내며 시간 가는 줄을 몰랐다.

인생을 살면서 추억의 실체를 만나는 것은 축복이 아닐까. 우리는 새해 첫머리에 축복의 잔을 높이 쳐들었다.

# 주변에는 늘 스승이 있다

『논어』에 "세 사람이 길을 같이 걸어가면 반드시 내 스승이 있다. 좋은 것은 본받고 나쁜 것은 살펴 스스로 고쳐야 한다[三人行必有我師焉 擇其善者而從之 其不善者而改之]."는 말에 이어 있다.

실제로 우리 주변에는 본받고 싶은 사람이 많다. 사람들은 주위에 있는 부모, 친구, 스승 등을 통해 삶의 지혜를 배우고 훌륭한 인격을 완성한다. 그런가 하면 반면교사라는 말처럼, 다른 사람의 부정적인 측면을 거울삼아 가르침으로 삼는 경우도 있다.

나도 세상을 살면서 주변 사람들에게 많이 배우며 왔다. 특히 교직 선배들로부터 배운 것이 많다. 그들에게 배운 덕에 교단에서 30년 가까이 큰 탈 없이 서 있다. 그들이 아니었다면 지금의 모습은 올곧게 채워지지 않았다.

몇 년 전에 만난 교장 선생님은 배울 것이 많아 지금도 마음에 그리워하고 있다. 그분은 공경심을 강조했다. 우리 민족의 건국이념이며 교육이념은 홍익인간으로 사람을 존경하는 마음이라고 했다. 아이들에게도 이것을 가르쳐야 한다는 신념을 보이셨다.

나이의 많고 적음, 지위의 높고 낮음을 떠나 누구에게나 존경심을 갖는 것이 사람의 도리이다. 무엇보다도 그분은 선생님들과 학생들을 공경하는 마음을 실천하셨다. 이런 모습으로 학교에는 수평적인 문화가 만들어지고, 교육 효과도 높았다. 특별한 프로그램 진행 없이 즐거운 학교, 행복한 학교를 만드는 데 큰 기반이 되었다.

오늘날도 높은 지위에 있는 사람이 하루아침에 패가망신하는 사례가 있다. 회사 사장도, 학교 이사장도 자신의 권력을 남용해서 오히려 해를 입는다. 이들은 자신이 차지한 지위와 그 아래 있는 사람의 관계에 차별적인 상하관계가 있다고 믿고 있다. 그래서 아랫사람에게 함부로 한다. 그러나 지금은 사회적 차별 문화가 허용되지 않는다. 극심한 사회적 차별의 세상을 바꾸어 새로운 세상을 여는 데 가장 필요한 미덕은 바로 공경심이다. 아무리 높은 자리도 공경심이 없다면 온전하게 지키지 못한다.

교실에서 선생님에게 필요한 것도 공경심이다. 수업 기술이 뛰어나도 아이들에게 함부로 하는 사람은 존경을 받지 못한다. 새내기 교사는 수업 기술이 다소 서툴더라도 아이들이 이해하고 수긍한다. 하지만 아이들을 무시하거나 낮잡아 대하면 수업은 겉돈다. 제법 연륜이 있고 가르치는 기술이 뛰어나도 아이들을 공경하지 않는다면 환영받지 못한다.

반면 본받고 싶지 않은 사람도 있다. 오래전 이야기이지만, 학부모의 촌지를 과하게 챙기는 사람이 있었다. 그때는 교실에서 쓰는 선풍기, 사물함을 학부모에게 기댔다. 아이들이 야간 자습하는 데 필요하다며 비용을 받고 육성회비, 어머니회비 등 이런저런 명목으로 돈을 걷었다. 문제는 이 비용의 지출이 투명하지 않았다. 선생님들 사이에서도 의문을 가졌지만, 결국 밝히지 못하고 끝난 것이 한두 번이 아니었다.

당시에는 참 힘들었다. 사물함이나 선풍기는 학생들을 위해 부모님들이 설치해 주는 것이니 그런대로 이해를 하고 싶었다. 하지만 그 이외는 동의할 수 없었다. 그런데도 그때는 말을 못했다. 새내기 교사로서 아이들을 가르치는 일도 챙기기에 버거웠다. 그나마 위안을 삼는 것이라면 '저런 교육을 해서는 안 되는 것이구나. 나는 저런 사람이 되어서는 안 되겠다.'라며 반성적 성찰을 했다는 것이다. 당시에는 비리 능선의 정점에 있는 그들이 미웠지만, 그들을 통해서 많이 배웠다.

말이 많은 사람을 보고 역시 저렇게 되지 말아야겠다는 생각을 담았다. 그런 사람은 시도 때도 없이 일장연설을 한다. 그는 사석에서도 대화를 독점하고, 무엇이든 설명을 한다. 살아온 경험과 관리자로서 고급 정보를 가지고 있어 아랫사람에게 자상히 일러 주는 것 같지만, 결국은 잘난 척하며 설명하려 드는 버릇이 발동한다. 우월적 지위에 편승해 아랫사람을 침묵과 무기력의 고통에 빠지게 한다. 이것도 일종에 폭력이라고 느끼는데, 그 바탕에는 자신이 상대방을 통제할 권리가 있다는 자만을 지니고 있기 때문이다.

사회 변화로 인해 최근 핵심 가치가 소통으로 부각되고 있다. 조직을 이끄는 리더의 조건도 소통이다. 그래서 너 나 할 것 없이 소통을 강조한다. 하지만 진정한 소통 문화가 넘치면서 오히려 소통이 차단되고 있다는 느낌이다.

몇 년 전 새로 오신 교장 선생님이 소통의 문화를 강조하며 회의 시간에 적극적으로 의견을 내라고 했다. 선생님들은 새로운 문화에 내심 기대가 컸다. 학교 분위기도 좋아지는 듯했다. 그런데 선생님이 의견을 내면 그때마다 교장 선생님이 이유를 댄다. '좋은 의견인데~' 하면서, 끝은 여지없이 부정적인 피드백을 한다. 즉 이미 결론은 있고, 형식적으로 의견 수렴 과정을 거치는 느낌이다. 매번 같은 모습이 반복된다. 결국 선생님들은 말하지 않기 시작했다. 말해도 소용이 없다는 것을 알았다. 침묵의 시간이 길어지면서 회의 시간에는 이제 지시 전달만 있고, 발전적인 아이디어는 없었다. 회의 분위기도 겉으로는 온화하지만 모두 냉소적인 자세로 앉아 있었다. 그리고 선생님들은 다른 학교로 우르르 전근을 갔다.

어릴 때부터 위인전을 많이 읽었다. 훌륭한 사람들을 찾아 그들을 닮고 싶었다. 그들의 삶의 방식대로 흉내 내다 보면 나도 그 근처에는 가지 않을까. 어른이 되어서도 삶의 멘토를 찾아다녔다. 그를 사표(師表)로 삼고 내 삶을 바르게 일궈 내고 싶었다.

최근에는 사고의 전환이 왔다. 멘토의 경험이라는 것이 모두 과거의 것이다. 내 미래 삶에 참고가 될지언정 정답은 아니라는 생각이다. 그리고 한 사람의 멘토보다 여러 사람을 스승으로 삼는 것은 어떨까. 최근에 유행하는 집단 지성이다. 한 사람의 리더에 이끌려 집단이 살아가는 모습은 미래 사회의 모습이 아니다. 한 사람의 생각은 전체주의로 갈 위험성이 있고, 그 사람이 침몰하면 조직은 흔들리게 된다. 사실 우리 역사는 한 사람에 의해서 움직이는 폐단이 많았다. 한 사람은 수직적 구조 속에서 독점을 하고 더불어 있는 사람들은 좋은 의견을 마음속에만 담고 있어야 한다.

공자가 한 말이 틀린 구석이 하나도 없다. 주변에는 온통 내 스승이다. 그것이 비록 나쁜 것이라도 나에게는 거울이 될 수 있다. 내 생각은 위험한 측면이 많다고 생각해야 한다. 여러 사람의 생각을 공유하는 것이 안전하다.

그리고 사람은 평생 배우며 성장한다. 그렇다면 나이에 상관없이 늘 다른 사람의 의견을 들어야 한다. 입은 하나고 귀는 둘이다. 말하는 것보다 듣는 것이 더 소중하다는 신의 섭리이다. 내가 입을 여는 것보다 남의 이야기를 들을 때, 결국 나는 계속 스승을 만나는 격이다.

# 멋있는 중견 교사로 살기

'중견 교사'라는 말을 자주 쓴다. 어떤 단체나 사회에서 중심이 되는 사람을 '중견'이라 하듯, 학교에서 제법 경력이 있는 사람들을 일컫는다. 그들은 명시적인 지위가 없다. 실체도 없다. 그저 나이로 보아 지긋할 때 중견 교사라고 지칭한다.

하지만 중견 교사를 바라보는 시각은 제법 무게감이 실린다. 적어도 중견 교사는 젊은 교사보다 전문성이 뛰어나고, 그들보다 나은 역할이 필요하다고 생각한다. 수업 등에서 보이는 전문성이 자연스럽게 물 흐르듯 배어 있어야 하고, 인품도 남다른 면이 있기를 바란다. 중견 교사는 젊은 교사들에게 존경과 사랑을 받고, 학생들에게 인기도 있어야 한다는 잣대를 두고 있다. 그야말로 실력과 멋이 함께 있으면 좋다.

그러나 현실은 어디 그런가. 멋은커녕 지탄의 대상이 될 때가 많다. 사람들이 모두 나이를 넘지 못하듯, 중견 교사도 마찬가지다. 젊었을 때는 열정을 보이며 동료들과 선배들로부터 사랑을 받았지만, 나이 앞에서는 무뎌졌다. 체력은 물론 인지적 능력까지 떨어져 배우고 가르치는 데 집중하기 쉽지 않다.

나이는 참 위험한 구석이 있다. 간혹 자기 이익을 보장받기 위한 우산으로 쓰는 경우가 있다. 힘든 일을 피하고, 오직 알량한 예우를 받기 위한 카드로 쓴다. 나이로 강요를 하고, 경력으로 밀어붙이려는 유혹을 느낀다. 자연히 논리보다는 고집을 부리고, 자기의 생각만이 옳다고 여긴다. 나이를 앞세워 시시콜콜하게 훈수도 많이 한다.

이는 나이만 있다면 언제나 간섭해도 된다는 우월감이 낳은 결과다. 후배에 대한 관심과 애정은 당사자가 필요한 경우에 겸손하게 실현되어야 한다. 일방적 조언보다는 그 조언을 비판하게 하고, 답을 제시하기보다는 질문을 던지게 해야 한다. 함께 지적 사유를 통해 실천하고, 교육을 책임지겠다는 선배가 돼야 한다. 직무 연차 등의 외형적 나이보다 일에 대한 열정과 도전 여부를 보여 주는 경력의 나이로 서야 한다.

나이를 핑계로 겨우 생존해 가는 방식은 너무 추하다. 그것은 잘 버텨도 굴욕적일 뿐이다. 이런 모습은 자신의 불행을 넘어, 한창 젊은 후배들에게 실망을 안기고, 교직에 회의를 느끼게 한다.

중견 교사들의 오랜 경력은 분명 경외감을 느끼게 한다. 교직 생활에 얻은 경험을 통해 존재감을 드러내는 중견 교사는 멋있게 느껴진다. 경험에서 나오는 가르침은 교육학에서 배우지 못한 자양분이 될 수 있다. 그러기 위해서 경력은 시간을 두고 발전해야 한다. 경험이란 것도 관행과 전통의 범주에 머물러 있어서는 안 된다. 새것이 있어야 한다. 새로운 것을 좇고, 변화를 안내하는 비전이 있어야 한다. 간혹 중견 교사들의 여유와 능숙함을 부러워하기도 하지만, 그것이 역시 창의적인 사고가 없는 단순한 습관이라면 경계해야 한다.

물론 교직 사회는 가르치는 삶 속에서 눈부신 활약을 하고, 실천을 하는 뛰어난 중견 교사들이 많다. 교직 초임부터 퇴임까지 늘 연구에 매진하고, 제자를 키워 내며 평생 존경받는 선생님들이 있다. 그들은 신분 상승을 위해 경쟁하기보다 스스로 창조적 자아를 추구하며 의미를 찾는 삶을 걸어간다.

문제는 그들이 눈에 잘 보이지 않는다는 점이다. 그 까닭은 그들의 노력이 부족해서가 아니라, 교직 사회의 구조적 문제가 크다고 본다. 어느 사회나 그런 것처럼 교직 사회도 승진 구조에 집중되어 있기 때문이다. 따라서 승진을 하지 못한 중견 교사는 젊은 교사들과 관리자 사이에 떠 있는 경우가 많다. 그들은 시행착오로 배운 훌륭한 교수법이 있어도 풀어놓지 못하고 최소한의 업무에만 충실히 살고 있다. 그들은 젊은 교사들과 교장, 교감 사이에서 교육 철학을 나눌 관계도 역할도 없이 살아가고 있다.

무의미한 삶을 전개하는 사람은 없다. 따라서 이런 여건에서도 스스로 존재의 의미를 찾아야 하는 것이 교사의 운명이다. 교사가 되기 위해 꾸었던 꿈을 다시 키워야 한다. 한 개인이 진지하게 삶을 키워 나갈 때, 옆에서 도와주며 나도 성장한다는 일터는 그 차제가 행복이다. 나보다 훌륭한 제자를 키워 낸다는 기쁨도 있다. 학생과 함께 미지의 영역에 뛰어들고, 학습에 생산적인 도전을 하는 구조를 정착시켜야 한다.

속된 말 같지만 세상에 공짜란 없다. 젊은 교사에게 필요한 역량이 있듯이, 중견 교사도 감당해야 할 몫이 있다. 이를 가장 쉽게 실천하는 방법은 교학상장(教學相長)이다. 스스로 배움을 즐겨 하며, 배우며 가르쳐야 한다. 이런 역동적인 삶이 학생들에게, 젊은 교사들의 마음속에 감동으로 남는다. 그리고 젊어지려고 노력해야 한다. 젊어지는 것은 열린 생각을 품는 것이다. 드높은 이상을 품고, 끊임없이 희망을 자각해야 한다. 동시에 스스로에 대해 비판적이고 철저한 성찰을 통해 삶과 교육을 가꾸어 가야 한다.

미래 학자들이 머지않아 인공지능이 교육을 할 것이라고 한다. 교사라는 직업이 없어진다는 전망이다. 진짜 그럴까. 오히려 따뜻하고 헌신적인 교사, 아이들에게 울림을 주는 멋진 교사가 필요한 시대가 오지 않을까. 멋진 교사란 책에도 없다. 오랜 연수를 이수한 후에도 길러지지 않는다. 오직 자기 연찬을 통한 신념에 있다. 지식을 많이 아는 교사보다 가르치는 것을 존중하는 교사가 돼야 한다. 아이들의 눈부신 미래를 예견하는 교사가 필요한 시대다.

# 사랑하기에 행복하다

한 가지 일에 몰두하며 사는 사람을 자주 만난다. 방학이면 배낭을 메고 오지 여행을 떠나는 선생님이 있다. 평생 잡지 창간호를 모으는 문단 선배도 있다. 국어 선생으로 홈페이지를 구축해 전국적으로 인지도를 자랑하는 후배도 자주 만난다. 그들을 만나면 말할 수 없는 기에 눌린다. 남다른 길을 걸으면서 이룬 성과가 놀랍다. 내가 보기엔 돈도 안 되는 일에 몸과 마음을 허비하고 있는 것도 같은데 지치는 기색도 없다. 오히려 고된 취미를 즐기며 행복하게 웃는다.

그들과 비교하기엔 턱없이 부족하지만, 나도 비슷한 구석이 있다. 우리말에 대한 사랑이다. 직업이 국어 선생이라서 업으로 했지만, 남다른 힘을 쏟는다. 자라나는 아이들이 우리말을 바르게 사용하고 자부심을 갖도록 힘쓴다. 교실이 아닌 곳에서도 우리말 사용에 잘못된 것이 있으면 훈수를 둔다.

텔레비전을 보다가 자막이 틀리면 사진으로 남기고 바르지 않은 용례로 올려 경각심을 갖게 한다. 신문 및 잡지 등에 틀린 말도 지적한다. 도로 표지판이 잘못되어 있으면 관공서에 바르게 표기해 달라고 민원을 넣는다. 지나다가 간판이나 기타 설치물에 맞춤법이 틀렸으면 전화를 건다. 동료들과 일상적인 대화를 할 때도 틀린 말이 있으면 조심스럽게 바로잡아 준다.

지적하는 것만으로 부족해서 글쓰기도 오래 했다. 수원 시정 신문(순간지)에 '우리말 산책'이라는 칼럼을 썼다. 3년 넘게 독자를 만났다. 그러다가 국정브리핑에 우리말 관련 칼럼을 연재했다. 인터넷 포털에 우리말의 오용 사례를 사진과 함께 제시하고 바르게 쓰는 것을 안내했다. 이 글은 두 권의 책으로 발간했다.

오지 여행을 하는 선생님이나 잡지를 모으는 선배 등을 보면 지나치다는 생각도 있다. 마찬가지로 평범한 사람들이 나를 보면 같은 생각을 품을 것이다. 텔레비전 자막 오류와 도로 표지판이 잘못된 것도 먹고사는 데 크게 어려움이 없는 문제다. 나 하나 이렇게 애를 쓴다고 달라질 것이 무엇일까. 스스로 생각해도 한심스러울 때가 있다.

그런데 한편으로 생각해 보면, 그들은 밋밋하게 사는 것을 걷어차고 열정을 뿜으며 사는 사람들이다. 세상에 끌려가는 삶보다 스스로의 삶에 깃발을 꽂는 사람이다. 멋지지 않은가. 오지 여행을 하는 선생님은 사진과 영상으로 남겨서 가 보지 못한 사람들과 소통을 한다. 잡지를 모으는 선배는 박물관에 기증해 문화유산으로 남겼다. 홈페이지로 이름을 떨친 후배는 전국의 국어 선생님들께 도움을 주고 있다. 내 경우를 이들과 같은 저울에 올리기는 민망하지만 병들고 있는 언어, 버림받은 국어를 보살피고 있다는 점에서 자부심을 갖는다.

우리말은 잘 다듬어 써야 한다. 특히 우리는 굴곡의 역사 때문에 언어도 상처를 많이 입었다. 최근에는 '책 잔치/조리법/예식장'이라는 말 대신에 '북 콘서트/레시피/웨딩홀'이 점령해 버렸다. 이 말들은 외국어다. 외래어도 불가피하게 사용해야 할 때는 어쩔 수 없지만, '타월'보다는 '수건'을 사용하는 것이 바람직하다. '들꽃'이라는 예쁜 말을 써서, '야생화'라는 한자어도 물러가게 해야 한다. '밥값/날짐승/어린이/탑시다'보다 '식대/조류/소인/승차합시다'가 많이 쓰이고 있는 현실은 부끄럽다.

우리의 자연 환경도 가꾸지 않고 방치하면 위험하다. 오염된 환경은 마침내 우리의 삶을 파괴한다. 우리말에는 우리의 정신이 담겨 있다. 방치하면 우리의 정신을 해친다. 그래서 학자들이 일제강점기에는 목숨으로 우리말을 지켰다.

틀린 맞춤법을 바로잡아 주고, 비문이라고 문장을 다듬어 주면, 되레 분위기 파악도 할 줄 모르고 아무 데서나 지적질을 하는 사람이라며 몰아붙이는 경우를 봤다. 나는 우리말 지킴이를 하는 일이 좋다. 때로는 강제 노동 같고, 소득도 없지만, 우리 최고의 문화유산인 한글을 사랑하는 것에 자부와 긍지와 보람을 느끼고 있다. 사명감도 있다. 국어 전공자로 잘못 가고 있는 우리 언어 현상에 저항의 십자가를 지고 가는 것이다.

몇 년 후면 나는 교단에서 내려와야 한다. 하지만 이 일은 그만둘 수가 없다. 우리말 사랑에는 정년이 있을 수 없다. 시인 유치환이 사랑받는 것보다 사랑하는 것이 행복하다고 했다. 나는 사랑하는 일이 있어 행복하다.

# 한자는 이제 버려야 할 표기 수단

'새해 福 많이 받으세요.' 새해를 맞이해 지인들이 카톡으로 인사를 보낸다. 내용은 간단하지만, 다양한 사진과 그림으로 연하장 형식을 띠고 있다. 멀리 바닷가에서 떠오르는 붉은 태양, 힘이 솟는 닭 그림, 한껏 멋 부리고 쓴 글씨까지 누가 만들었는지 탐나는 사진들이다.

그런데 이 사진들이 반갑지 않다. 왜 유독 '복'자만 한자로 썼는지 이해할 수 없다. 한글로 써도 되는 '복'자를 큼지막하게 한자로 썼다. 복을 강조하기 위해서 그랬나. 나로서는 마음이 상한다.

설날 아침에 차례를 지내는 모습도 돌이켜 봐야 할 것이 많다. 차례를 지내기 위해 둘러놓은 병풍을 보면 한문뿐이다. 후손들이 병풍의 글 내용을 알고 있을까. 지방도 그렇다. '顯

祖考(현조고), 顯祖妣(현조비)'로 시작해, '學生(학생), 孺人(유인)'을 쓰고 있다.

이는 지금 시대와 맞지 않는 과거의 문화다. 벼슬을 하지 않았기 때문에 이렇게 쓴다. 물론 공무원을 했다면, 이 자리에 퇴직 때의 직급을 쓰기도 한다. 하지만 그 경우는 일부다. 대부분은 그렇지 않기 때문에 '學生(학생), 孺人(유인)'을 쓴다. 이를 보고 어린 학생들은 할아버지가 자기들과 같은 '학생'인 줄 안다. 지방에 쓰인 한자를 모르다 보니, 결국 받드는 제사가 누구인지도 모르고 절을 한다. 조상을 기리는 마음이 생기지 않는 것이 당연하다.

다행히 최근에는 한글 지방을 쓰는 집안도 많다. '할아버지 ○○○ 신위, 할머니 ○○○ 신위'라고 적어 놓고 절을 한다. 제사 모시는 분이 누구인지, 이름이 무엇인지 쉽게 안다. 이렇게 한글로 적어 놓고 절을 하다 보니 후손으로서 정성스러운 마음이 생긴다.

집안에 어른이 돌아가시면 부고를 하는 인습은 이제 없다. 그런데도 제법 돈이 있거나 사회적으로 지위가 높은 집안은 신문 광고란에 부고를 낸다. 이때도 가관이다. '대인(大人), 대부인(大夫人)'으로 시작해서 온통 알 수 없는 한자로 채운다. 돌아가신 날짜와 시간조차 한자로 표기해 숫자로 옮겨 써 봐야 눈에 들어온다.

부고는 돌아가신 사실을 정확하게 전달하는 것이 목적이다. 처음부터 끝까지 한자로 써 놓으면 누가 돌아가셨는지도 모른다. 그냥 한글로 쓰는 것이 바람직하다. 거기다가 '미망인(未亡人)'이라는 표현을 쓰는데, 이 또한 시대에 뒤떨어진 표현이다.

문화란 살아 있는 생명체와 같다. 새로 만들어지고 성장하고 노화돼 사라지기도 한다. 따라서 전통문화란 무턱대고 지키는 것이 아니다. 세월에 따라 변하지 못한 형태로 남아 있다면 고리타분한 인습이다. 문화는 시대에 맞게 만들어 가고 지킬 때 생명력을 얻는다.

공자도 예를 마음이라고 했다. 형식으로 하는 예보다 정성스러운 마음이 중요하다. 제사 지낼 때 '할아버지 ○○○ 신위, 할머니 ○○○ 신위'라고 적어 놓고 절을 한다면 마음이 따뜻하게 만들어진다. 부고도 결국은 주위 사람들에게 알리는 글이다. 주위 사람들을 위해 쉽게 써야 한다.

물론 학문을 하거나 기타 특별한 상황에서 한자를 써야 하는 경우도 있다. 하지만 필요 없는 상황에서는 한자를 버려야 한다. 학교 배지에, 텔레비전 자막에, 신문에 한자를 섞어 쓰는 것은 필요 없는 짓이다. 공원 등에도 선조들의 동상이 있다. 이름부터 한자로 쓰고 업적도 온통 한자다. 게다가 정자로 쓴 것이 아니라 흘려 쓴 한자는 알아볼 수가 없다. 외국인이 봐도 우리나라를 제 나라 문자도 없는 중국의 속국 정도로 여기기 딱 알맞은 상황이다.

우리는 세종대왕이 훈민정음을 세상에 내놓으면서 말과 글이 일치되는 생활을 하게 됐다. 간혹 우리말에 한자를 병기하면 뜻을 쉽게 이해한다고 하는데, 자기들만의 생각이다. 한자를 썼던 습관이 남아서다. 한때 사대문화와 지배층의 잘못된 의식 때문에 냉대를 받았지만 한글은 우리 민족의 글로 생명력을 이어 왔다. 주시경 선생이 세상에서 으뜸가는 글, 세상에 하나밖에 없는 글이라 하여 '한글'이라 이름을 붙였다. 일제강점기라는 암흑의 시대에도 한글은 핍박을 이겨 내고 빛났다.

광복과 함께 전쟁을 겪으면서 우리나라는 총체적 위기에 직면했다. 이 위기를 빠른 기간 내에 극복한 것도 배우기 쉬운 한글 때문이다. 누구나 글을 읽고 쓸 수 있는 한글은 교육효과가 높았고, 그 바탕에서 민주주의와 경제가 빨리 발전해서 우리가 큰 나라로 자리 잡을 수 있었다.

한글이 세계에서 가장 과학적 문자라는 것은 세계적인 학자들도 인정하고 있다. 『총, 균, 쇠』의 저자 제레드 다이아몬

드 박사도 한글의 과학성을 극찬했다. 이런 한글을 저버리고 한자를 쓰는 습관은 외국인도 이해하지 못한다. 한류 바람을 타고 세계 곳곳에서 한글을 만날 수 있게 됐고, 한글을 배우려는 외국인들도 많아졌다.

이런 마당에 뜻도 모르는 한자를 쓰는 문화는 올바른 태도가 아니다. 우리에게 좋은 말과 여기에 딱 들어맞는 우수한 글이 있다는 것은 참으로 고마운 일이다. 한글을 살려 쓰면 우리의 정신도 건강해지고 나라도 튼튼해진다. 한글의 올바른 사용, 한글이 빛나고, 우리 민족도 빛나는 일이다. 이것이 이 땅에서 살아가는 사람들의 사명이다.

3부

# 옛것에서 삶을 읽다

# 노트북이 고장 나고

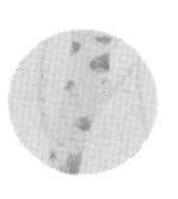

노트북이 고장 났다. 며칠 전부터 노트북이 수상했다. 일단 속도가 느렸다. 클릭을 하고 자리에서 일어나 한참 배회하다 와도 모래시계가 있다. 급기야 부팅을 하는 데도 오래 걸린다. 바이러스 체크를 하고 손을 썼지만 소용이 없다.

할 수 없이 업체에 연락을 했다. 기사가 방문하더니 하드를 교체해야 한다며 통째로 가져가겠다고 한다. 노트북이 없으면 업무 마비가 온다고 다급하게 말했다. 그랬더니 마치 어린애 달래듯 며칠만 참으라고 편하게 말한다. 순간 "진짜 처리해야 할 업무가 많은데…….."라고 입속말을 했지만, 매정하게 컴퓨터를 챙겨 갔다.

책상 위에 노트북이 없으니 허전했다. 메일 확인도 못하고, 수시로 보는 페이스북도 궁금했다. 인터넷을 할 수 없어 답답하다. 무엇보다 교내 업무 연락이 안 되니 문제였다. 교내 의사소통은 메신저로 하는데, 노트북이 없는 사무실에 혼자 앉아 있으니 출근을 해도 무인도에 홀로 있는 것 같았다.

교육정보부에서 아쉬운 대로 여분 노트북을 쓰라고 해서 챙겨 왔다. 그런데 이 노트북은 거의 고물 수준이다. 메신저 설치도 안 되고, 한글 프로그램도 제대로 작동이 안 된다. 끙끙거리다 포기하고 반납했다.

노트북이 없어지면서 책상이 넓어졌다. 신문을 펼쳐도 여유가 있다. 출근을 해서도 아침 시간이 많다. 커피를 마시고, 신문도 본다. 노트북이 있을 때는 틈만 나면 인터넷을 열었는데, 이제는 그 짓을 안 하니 시간이 넘친다.

생각해 보니 그동안 창밖도 제대로 못 보았다. 창가를 등지고 앉아 컴퓨터 화면만 보았다. 시간이 많아지면서, 창가에서 서성이게 되었다. 저 멀리 산자락이 보인다. 늘 침묵하며 이쪽 세상을 향해 있다. 한참 보고 있으니 거뭇한 산봉우리가 붉게 웃는다. 어느덧 가을이 와 있다.

반대로 세상은 너무 시끄럽다. 대통령 선거를 앞두고 세상은 말이 넘친다. 국민을 위한다고 날마다 공약을 내놓고 있다. 상대방을 이기겠다고 장담한다. 선거를 준비하는 사람들은 요동치는 지지율에 비방을 일삼는다. 선거만이 아니다. 프로 야구는 막판 순위 싸움에 열을 올린다. 주식 투자를 하는 사람은 주가 상승과 하락에 피를 말린다. 수험생들은 시험을 앞두고, 취업 준비생들은 취업 전선에서 모두 싸움을 하고 있다.

우리가 사는 것이 아니라, 싸우는 느낌이다. 남을 이겨야 하고, 남을 밟고 일어서야 한다. 대통령의 자리는 아무리 지지를 받아도 2등은 소용이 없다. 1등만이 살아남는다.

선거만이 아니다. 세상은 경쟁이 치열하다. 경쟁이 우리를 옥죄고 있다. 남과 겨루는 경쟁에는 승자와 패자가 있다. 반드시 이겨야 하기 때문에 때로는 잔인함도 있다. 그래서 무섭고, 두렵다.

〈나는 가수다〉라는 순위 매기기 음악 프로그램이 처음에 시청률이 높았다. 가수의 노래를 듣고, 등수를 매기는 기분이 묘했다. 게다가 순위를 매기면서 탈락하는 시스템이 새로웠다. 하지만 이 프로그램은 금방 시들해졌다. 경쟁으로 탈락하는 시스템이 좋은 듯했는데, 오히려 이것으로 매력을 잃었다. 주관적 해석을 모은 통계의 허구성을 간파한 것이다. 순위 정하는 시스템이 통계의 잘못된 해석이라는 것임을 뒤늦게 알아차린 것이다.

국내 유명 대학이 내년부터 쿼터 학기제를 도입을 한다고 한다. 쿼터 학기제와 석 · 박사 통합과정을 밟으면 6년 만이라도 박사 학위를 받을 수 있다는 것이다. 급속도로 진화하는 과학기술 분야의 세계적 권위자가 되기 위해서는 20대 박사, 30대 노벨상 수상을 목표로 학위 과정을 단축한다는 목표다.

빠르게 학위를 준다고 실력 있는 학자가 나올까. 텔레비전에서 천재의 삶을 보았다. 그는 7세에 미국 유학을 떠나 석 · 박사 과정을 이수하고 미국 항공우주국 나사 연구원이 되었다. 그러나 그는 천재의 일생을 걷지 않았다. 마음의 방황을 하다가 지금은 평범한 가장으로 행복한 삶을 보내는 내용이었다. 천재도 나이에 맞는 삶의 모습이 있다는 교훈을 주는 프로그램이었다.

언제부턴가 우리 교육은 너 나 할 것 없이 글로벌 인재 육성에 초점을 두고 있다. 그에 따라 경쟁력이 핵심이라고 열을 올린다. 어린아이부터 모두 글로벌 인재가 되는 것이 꿈이다. 그러다 보니 시 한 편을 천천히 음미하며 읽는 교육도 못한다. 수학 문제를 제한된 시간에 풀어야 하고, 영어도 해석을 빨리 해야 한다.

인생은 다른 사람과 특별히 경쟁을 하지 않는다. 오직 내가 설계한 목표에 스스로 경쟁을 한다. 따라서 승자도 패자도 없는 착한 경쟁이다. 최선을 다해서 이룬 것이 곧 성공이다. 이기기 좋아하는 사람은 반드시 지게 마련이다. 욕심과 이익을 탐하며 정상에 오르면 잃는 것이 많아진다. 경쟁은 체육 경기나 승부를 다루는 게임에서 즐기면 된다.

고쳐 온 컴퓨터는 여전히 신통치 않다. 수리 기사는 오래된 것이니 새로 사는 것이 낫다고 충고를 한다. 그러나 막상 사용하니 참고 쓸 만하다. 모래시계가 돌아가면 그사이에 다른 일을 하면 된다. 수첩을 뒤적거려 옛 친구에게 전화도 하고, 화초에 물도 주고 돌아온다. 그러다가 다시 컴퓨터를 하고, 또 기다리는 시간에 먼 산을 보는 즐거움을 누린다. 컴퓨터가 느린 것이 아니다. 내가 빠르게 하려는 습성을 고쳐 나가면 되는 듯하다.

# 신발을 새로 사고

구두를 새로 샀다. 새것이어서 빛이 나고 멋있다. 발도 편하다. 뒷굽이 온전해서 키도 커 보인다. 걸을 때마다 소리도 크다. 새 구두를 신으니 기분도 들뜨고 걸음걸음이도 자신감이 붙었다.

구두가 낡았다고 아내가 진작부터 핀잔을 줬다. 하지만 내가 보기에는 오래된 느낌은 있을지언정 낡지는 않았다고 생각했다. 시간이 오래된 만큼 익숙함이 좋았다. 나란 위인은 워낙 새것에 둔감하다. 새것을 자유롭게 부리지 못하는 능력 탓이다. 그러다 보니 구두도 오래 신었다. 그뿐이 아니다. 애정도 깊다. 오래된 구두는 일상에 허덕이는 나를 분신처럼 받쳐 주고 있었다. 아침마다 힘차게 출발하는 길에 동행을 했다. 매일 남 몰래 찬란한 꿈도 담았던 신발이다.

값어치가 없어 버려도 아깝지 않은 것을 비유적으로 이를 때 '헌신짝'이라고 하지만, 지금 신발은 버리기 아깝다. 신발은 삶의 수고를 감내하고 왔다. 슬픔이 소나기가처럼 쏟아지는 날에도, 분노가 뙤약볕처럼 숨을 찌르는 날에도 묵묵히 함께 걸어왔다. 그런 날에는 나를 위로라도 하듯이, 신발은 더 크게 터벅터벅 소리를 내면서 따라왔다.

나는 사람을 만나면 신발을 보는 습관이 있다. 신발은 그 사람의 인간됨을 이끄는 힘이 있다고 생각한다. 점잖은 사람은 신발이 먼저 움직인다. 다소곳이 모아 배려와 겸양의 뜻을 보인다. 말을 함부로 하고 예의가 없는 사람은 신발이 말해 준다. 반짝거리는 것이 깨끗한 것이 아니라 오만함이 보인다. 신발이 움직이는 것을 보라. 거침이 없다. 순한 구석이라곤 눈곱만큼도 없고 매사에 거슬린다. 기업인이 자신의 운전기사에게 폭언하고 폭행까지 일삼았다고 한다. 정치인이 상대방에게 험한 말을 하는 것은 물론 텔레비전 마이크에 예의 없게 말을 한다. 개인의 탐욕으로 조직을 운영하는 사람들도 마찬가지다. 그들의 사람됨은 이미 신발에 나와 있다.

얼마 전 새벽 운전을 하다가 인력 시장을 지난 적이 있다. 마땅한 직업이 없어 잡일을 위해 모이는 사람들이다. 3월이지만 새벽에도 찬바람이 등을 후려친다. 그들은 제대로 앉지 도 않고 장작불에 모여 있다. 일자리를 얻겠다고 언 손을 입김으로 녹이며 서성이고 있다. 그들의 신발에서 삶의 고달픔을 읽었다. 구차하고 고통스러운 생활을 웅변하듯 신발은 모두 낡았다. 그들이 운명처럼 붙어 다니는 가난을 이기지 못해 고생하는 모습을 보니 가슴이 저리다.

고대 이집트에서는 귀족이나 성직자만 신을 신었다. 그러나 이제 신발은 누구나 신는다. 신발은 빈부의 차이도 없고, 권력과 힘의 모습도 읽을 수 없다. 그야말로 평등의 상징이다. 벗어 놓으면 입만 벌리고 있어 주인이 누구인지도 모른다. 그래서 신발은 우리 외모에서 주목받지 못하는 소외 영역이다.

하지만 여성들의 신발은 반대다. 의복과 함께 멋을 내는데 중요한 역할을 한다. 적당히 높은 굽은 키도 크게 보이고 멋스러운 옷차림에 어울린다. 알맞게 높은 구두를 신어서 그런지 여유와 넉넉함이 보이고, 인간관계에서도 겸허한 수용을 보인다. 아침 햇살이 이슬을 말리듯, 예쁜 구두를 신은 여인의 모습은 보는 사람들의 마음을 밝게 한다. 지나치게 높은 구두를 신은 여인들은 불안하다. 외모는 화려하게 보이지만 자세히 보면 허무해진다. 걸을 때도 자만의 무게에 도

취되어 가끔 뒤뚱거린다. 멋을 내기 위해 신었지만, 자칫하면 사치와 허영처럼 보인다. 자신의 허물과 미숙함을 가리려고 한 것은 아닐까. 아니, 가리는 것이 아니라 진실을 호도하려는 의도가 아닐까라는 생각에 미치게 된다.

식당에서 신발을 잃어버려 남은 신발을 신은 적이 있다. 식당 주인은 오히려 새것이라며 자신의 불찰에 대한 보상을 하는 것처럼 말을 건넸다. 그러나 취객이 남겨 놓고 간 신발은 맞지 않았다. 몇 발자국 걷고도 발이 불편했고, 걷는 동안 온몸에 힘이 들어가 허리가 아팠다. 집에 와서도 그 신발은 쓸모가 없었다. 아무리 좋은 신발도 내게는 소용이 없다. 내 발에 맞아야 한다.

지금 세상에 넘치고 풍족한 것이 많더라도 내 것이 아닌 것과 마찬가지다. 손에 들어올 수 없는 것을 욕심내면 욕망이 된다. 사람들은 험난한 욕망의 길을 소망인 양 착각하기도 한다. 헛된 욕망은 고삐 풀린 말이 되기 십상이다. 욕망은 소유에 대한 탐욕으로 위험을 초래한다.

햇살처럼 눈부신 소망을 가슴에 품고 걸어야 한다. 어쩌다 귀갓길에 만나는 절망은 눈 시린 달빛 아래서 걷어차라. 작은 소망이라도 있다며 내일이 기대된다. 내일을 기다리는 습관은 힘든 오늘을 살아가는 우리들에게 커다란 힘이 될 수 있다. 하루 일과를 마치고 돌아오는 길에 터벅터벅 걷지 말고, 신발을 끈을 매고 힘차게 걸어 보자. 뼈마디 부스러지는 온갖 고달픔도 가벼워진다.

# 자연에서 삶을 묻다

충북 괴산의 화양계곡에 머문다. 말 그대로 산자수명(山紫水明)한 계곡을 눈앞에 두고 있다. 이곳은 일찍부터 수많은 시인과 묵객, 선비들이 찾아와 시상을 다듬던 곳이다. 나는 시인도 아니고, 그림도 손방이다. 게다가 점잖은 선비도 아니니 다듬을 생각도 마음도 없다. 그저 산에 오르고 내려오는 동안 아무 생각이 없이 지내고 있다. 아니, 경관에 흠뻑 젖어 호사를 누린다.

산은 깊은 곳에 앉아 있어서 하늘처럼 깨끗하다. 암벽은 모두 말라 있어도 틈에서는 여지없이 물을 생산한다. 계곡에 앉아 있는 암반은 흐르는 물길과 잠시나마 인연을 함께하려고 몸 전체로 어루만진다. 하지만 물길은 뒤도 안 돌아보고 야속하게 이별의 소리를 내며 달아난다. 미지의 세계로 달리

듯 한층 더 생기 있게 흐른다.

아름다운 곳에 가면 옛 선조의 일화가 남겨 있듯, 이곳에서도 우암 송시열 선생의 역사와 만난다. 우암 선생이 효종의 죽음을 애달파하며 새벽마다 엎드려 통곡하였다는 읍궁암은 여전히 묘한 울림이 있다. 그때의 슬픔이라도 전하려는 듯 반들거리는 몸으로 햇살을 튕겨 낸다. 수정처럼 맑은 물에 모래 또한 금싸라기 같아 금사담이라 했다는 풍경은 흔한 말로 한 폭의 그림이다. 우암이 머물렀다는 암서재의 풍경은 화양계곡에서도 백미(白眉)라 할 만하다. 금방이라도 우암 선생이 앉아서 책장을 넘길 듯하다.

동행하는 후배는 자연이 베푸는 풍경에 숨이 막힌다면서 갑자기 말이 많아진다. 후배가 뜬금없이 옛날 사대부의 사치를 못마땅해한다. 깊은 산속에 자연을 훼손하고 집을 지었다는 이유다. 사회적 지위와 경제적 우월을 통해 자연을 소유하겠다는 오만을 부렸다는 지적이다. 게다가 이곳에 집을 지으면서 아랫사람들을 못살게 굴었을 것이라고 제법 구체적으로 회고를 한다.

순간 나는 우리의 진부한 삶이 끝없는 순환에서 벗어나지 못함을 느낀다. 그것은 빈약한 관념으로 타인의 삶에 비난의 침을 꽂는 못된 버릇이다. 우리는 그때의 시간으로부터 소외

되어 있다. 우리는 그 시간에 관하여 주절거릴 특권이 없다. 직접 보지 못했던 과거의 삶을 예단하려는 것은 또 다른 의식의 폭력이 아닐까.

물론 인간의 욕망은 끝이 없다. 욕망을 이루지 못하면 금방 세상이 무너질 듯 다가온다. 그러나 추운 겨울이 오고, 눈이 내리면 마음을 포근히 하는 봄을 기다리는 것도 인간뿐이다. 부질없는 탐욕이나 공허한 욕망을 버리고 봄을 기다리는 소박함도 선비들의 삶의 일부였다. 그들이라고 이러한 소망이 없었겠는가. 온갖 권력과 부귀영화를 누리더라도 고요한 계절의 울림을 타고 흐르는 나직한 음률에 가슴을 적시고 싶은 삶이 있었을 것이다.

그들이 이곳에 머묾은 우리가 생각하는 것처럼 일상의 안일을 위한 것이라고 생각하면 곤란하다. 바위 절벽 위로 우뚝 선 누각은 풍광을 즐기기 위함이 아니라 속세로부터 멀리 벗어나서 절제와 단아한 삶을 살기 위한 마음의 표현이다.

선비는 벼슬을 하면서 대의에 맞지 않으면 스스로 물러났다. 물러난 것이 아니라, 낙향을 했다. 낙향은 현실에 대한 또 다른 대응 방식이다. 당파성에 매몰되어 허약한 논리로 자신을 치장하던 생활을 돌아본다. 정의와 신념의 파도와 싸웠지만, 밀려온 현실의 힘에 무너져 버렸다. 소통하겠다고 말을 하지만 야만적으로 변하는 언어의 세상에서 더 이상 존재의 의미를 찾지 못한다.

이제 현실의 치열함을 벗어나고, 삶의 욕망도 잠재운다. 그리고 한적함 속에서 자연을 벗 삼아 정신을 다듬는다. 그들은 현란한 말보다 침묵하는 내면의 풍경을 들여다보면서 삶의 충만함을 느낀다. 우암이 굳이 물 건너편에 누각을 지은 것도 자연과 교감을 하는 은둔의 길을 가기 위함이다.

선비들이 산속에 정자를 지은 것도 자연 훼손이라고 단정하는 것은 무리가 있다. 자연에 함께 있으려는 소망이다. 그래서 정자는 치장도 없이 사방으로 열려 있다. 열려 있기에 바람이 지나고 물소리가 들린다. 앉아 있으면 주변의 풍치가 몰려온다. 열려 있기에 자연과 하나가 된다. 비워 놓음으로써 채워지는 삶의 지혜를 실천하고 있다. 그들은 비움으로써 정신의 충만을 즐긴다. 열려 있는 누각에서 세상을 향해 여전히 치열한 내공을 다진다.

단출하게 짓는 정자는 절제와 검약의 삶과 통한다. 그것은 선비의 삶이고, 정신이다. 따라서 선비들은 정자를 지은 것이 아니다. 그것은 자연과 한 몸이 되는 정신적 은유를 즐기기 위한 자리매김이다. 선비는 정자에서 세상의 온갖 시름을 걷어내고 정신의 가치를 맑게 한다. 그래서 정자는 자연의 일부다.

세상사는 욕망과 쾌락이 있어 좋기도 하지만, 우리를 해롭게 하는 나쁜 소식도 많다. 자연이 생성 · 소멸하는 생존의 의미에는 아름다움이 있고, 삶에 대한 가르침이 있다. 자연이 보여 주는 정직하고도 확연한 진리는 지극히 평범하면서도 깊은 진리의 함축성을 느끼게 한다.

현대인은 뒤늦게 속도와 시간에서 벗어나겠다며 또다시 아등바등 살아간다. 우리는 모두 물질의 풍요를 채우면서 오히려 마음의 괴로움에 빠져 있다. 이곳에서 깨달은 것이 있다. 때로는 지극히 맑고 고독한 평화가 풍요롭다는 인식이다. 산속에서 한가로움을 즐기다 보니 몸도 마음도 가벼워졌다. 불환삼공지락(不換三公之樂)이란 옛말이 그대로다. 푸른 나무, 푸른 산이 나를 가득 채우고 있는데 무엇이 더 필요하단 말인가.

달빛 속에서도 의연하게 솟아올라 있는 봉우리들을 본다. 그 모두가 단단한 침묵으로 내게 묻는다. 어느덧 나도 산중의 이름 없는 봉우리가 되어 말을 건네고 있다.

# 화성을 걸으며

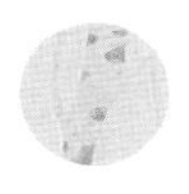

나는 곧잘 화성의 성곽을 따라 걷는다. 화성의 길을 따라 천천히 걸으면 마음이 열린다. 눈부셔 못 견디는 아름다운 역사의 달무리가 펼쳐진다.

화성은 수원 도심의 한복판에 자리하고 있다. 서쪽으로는 팔달산을 끼고 동쪽으로는 낮은 구릉의 평지를 따라 앉아 있다. 성벽은 돌과 벽돌을 섞어서 쌓았는데, 그 잿빛은 오랜 세월을 느끼게 한다. 보통 성은 직선이어서 고압적인 느낌이다. 그런데 화성은 평지에도 구불구불하게 쌓아서 자연스럽고 아름답다.

화성에는 국왕의 꿈이 실현되지 못한 아픔이 서려 있다. 조선의 22대 왕 정조. 그는 아버지 사도세자의 비극적인 죽음의 상처를 안고 왕위에 올랐다. 아버지는 시대의 희생자였다. 정조는 강력한 왕이 되고 싶었다. 화성 건설은 그 시발점이었다. 그러나 정조가 꿈꾸던 화성은 불행히도 애초의 뜻대로 완성되지 못했다. 갑작스런 정조의 죽음으로 모든 계획은 수포로 돌아갔다. 지금 성내에는 이 도시를 성대하게 키우고자 했던 정조의 사당만이 호젓하게 자리하고 있다.

비참하고 슬펐던 역사는 이제 따뜻한 세월에 화려한 고적으로 남았다. 성곽은 곧은 직선으로 쌓은 것이 아니라 역사의 슬픈 사연을 담은 듯 둥글게 이어져 있다. 성곽은 역사의 아픔을 위안 삼아 온유하고 부드러운 곡선으로 성장했다. 그래서 화성은 햇살조차 눈부시게 슬프다.

성곽에 앉아 있으면 그리움이 채워진다. 살다 보면 마음속에 그리움이 자란다. 그리움은 아픔이 되기도 한다. 어느덧 돌아보면 나는 거짓말처럼 혼자다. 그때마다 성곽에 오르면 멀리 있는 광교산 연봉들이 선한 표정으로 말을 건다. 저마다 숲 속 허리춤에 감추고 있는 바람까지도 보내오며 그리움을 달래 준다.

해질녘이면 성곽은 노을을 배경으로 깊은 명상 속에 잠긴다. 과거의 시간은 쇠약해지거나 소멸돼 온 것이 아니다. 끊임없이 진보하고 발전해 오는구나. 노을은 저 하늘가에서 서성거리며 독백을 한다. 시간을 초월하여 역사를 간직한

품이 넉넉하다.

여름밤에 서장대에 오른 적이 있는가. 달빛이 비추는 한적한 밤길을 따라 팔달산 정상까지 오르면 가슴까지 맑아 온다. 서장대는 정적이 깨질까 봐 달빛조차 움직이지 않는다. 주변 소나무도 마치 명상을 하는 수도승처럼 움직임이 없다.

화성의 아름다움은 계절에 따라 변한다. 봄이 되면 성곽은 발꿈치에 진달래를 키운다. 여름은 온통 푸른 잔치에 지쳐 있다. 방화수류정의 늘어진 버드나무는 우리의 마음처럼 부드럽다. 가을에 펼쳐지는 단풍은 성곽을 더욱 고즈넉하게 한다. 겨울은 또 어떤가. 성곽은 눈으로 덮여 침묵하는 소리만 들린다.

화성은 건축물이 아니라 자연이다. 생명이다. 생명 탄생과 죽음이 자연스럽게 순환한다. 봄, 여름이 생명 탄생의 감동을 주는가 하면 가을은 이별의 쓸쓸함을 전한다. 겨울에도 눈보라와 혹한이 몰아치지만 나무들은 인내하고 감내하면서 봄을 기다린다. 그래서 화성의 자연은 영원히 이어지는 조화로운 생명이 숨 쉰다.

수원 성곽은 백성을 사랑했던 군주의 마음이다. 성곽은 생김새도 아래로 백성을 안고 있다. 그 모습은 넉넉함이 있고 포근하게 느껴진다. 전하는 이야기에 의하면, 1795년 을묘

년에 정조대왕이 행차했을 때 이곳에서 친히 백성에게 쌀을 나누어 주었다고 한다. 굶주린 백성에게는 죽을 끓여 먹이는 진휼 행사를 펼쳤다고 하니, 그 모습이 눈에 선하게 그려진다.

그 마음이 우리를 화성에 머물게 한다. 정조의 효심과 함께 대대손손 민족의 마음을 밝혀 준다. 그래서 화성은 지금도 서민의 안식처다. 휴일이면 가족끼리 연인끼리 성곽을 따라 걷는다.

화성은 일제강점기에 이름이 '수원성'으로 바뀌기도 했다. 한국전쟁 때는 포탄에 할퀴고 깊은 상처를 입기도 했다. 그러나 묵직한 역사의 무게도 참고 견뎌 온 성곽이 이제는 유네스코 세계문화유산으로 등록되었다.

나는 이런 화성을 내려오면서 사는 법을 배운다. 성곽이 시련과 고난을 극복하고 늠름하게 남아 있는 것처럼, 우리의 삶도 온갖 어려움을 극복해 가는 과정의 연속이다. 어디 사람이 살아가는 세상이나 세월이 그렇게 평탄만 하겠는가. 가난과 고통, 절망과 슬픔 등 삶의 순간순간마다 밀어닥치는 불행에 비틀거리기보다는 헤쳐 나가는 삶의 지혜를 발휘해야겠다.

몸과 마음의 무게를 걷어내고 싶을 때 화성을 걷는다. 화성은 자신의 둥치를 애써 꾸미려 하지 않고, 거무스레한 등걸을 부끄러워하지 않는다. 비바람을 잘 견디고 역사의 부침에도 듬직하게 살아왔다. 그곳에 기대어 보면, 침묵으로 영원에 닿아 있는 숨소리를 듣는다. 그 숨결은 온갖 세월의 아픔을 삭여서 사는 우리 겨레의 모습을 닮았다. 화성을 내려오면서 마음속에 돌을 하나씩 쌓아 본다. 어려움을 삭여서 평온을 얻는 것처럼 나도 마음속에 장엄하면서도 부드러운 평화를 쌓아 본다.

# 앙부일구 제대로 복원해야

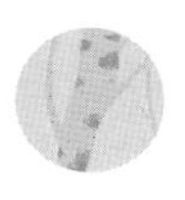

경복궁 정문인 광화문은 서울의 상징이다. 우리나라 사람도 서울 나들이를 할 때면 꼭 들르는 곳이다. 우뚝 솟은 광화문을 보며 우리 민족이 극복해 온 역사를 떠올린다. 외국인도 넓은 길에서 바라보는 광화문에 감탄을 한다. 북악산 기슭에 안겨 있는 궁궐의 문을 사진에 담느라 바쁘다.

광화문은 원래 경복궁의 남쪽에 있는 정문이었다. 태조 때 창건되어 정도전에 의해 '사정문'으로 불렀다. 그러다가 세종 때(1425년) 광화문으로 바꿨다. 여기에서 '광'은 '빛나고 밝고 크고 바르다'는 뜻으로, '이 문으로 나가는 명령과 교서가 모두 바르고 크고 빛나서 만백성을 교화한다.'는 의미를 지닌다. 즉, 광화문에는 '나라의 덕치와 문화가 천하 만방에 널리 미치게 하는 문'이라는 뜻이 담겨 있다.

요즘 이 광화문 현판이 논란이다. 6년 전 광복절에 사진 등 자료를 근거로 복원을 했다. 그런데 최근 다른 사진이 발견되어 현판 바탕과 글자 색상 문제를 다시 검토하기로 했다는 보도다. 이를 두고 치밀한 조사를 통한 문화재 원형 복원 원칙을 지키지 못했다는 비판이 일고 있다. 이런 논란은 결국 정확한 자료가 없기 때문이다. 현판에 대한 명확한 자료만 있었다면 생기지 않았을 문제다.

반면 정확한 자료가 있는데도 제대로 복원되지 않은 문화재가 있다. 광화문 광장 세종대왕 동상 앞에 있는 앙부일구다. 세종은 백성이 시간을 쉽게 읽을 수 있는 방법을 고민했다. 그래서 한자 대신 12간지에 해당하는 동물 그림으로 시각을 표시했다. 한마디로 앙부일구는 백성들을 위한 시계였다. 복원된 앙부일구에는 세종의 애민정신이 없다. 시각 표시를 한자로 써 놓았다. 엉터리 복원이다. 복원은 당시 모습과 가능한 한 똑같이 해야 역사적 의미가 있다.

세종은 백성을 진심으로 사랑한 임금이다. 한글 창제도 애민정신이 낳은 유산이다. 『세종실록』(1423년)에 "백성은 나라의 근본이니, 근본이 튼튼해야만 나라가 평안하게 된다."라고 말한 내용이 전한다. 누구도 돌보지 않는 천민들에게도 산후 휴가를 보내는 정책을 시행했다. 세종은 군왕으로 백성들 위에 군림하지 않았다. 백성들이 불편한 것이 무엇인지 끊임없이 고민을 했다.

앙부일구의 시계에 그림을 넣은 것도 같은 맥락이다. 세종이 백성과 소통을 시도하고 그들의 입장에서 만들었던 것이다. 우리가 높이 본받아야 하는 것은 중세 왕조 사회에서 백성의 어려움을 읽고 그것을 해결하려고 했던 노력이다. 그리고 지배층을 중심으로 독점하고 있는 문자를 피지배층인 백성과 함께하려는 시도도 의미가 있다. 이러한 시도가 결국은 훈민정음 창제로 이어졌다. 이런 세종의 노력이 후손에게 기억되어야 한다.

앙부일구는 광장에서 지하로 연결되는 '세종 이야기' 전시관에도 있다. 이곳은 세종대왕의 출생부터 세종이 이뤄 낸 과학과 예술 · 군사 · 정책을 비롯하여 한글 창제 업적까지 전시를 하고 있다. 여기에도 앙부일구를 복원해 놓았는데, 역시 엉터리다. 동물 그림이 없다. 전시물에 '글을 모르는 백성들을 위해 문자판에는 한문 대신 12시(時)를 나타내는 12지신 동물의 그림을 그려 넣어 백성들이 시각을 쉽게 알 수 있게 배려했다.'라는 설명은 있지만, 정작 만들어 놓은 해시계에는 한자만 있다.

광화문 광장 세종대왕 동상 앞에 천문 기기 설치는 관광객을 위한 것이다. 지하 전시관에 있는 각종 설치물도 관광과 교육이 목적이다. 그렇다면 이런 설치물은 세종 당시의 모습으로 정확히 복원하는 것이 바른 길이다. 앙부일구에 시각 표시에 동물 그림을 복원하는 것은 과거의 유물을 그대로 복원하는 차원 이외에 또 다른 의미가 있다. 이는 세종이 문자를 모르는 백성을 위해 그림을 그려 소통하려 했던 정신적 유산까지 복원하는 길이 된다.

몇 년 전, 숭례문이 불에 타고 복원 사업이 거국적으로 시행됐다. 하지만 결과는 부실 복원이었다. 시간을 정하고 눈에 보이는 업적을 중요시하다 보니 중요한 '원형 복원'이라는 정신을 놓쳤다. 문화재 복원이나 보수는 원형 보전이 생명이다. 현재 광화문에 있는 앙부일구는 역사와 세종의 정신을 왜곡하는 것으로 당연히 철거되어야 한다. 앙부일구를 『세종실록』 등의 기록을 이용해 제대로 복원해야 한다.

# 훈민정음, 백성을 사랑하는 왕의 마음

세종대왕이 훈민정음을 창제한 배경에는 여러 가지가 있지만, 그중에 백성을 사랑하는 마음이 가장 컸다. 『월인석보』의 첫머리에 실려 있는 훈민정음의 어제서문(御製序文)에도 어리석은 백성을 불쌍히 여겨 문자를 만들었다고 밝히고 있다.

이에 근거하여 고등학교에서는 훈민정음은 세종대왕의 애민정신이 만든 것이라고 가르친다. 물론 이러한 창제 동기가 틀린 것은 아니다. 하지만 이는 인류의 지적 유산으로 평가받는 한글 창제의 동기를 너무 편협한 시각으로 보는 측면이 있다. 세종대왕이 백성을 사랑하는 마음이 추상적이고 단편적이다.

세종대왕이 백성을 사랑하고 그로 인해 문자를 만들기까지는 나름대로 역사적 배경이 있다. 조선은 경제적으로 농업을 위주로 하는 정책을 추구했다. 이른바 중농주의다. 당시 조선은 대다수 백성들이 농업에 종사했다. 따라서 농업을 장려하고 안정시키는 것이 경제 정책의 최우선 순위가 될 수밖에 없었다.

1429년(세종 11) 『농사직설』은 이런 배경 때문에 만든 책이다. 전국 각 지방에 사는 늙은 농부들의 경험적 지식과 비결을 수집하고 체계화했다. 중국 중심의 농업 기술에서 탈피하여 우리나라의 기후, 토질 등에 맞는 농업 기술을 제공하고 있다. 당시 재배하던 벼, 콩, 조, 피, 수수, 보리 등 주요 곡물의 종류 및 재배법과 씨앗 저장법, 토질 개량법, 묘판 만드는 법, 모내기법, 거름 주는 법 등에 대한 구체적인 내용이 담겨 있다. 정부는 이 책을 주도적으로 간행하여 도의 감사와 주 · 부 · 군 · 현 및 경중(京中)의 2품 이상에게 널리 나누어 주었다.

책을 만들어 관리들에게 배포한 데에는 그들이 책의 내용을 백성에게 자세히 전할 것이라는 기대 때문이었다. 하지만 현실은 그렇지 않았다. 관리들이 백성들에게 내용을 성실하게 전달하지 않았다. 그리고 한문으로 된 책은 백성들의 손에 가도 쓸모가 없었다. 여기서 세종은 백성이 쉽게 읽고 쓸

수 있는 문자의 필요성을 절실하게 느꼈다.

세종대왕은 백성은 나라의 근본이라고 생각했다. 나라가 평안하기 위해서는 백성이 평안해야 한다. 억울한 백성이 없고 태평한 세상, 이것이 바로 세종대왕이 꿈꾸던 조선이었다. 그런데 어느 날, 어전에서 충격적인 소식을 접한다. 진주에서 아들이 어미를 구타하였다는 내용이다. 부모에게 패륜을 저지른 일은 유교 사회에 큰 충격을 주었다.

이 사건에 대해 엄벌의 주장이 논의될 때, 세종은 엄벌에 앞서 세상에 효행의 풍습을 널리 알릴 수 있는 서적을 간포해서 백성들에게 항상 읽게 하자는 의견을 냈다. 이때 낸 책이 『삼강행실도』이다. 그 책에는 모범이 될 만한 충신 · 효자 · 열녀의 행실을 담았다. 1434년(세종 16) 직제학(直提學) 설순(偰循) 등이 왕명에 의하여 우리나라와 중국의 서적에서 군신 · 부자 · 부부의 덕목을 담았다.

이 책을 통해 백성들의 윤리적 기강 확립을 꾀하려 했다. 그래서 문자를 모르는 백성을 위해 그림책을 편찬한다. 그러나 이것도 한계가 있다. 한문을 모르는 백성들을 위해 그림으로 내용을 표현했지만, 말풍선이 없는 그림책은 이해하기가 어렵다. 그러다 보니 백성들에게 널리 보급하고자 했던 목적 달성은 쉽게 이루지 못했다.

같은 해 10월에 장영실이 만든 앙부일구(仰釜日晷)에도 백성을 사랑하는 군주의 마음이 담겨 있다. 이는 조선 세종 때 처음 만들어진 해시계로, 중국의 앙의를 바탕으로 만들었다. 오목한 솥이 하늘을 쳐다보고 있는 형상을 하고 있어 앙부일구라고 했다. 해가 동쪽에서 떠 서쪽으로 지면서 생기는 그림자가 시각 선에 비치어 시간을 알 수 있다.

앙부일구는 종로 혜정교와 종묘에 설치했다. 어린이도 볼 수 있게끔 낮은 2단으로 계단식 받침돌 위에 설치했다는 기록이 있다. 각종 기호는 한자로 되어 있으나 핵심 시각 표시는 하층민을 위해 열두 띠 동물시신 기호를 아울러 표시했다.

앞에 역사적 사건들은 언어생활사의 관점에서 보았을 때 의미가 있다. 지배자가 국가의 모든 권력을 장악하고 그 권력을 마음대로 운용하는 전제 국가에서 하층민을 위한 정책을 꾀했다는 것 자체가 매우 소중하고 탁월한 사건이었다. 그리고 문자를 모르는 백성들을 배려하고 그들과 끊임없이 소통하려는 시도를 했다. 이러한 시도가 훈민정음 창제의 핵심 동기로 이어졌다.

특히 『삼강행실도』가 4월 27일 간행되었고, 동년 10월 2일자 실록에 앙부일구에 대한 최초의 기록이 전한다. 그렇다면 이 기록이 씌어 있는 1434년은 문자 생활사와 관련시켜 볼 때 무척 중요한 해이다. 이러한 맥락에서 1434년을 세종이 본격적으로 훈민정음을 연구하기 시작한 해로 볼 수 있다. 세종은 이때부터 훈민정음 창제에 몰두해 10여 년이 지난 1443년에 창제를 완성한다.

우리가 어떤 대상을 막연하게 알고 있는 것보다 그 실체를 정확하고 깊게 알고 있을 때, 우리의 세계는 달라진다. 대상에 대한 이해의 증진으로 의식이 성장하고 마침내 깊은 애정을 갖는다. 한글은 우리 조상이 남겨 준 문화유산이다. 한글은 숨 쉬는 것만큼 익숙해서 그 소중함을 잊고 산다. 관심이 대상을 아는 첫걸음이다. 우리가 아는 한글에 대해 제대로 알고 있는가. 끊임없이 성찰을 통해 관심을 키워 볼 필요가 있다.

# 걸으면 마음이 열린다

요즘 걷는 것을 예찬한다. 걷는 것이 행복하다고 한다. 걷는 것이 기쁨이고 그 순간에 황홀함을 느낀다고 한다. 아예 걷기 프로그램이 관광 상품으로 나오고 있다. 지방자치단체도 걷는 길을 개발하고 관광객을 유치하고 있다.

걷는 것은 인간의 본능이다. 걸어야만 존재하는 것이 인간이다. 걷기는 인간의 생존 방식이며, 경제 활동 등 인간다운 생활을 위한 수단이 된다.

사실 걷는 것에는 수고로움이 따른다. 때에 따라서는 육체적 노동이라고 할 수 있다. 군대에서도 유격 훈련을 하면 마지막으로 하는 것이 행군이다.

나에게도 걷기는 고통스러운 추억으로 남아 있다. 나뿐만

이 아니다. 내 나이 때 사람은 다 그럴 것이라고 생각한다. 나는 서울 답십리에서 학교를 다녔다. 남들은 서울 태생이라고 하지만, 그때 답십리는 시골이나 다름없었다. 큰 저수지가 있고 논밭이 여기저기 펼쳐져 있었다. 당연히 학교는 없었다. 학교는 고개 저 너머 전농동이라는 곳에 있었다. 우리는 아침에 마을 입구에 모여서 학교까지 걸어갔다. 가도 가도 학교가 나오지 않았다.

집에 올 때도 마찬가지였다. 오다가 쉬고 또 오다가 쉬어서 저녁 해가 뉘엿뉘엿해질 때 집에 돌아왔다. 공부보다 매일 걸었던 고통만 있다. 자전거 하나 사기 어려웠던 시절, 그때 걷기는 고통과 동시에 가난의 은유였다.

한때 가난을 극복하는 것이 나라의 목표였다. 목표 달성을 위해 국민 모두가 새벽부터 밤늦게까지 일을 했다. 우리 국민이 부지런해서 성과도 빨리 나타났다. 너도 나도 사회의 빠른 물결에 동참을 했다. 밥도 빨리 먹어야 했고, 출근길도 서둘러야 했다. 모두가 빨리빨리 하니까 사회 문화조차도 가속 페달을 밟았다. 건물도 빨리 올라가고 고속도로가 눈 깜짝할 사이에 생겼다.

덕분에 우리는 늘 붙어 있던 가난을 떨쳐 냈다. 물질의 풍요로움을 즐기고 생활도 윤택하다. 꿈 같이 여기던 마이카도

옛말이 되었다. 고속도로에 자동차가 홍수를 이룬다. 이제 세상은 더 빨라지고 초고속 인터넷 시대로 질주한다.

그런데 너무 빨리 달렸다. 오직 앞만 보고 달렸다. 경쟁이 지나쳐 폭력도 난무한다. 빠름에 편승해 절차와 순서가 존중되지 않는다. 정정당당함도 사라졌다. 내가 바쁘니 남을 돌볼 여유는 당연히 없다. 세상은 요란하기만 하고, 따뜻함이라곤 찾아볼 수 없다.

하지만 사람들은 현명했다. 속도에 더 이상 몸을 실어서 안 된다는 사실을 알았다. 다시 느리게 사는 것을 깨달았다. 그것이 걷기다.

걷기의 최상의 매력은 만남에 있다. 인간은 언제나 홀로이다. 그 홀로인 실체가 다른 사람과의 만남을 통해서 존재의 의미를 깨닫고, 삶의 의미를 발견한다. 그러기에 사람은 늘 혼자이면서도 어디론가 다른 존재를 찾아 떠나게 된다. 다른 존재는 사람만이 아니다. 주변에 나무와 꽃길이 되고, 산이 될 수도 있다.

나는 휴일이면 산을 찾는다. 꼭 건강 때문은 아니다. 걷고 싶어서다. 산의 능선을 따라 걷다 보면 묘한 쾌감이 솟는다. 내 발걸음의 원시적 동력에서 힘을 느끼고 그 힘을 앞세워 언덕을 걸었다는 쾌감이 인다. 세월을 지켜온 나무도 의연한 모습으로 나를 가르친다. 들풀의 소리 없는 아우성에서도 삶의 넉넉함을 배운다.

걸으면서 삶을 음미하고 자신을 돌아보는 것은 어떤 인생론보다 정직하다. 걷기는 유동성과 자유로움이 있다는 점에서 인생과 유사성을 지니고 있다. 묵묵히 걷는 자세에서 삶의 자세를 배울 수 있다. 더러는 느슨하게, 더러는 빠르게 걷듯이 우리의 삶도 구애받지 않는 발걸음을 옮겨야 순탄하게 갈 수 있다. 또 자신의 몸으로 걸어야 하는 길은 고난과 시련의 길을 스스로 극복하는 인생과 비슷하다.

두 발로 걷는 것은 지극히 평범한 것 같지만, 인간의 특장(特長)이다. 걷기는 인간에게 생존 이상의 의미를 주었다. 철학자는 걸으면서 명상을 했다. 성직자는 걷기를 통해 수행을 했다.

평범한 우리도 걸으면서 자신을 발견하고 내면의 정밀함을 읽는다. 걸으면 삶의 부산함에 몰리고 꺾일 일이 없어서 마음이 열린다. 마음을 넓히면 세상은 참 좋은 길이 열린다. 물질에 대한 탐욕도 잠재울 수 있다. 마르지 않는 강물처럼 훈훈한 마음의 여유가 영원히 누릴 수 있는 삶의 가치다. 마음의 경작을 통해서 얻어지는 열매가 우리를 영원하게 한다.

# 광화문 연가戀歌

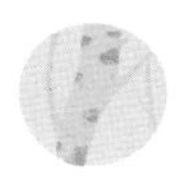

광화문은 경복궁의 정문으로, 조선 왕조 500년을 지키던 관문이다. 광복 후는 정부 수립이 있었고, 중앙청의 정문으로 자리했던 곳이다. 지금도 가까이는 청와대가 있으니 명실공히 우리나라의 중심이라 할 수 있다.

일제가 우리나라를 점령해서도 가장 먼저 한 짓이 광화문을 훼손한 것이었다. 계엄령이 내려질 때도 제일 먼저 광화문 앞에 탱크가 등장했다. 나라에 큰일이 있을 때마다 우리는 광화문에 모여서 기쁨과 슬픔을 함께 나누었다.

광화문 주변의 큰 건물을 보면, 우리나라의 경제 활동도 모두 이곳에서 이루어지는 느낌이다. 언론과 예술, 문화가 이곳에 집중되어 있고, 역사가 함께하는 수도 서울의 안마당이다. 2002년 월드컵 때는 대한민국이 여기서 하나가 되었다. 미국산 쇠고기 파동 때도, 국정 농단을 징벌하는 촛불을 들 때도 국민은 광화문에서 목소리를 높였다.

그뿐만 아니라, 가수 이문세가 〈광화문 연가〉라는 노래를 했듯이, 우리는 모두 광화문에 대한 추억이 있다. 나에게도 광화문은 마음의 흔적이 남아 있다.

나는 광화문 뒷골목에서 오랜 기간 서성거렸다. 고등학교 때 심한 가슴앓이를 했다. 공부를 멀리하고 여기저기로 방황을 했다. 고3이 되어서야 대학을 가야겠다는 중압감을 느끼기 시작했다. 그때 광화문 뒷골목에 있는 학원에 갔다.

그곳은 학원 밀집 지역이었다. 세칭 명문 학원이 즐비했고, 학원비도 고액이었다. 나의 학원행은 우리 형편에 쉽지 않은 선택이었다. 그런데도 나는 여전히 삶에 흔들리고 있었다. 공부보다 책을 읽고 싶었다. 부모님께 죄를 짓는 것 같아서 늘 마음이 무거웠다. 참으로 힘든 생활이었다.

그때 귀갓길에 나를 달래 준 것이 음악이다. 서울고등학교(지금의 경희궁, 서울역사박물관) 건너편에 있는 버스 정류장에는 가수 박인희가 운영하는 레코드 가게가 있었다. 거기서 박인희의 〈모닥불〉이라는 노래가 자주 들렸다. '인생은 연기 속에 재를 남기고 말없이 사라지는 모닥불 같은 것'이라는 노랫말이 마치 나를 위로하는 듯했다.

박인환의 시 「목마와 숙녀」도 자주 흘러나왔다. '한 잔의 술을 마시고 우리는 버지니아 울프의 생애(生涯)와 목마(木馬)를 타고 떠난 숙녀(淑女)의 옷자락을 이야기한다.'라며 들리는 박인희의 목소리는 애잔하고 슬프게 들렸다.

그때 어린 나이에도 내가 가는 길을 알고 싶었다. 혼자서 가야 한다는 나그네의 길이라는 것 외에는 알 수가 없었다. 알 수 없는 운명의 길이 늘 괴로웠다. 잿빛 하늘같이 슬픈 내 삶을 낭송 배경 음악인 폴 모리아 악단의 〈이사도라〉가 위로해 주었다.

군에 갔다 와서도 나는 광화문에서 있었다. 제대하고 나니 복학 날짜가 어정쩡했다. 6개월이 넘게 남아 있었다. 법원에서 아르바이트를 했다. 하얀 옷을 입고 나비넥타이를 매고 웨이터를 했다. 판사들, 법원장들의 식사와 차 심부름을 했다. 법원의 최고 책임자 식사까지 담당했다. 행사가 있는 날은 경복궁 내 중앙청까지 가서 일을 했다. 고된 노동의 연속이었다.

그래도 다행이라면 일을 마치고 정동 길을 걷는 것이었다. 그때 나와 함께 일하던 동료들은 모두 배우지 못한 청춘들이었다. 어떡하다 보니 내가 그들을 위로하고 삶의 상처를 어루만져 주는 어쭙잖은 역할을 했다. 하지만 그들은 거친 삶에서도 굽히지 않는 삶의 뜨거움을 지니고 있었다. 그들은 역경의 삶에 흔들리면서도 꿈을 지닌 아름다운 젊은이들이었다. 오히려 내가 위안을 받고, 삶의 동력을 찾았다.

나는 종로에서 미팅을 하고도, 광화문까지 걸어오곤 했다. 전투 경찰과 투석전을 벌인 날도 우리는 광화문 피맛골 술집에 모였다. 먹은 술을 다시 토해 낼 때까지 끝도 없는 토론을 했다. 작가론 수업 종강도 이곳에서 했다. 솟구치는 시대정신이 없는 문학은 문학이 아니라며 김재홍 선생님께 버릇없이 대들 때, 선생님은 오히려 술을 넘치게 따라 주셨다.

광화문에서의 추억은 일상의 반복이었다. 내 삶에서 특별한 것도 아니다. 그러면서도 그때에 대한 그리움이 아직도 가득하다. 일상적 삶이었지만, 모두가 일탈의 삶이었다. 70년대와 80년대라는 묘한 역사적 공간의 삶이었기 때문이라는 느낌이다.

그 시절 우리는 어두운 하늘 아래 방황하는 젊음을 안고 있었다. 까닭 없이 서러웠고, 많은 차가움을 참고 겨울을 나야 했다. 마음속에 답답함이 풀리지 않는 현실에서 광화문엔 흰 눈조차 지저분하게 녹아내리던 기억이 펼쳐진다. 그러면서도 안으로는 뜨거운 생명을 닦으며 밤에도 잠들지 않는 꿈을 꾸었다.

지금 광화문은 풍요와 물질이 넘친다. 서울의 중심답게 화려하다. 개인이라고는 찾아볼 수 없고 거대한 집단에 매몰된 곳이다. 하지만 나는 광화문에 사적인 개인으로 돌아와 삶을 즐긴다. 현란하고 사치스러운 곳에서 빛바랜 추억을 물레질하고 있다. 광화문 방황은 아름다운 영혼에 대한 그리움이다. 내 삶의 결핍을 메우기 위한 시간 여행이다.

# 여유 있는 삶을 그리워하며

자연은 변하지 않고, 인간사는 변한다. 역사와 문화는 변해도 자연은 변하지 않는다. 자연은 늘 변함없는 모습으로 우리에게 무언의 함성으로 진리를 준다.

그런데 사람 사는 모습도 변하지 않는 듯하다. 사회의 모습은 급변하지만, 인간이 본래 지니고 있는 취향은 변하지 않는다. 아니, 인간은 고향을 그리워하듯 오히려 내면의 깊은 세계를 마음에 두고 산다.

요즘 걷는 것을 예찬하는 것을 보면, 지금 세상은 과거의 삶으로 다시 돌아가는 듯한 느낌이다. 한때 시골 사람들은 서울 구경이 생전에 꿈이던 시절이 있었다. 고층 빌딩을 직접 보는 것이 자랑이었다. 시골 사람들이 서울에 오면 택시를 타고 달리던 곳이 고가도로였다. 청계천에 고가도로를 설치하고 교통 도시라고 자랑하던 때가 엊그제다.

이제는 그곳을 모두 철거하고 사람이 걸어다는 길을 열었다. 차는 더 많아졌는데, 차도를 없애고 사람이 걸어 다니는 길을 만든다. 서울의 회현동 고가차로도 마찬가지다. 거액의 예산으로 만들어 놓고 다시 허물었다. 허물기 전에는 교통 혼잡을 걱정했는데, 오히려 길이 훤하게 뚫렸다고 야단이다. 고가차로가 없어져서 청명한 하늘이 보이고, 남산이 눈앞에 펼쳐져서 걷기에도 좋다고 입을 모은다.

영국의 역사가 토인비는 문명 그 자체를 유기체라고 주장했다. 역사는 성장, 생멸한다는 말도 했다. 지금 세상사에 과거의 일이 다시 반복되는 것을 보면 새삼 공감이 간다. 최근 지구촌은 '저탄소 녹색 성장'에 머리를 맞대고 있는데, 이도 결국은 과거의 삶을 회복하자는 것과 같은 맥락이다. 이제는 자연친화적인 정책을 펴는 리더가 인정을 받고 있다.

세상에 모든 것이 디지털 기술로 치우친 적이 있다. 첨단 의료 장비부터 집 안의 잠금 장치도 디지털이 장악했다. 하지만 지금은 오히려 디지털로부터 벗어나려는 움직임이 인다. 디지털 기술로 큰돈을 번 삼성이 최근 차세대 경영 방침을 첨단 기술과 아날로그적 감성 가치의 만남인 '디지털 휴머니즘(Digital Humanism)'을 선언한 것은 새겨 보아야 할 담론이다.

세계 최대의 반도체 기업 인텔(Intel)의 CEO(최고경영자) 크레이그 배럿(Barrett) 전 회장의 은퇴 후 삶도 시사하는 바가 크다. 그는 35년간 공룡 기업 인텔에서 현대인을 초고속의 삶으로 이끌었던 인물이다. 그런 그가 회장직에서 은퇴하면서 이제 한적한 시골 산장의 주인으로 변신했다. 그는 휴대전화도 연결이 안 되는 외진 시골에서 산장을 관리하고 고객을 접대하는 일을 하고 있다. 역설적이게도 이번 고객 서비스의 핵심은 '빠른 속도'가 아니라, '편안과 여유'다.

나는 비교적 빠른 시기에 컴퓨터로 글을 썼다. 그러나 지금은 글을 쓰면서 컴퓨터를 멀리한다. 컴퓨터로 글을 쓰면 끊임없이 깜빡이는 커서가 글쓰기를 재촉한다. 글쓰기는 여러 면에서 편리한데, 생각을 오래 다듬을 여유를 주지 않는다. 컴퓨터 글쓰기는 미사여구의 수식을 끼어 넣으려는 한없는 유혹을 느낀다. 그래서 요즘은 컴퓨터보다 원고지에 글을 쓰고 있다. 원고지에 또박또박 쓰는 신중함이 있다. 펜을 이용한 글쓰기는 깊은 생각의 우물에서 두레박질을 하는 행복감이 있다.

정보화의 시대에도 우리는 혹시 닥쳐올 비정함을 경계하려고 애를 썼다는 생각을 해 본다. 그래서 우리는 인터넷에도 사이트 개설을 하면서 '홈페이지'라며 따뜻함을 표현했다.

'정보(情報)'도 '정(情)'이라는 한자어를 쓰면서 마음을 다독였다. 그뿐인가. 우리는 사이버 공간에서도 서로 일촌을 맺으며 공유하고 이야기를 나누지 않는가.

인간은 원초적으로 고향을 그리워하듯 과거로 돌아가고 싶어 하는 유전자를 가지고 있다. 세상이 빠르게 변해도 인간은 본래의 삶을 그리워하는 정서를 지니고 있다. 우리가 매일 디지털에 얽매여 살고 있는 듯하지만, 사실 황폐한 정서를 달랠 때는 자연에 기댄다. 들녘의 그윽하고 소리 없는 울림이 우리의 눈과 마음을 빼앗는다.

새것, 화려한 것, 큰 것, 빠른 것은 우리에게 즐거움과 편리함을 가져다준다. 그러나 그것은 금방 물린다. 오히려 근심을 낳게 한다. 우리의 삶은 여유가 있어야 한다. 순수함과 청명한 마음이 담겨야 한다. 한적한 시골 마당에 아무렇게나 누워 있는 빗자루 몽당이 가슴에 담길 수 있다.

물질에 대한 탐욕은 채워지지 않는 욕심일 뿐이다. 정신적인 풍요를 즐겨야 한다. 마르지 않는 강물처럼 훈훈한 마음의 여유가 영원히 누릴 수 있는 삶이다. 마음의 경작을 통해서 얻어지는 열매가 나를 영원하게 한다.

# 한글은 왜 과학적인 문자인가

우리는 한국어가 우수하다는 말을 하는데, 이는 잘못된 생각이다. 인류는 저마다 다른 환경 속에서 발생한 특수한 문화를 가지고 있다. 언어도 사용하는 곳의 환경과 역사적, 사회적 상황에서 이해해야 한다. 다시 말해서, 다양한 문화가 존재하듯 지구상에는 다양한 언어가 있다. 언어는 의사 전달 기능이라는 본래의 역할을 다한다면 우열을 판단하기 어렵다.

그러나 문자는 다르다. 문자는 인간의 의사소통을 위해 사용하는 말의 기록 체계이다. 즉, 일정한 원리에 의해 조직된 지식의 총제를 확인할 수 있다. 이러한 확인을 통해 문자는 비교의 관점이 성립하고, 우월한 점을 판단할 수 있다.

한글이 우수한 문자라고 하는 데는 과학적이라는 점을 들어야 한다. 문자는 언어에 의해서 구현된다는 점에서 발음기관과 밀접한 관련이 있다. 한글의 자음은 발음기관을 본떠서 만들었다. 반면 모음은 하늘과 땅과 사람을 추상적인 모습으로 상형화해 기본자로 삼았다.

특히 자음은 그 글자를 만든 원리와 조음 위치가 매우 정확하다는 점에서 과학적이라고 할 수 있다. 예를 들어 'ㄱ'은 '혀뿌리가 목구멍을 닫는 꼴을 본뜬 것- 상설근폐후지형(象舌根閉喉之形)'이라고 설명했다. 이는 현대 과학의 힘을 빌려 혀의 모습을 촬영해도 정확히 들어맞는다.

훈민정음 창제 원리를 볼 때, 당시 세종대왕을 비롯한 집현전 학자들의 음운학에 조예가 깊었던 것으로 추정된다. 이러한 고도의 음운 이론을 토대로 훈민정음이 만들어졌기 때문에 과학적인 글자가 만들어진 것이다. 세계 어떤 글자를 봐도 이렇게 체계적이고, 합리적인 글자는 없다.

한글은 자음과 모음이 시각적으로 확연히 구별되는 문자다. 자음은 기하학적인 기호로 구성되어 있고, 모음은 수직 혹은 수평의 선에 점이 붙는다. 아울러 자음과 모음은 긴밀한 연관 관계를 가지고 만들어졌다는 점도 놀랍다. 예를 들어 한글 'ㄴ, ㄷ, ㅌ'는 소리 나는 위치가 같고, 동시에 글자도 형태적 유사성이 있다. 모음도 마찬가지다. 'ㅗ'와 'ㅜ'는 원순모음으로 기호의 유사성을 갖는다.

세계 여러 문자는 세월이 흐르면서 모두 사용하기 편리하게 변모되어 온 것으로 추정한다. 한글은 처음부터 오늘날의 모습으로 만들어진 문자다. 그뿐만 아니라, 한글은 만든 과정과 만든 사람들에 대한 기록이 자세히 전하는 세계 유일의 문자다. 가장 인공적인 문자이면서도 가장 자연스러운 문자가 한글이다.

문자는 크게 뜻을 표기하는 표의문자와 소리를 표기하는 표음문자로 나뉜다. 그런데 표의문자는 세상 만물의 다양한 뜻을 오직 하나의 글자로만 표기해야 하므로 그 종류는 수도 없이 많다. 새로운 글자도 일일이 만들어야 하므로, 사람들이 익히기도 어렵다. 또 표의문자의 대부분은 상형문자의 특징을 이어받은 것으로 표음문자에 비해서 후진적이다.

반면에 표음문자는 발음되는 소리를 중심으로 표기하는 문자이다. 그런 점에서 표음문자는 표의문자보다 발전된 문자이다. 그러나 이도 세부적으로 접근하면 문자 간에 약간의 차이가 있다.

우선 표음문자는 발음이 되는 음절을 중심으로 표기하는 음절문자와 음소를 중심으로 표기하는 음소문자로 나뉜다. 음절문자로 가장 대표적인 것이 일본의 가나다. 가나는 이른바 50음도라는 음절로만 소리를 표기하기 때문에 정확성이 떨어진다. 쉽게 이야기하면 일본어는 받침 발음이 거의 없다. 사용할 수 있는 모음도 일부 한정되어 있다. 일본어가 외래어를 받아들일 때 원음에 가깝게 받아들이지 못하는 이유가 여기에 있다.

이와 달리 우리는 뜻글자인 한자로부터 형태상으로나 기능상으로 완벽하게 벗어난 한글을 만들었다. 한글은 일본의 가나처럼 한자의 어느 부분을 떼어 낸 것도 아니다. 소릿값이 자음과 모음으로 나뉘는 음소문자이다. 음소문자는 문자 자체가 발음의 최소 단위인 음소를 중심으로 만든 문자이기 때문에 자음과 모음의 조합에 따라 무수한 소리를 표기할 수 있다. 실제로 국어에서 생성될 수 있는 음절 글자는 받침 없는 음절 399자(초성 19자 × 중성 21자), 받침 있는 음절 10,773자(399자 × 종성 27자) 등 무려 11,172자나 된다. 이것은 바로 한글이 음소를 조합해 발음대로 어휘를 만들 수 있는 음소문자이기 때문이다. 그렇기 때문에 문자 체계에서 음소문자가 가장 발달된 문자라고 한다.

한글이 다른 글자보다 과학적이라는 사실은 오늘날에도 맞닿아 있다. 현대는 컴퓨터의 시대다. 컴퓨터가 없으면 일을 할 수 없다. 그런데 500년이 훨씬 넘는 과거에 탄생한 한

글이 첨단 과학의 산물인 컴퓨터의 원리에 잘 부합한다. 알파벳 등은 컴퓨터 자판이 사용 빈도수에 따라 배열되어 있다. 따라서 영어 'read'는 모두 왼손으로 치는 불편이 있다. 하지만 한글 음절은 자음과 모음, 또는 자음과 모음에 다시 자음을 받쳐 적는 규칙성으로 되어 있다. 이에 맞게 자판도 왼편에 자음, 오른편에 모음이 배열되어 있다. 그러다 보니 한글은 자연스럽게 왼손과 오른손을 규칙적으로 이용해 입력한다.

우리나라는 인터넷 보급률이 빠르게 진행된 IT 강국이라고 한다. 이유는 정보 통신 장비의 발달 때문이다. 하지만 한글의 과학적인 제자 원리와 현대 첨단 과학의 기기인 컴퓨터가 통하기 때문에 인터넷 강국이 된 것이다. 이는 우연의 일치가 아니라, 한글의 과학적인 창제 원리와 관련이 있다.

휴대전화의 빠른 보급도 마찬가지다. 중국의 한자나 서구의 알파벳은 자판이 12개인 휴대전화에서는 어려움을 느낀다. 한글은 12개의 자판만으로도 모든 문자 표현이 가능하고 빠른 속도로 문자 전송을 한다. 이 역시 자음은 기본자에 가획자를 만들고, 모음은 기본자에서 초출자와 재출자를 만든 한글의 제자 원리가 뒷받침되어 가능한 것이다.

조사에 의하면 한글의 컴퓨터 업무 능력은 한자나 일본 가다가나에 비해 7배 이상의 경제적 효과가 있다고 한다. 입력 방식에 있어서는 철자 하나를 입력하는 데 필요한 타수에서 영어보다 35% 정도 빠르다. 휴대전화도 한글은 글자를 하나의 자판에 모으고, 모음과 자음을 구별하는 등 한글 창제의 기본 원리를 적용할 수 있다. 이는 초고속 정보화 사회에 효율적인 방식이다. 여러모로 보아도 한글은 이미 탄생 때부터 현대 언어학이나 과학적 안목을 고려해서 만들어진 느낌이다.

사실 문자가 과학적이라고 해서 문자가 우수하다고 단정 지을 수는 없다. 또 그것이 반드시 쓰는 사람에게 좋은 것이 아닐 수도 있다. 그러나 한글은 제자 원리가 합리적이고 체계적으로 만들어졌기 때문에 누구나 배우기 쉽고 편리하게 사용할 수 있다. 또한 한글은 국가 지도자가 국민의 실용성을 위해 창제했다는 뚜렷한 목적이 있어 더욱 감동적이다.

# 응답하라 동대문 운동장

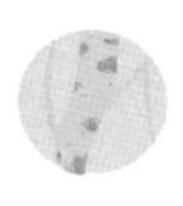

동대문 운동장은 동대문 옆 성터에 1926년에 건설된 우리나라 최초의 체육시설이었다. 일제강점기에도 여기에서 축구를 하고 응원을 하면서 민족의 울분을 달랬다. 잠실운동장이 건설되기 전까지 이곳은 각종 국제대회까지 치렀던 유서 깊은 곳이다.

이런 곳이 세월의 흐름을 이기지 못해 역사 속으로 사라졌다. 나이도 나이지만, 주변 지역이 패션 산업단지로 변하면서 스포츠 시설로의 역할을 하지 못하고 있다. 해서 그 자리에 디자인센터라는 큰 건물이 들어섰다.

청계천 복원 공사 때 주변 상인들이 격렬히 반대를 했듯이 운동장이 헐릴 때 반대의 진영에 서 있는 사람들이 많았다. 생계를 걱정해 주변 상인들이 생존권을 빼앗길 수 없다며 소리를 질렀다. 체육계는 낡은 운동장이지만 아름다운 건축물이고 그 자체가 기념관이라는 입장을 보였다. 이런 이유 때문인지 문화계의 저항도 거셌다.

이뿐이 아니다. 운동장에서 땀을 흘리며 자신과 싸웠던 운동선수들은 잊지 못할 추억을 가지고 있다. 많은 사람들은 운동장에서 좋아하는 선수와 팀을 응원했던 기억이 있다. 프로야구 출범 전에 고향을 떠나 살던 서울 사람들에게는 이곳이 고향이었다. 고교 야구 경기가 있을 때 고향 팀을 응원하던 기억은 뜨겁다 못해 감동적이었다.

나도 운동장에서 목이 터져라 응원하던 추억이 있어 아쉬움이 더한다. 나는 소위 뺑뺑이로 고등학교에 입학했다. 그 전에는 고등학교도 시험을 봤는데, 우리가 입학하기 두 해 전부터 없어졌다. 그리고 거주지를 중심으로 추첨 방식에 의해 학교를 배정했다.

내가 간 학교는 관악고등학교였다. 당시 3년 전에 개교한 공립 학교였다. 서울 지역의 공립학교라면 경기, 경복, 서울, 용산 등 소위 명문만 있었다. 여기에 신설 공립학교가 몇 개 생겼다. 그것이 여의도고, 영등포고, 우리 학교였다.

공립학교 선생님들은 순환 근무를 하게 되니 모두 그 쟁쟁한 학교에서 근무를 하시다가 오신 분들이었다. 자연히 뺑뺑이 세대를 처음 만나니 마음에 들지 않으셨다. 우리는 매일 이름만 들어도 유명한 일류 고등학교 선배들과 비교당하고, 공부도 못하는 천덕꾸러기 신세를 면하지 못했다.

서울 지역 9대 공립체육대회라는 것이 있었다. 동대문운동장에 모여 학교 간 경기를 했다. 경기여고, 수도여고 등 여학교도 참가했던 기억이 난다. 그 체육대회 때 학교끼리 응원전도 볼만했다. 우리는 응원 준비 때문에 수업을 자주 안 했다. 무서운 교련 수업 시간이 없어질 때는 주먹을 치켜붙이며 환호성을 질렀다.

동대문 운동장에 간 날은 웃음이 끊이지 않았다. 수업을 하지 않는 대신 친구들과 어깨동무를 하고 소리를 지르다 보면 하늘이 맑았다. 더욱 신이 난 것은 매일 말로만 듣던 경기고 놈들을 물리쳤다는 것이다. 경복고, 용산고도 공부를 잘하던 학교라고 귀에 딱지가 붙도록 들었는데 모두 비실비실했다. 우리와 개교 나이가 비슷한 여의도고도 우리와 비교가 안 됐다. 이상하게도 우리 애들이 달리기도 잘했고, 힘도 셌다.

동대문 운동장을 나설 때는 우리는 이미 하늘을 찌를 듯한 기세였다. 경기가 끝난 후 운동장을 나와서도 몇몇은 동그랗게 모여서 '쿠콰이고 쿠콰이고~(관악고 구호)' 등 뜻도 모르는 구호를 외쳤다. 그러다가 교가를 부를 때는 뒤집어썼던 모자를 바로 쓰고 근엄한 자세로 끝을 맺었다.

동대문 운동장을 다시 찾은 것은 대학 때의 일이다. 모교 야구부 경기가 있으면 캠퍼스 전체가 들썩거렸다. 우리 학과도 예외가 아니었다. 교수님께 부탁을 드려 아예 휴강을 하고 야구장으로 갔다. 고등학교 때는 질서정연하게 응원을 했지만, 대학 때는 달랐다. 매스게임도 없었다. 그러나 응원단 규모가 달랐다. 멋있게 제복을 차려입은 응원단에 밴드 시설도 야구장을 떠나게 했다. 짧은 치마를 입은 여학생이 응원을 주도할 때는 함성이 더 커졌다. 캠퍼스에서는 못 만나던 선배도 야구장에서는 만날 수 있었다. 모두가 하나 되는 기분이었다.

우리 학교가 지면 지는 대로 이기면 이기는 대로 동대문 근처 술집은 만원이었다. 어떤 날은 주머니에 있는 동전까지 털어먹고 차비도 없었다. 군 복무 중 휴가를 나왔을 때도 우리 학교 게임이 있으면 여기저기 연락을 해서 운동장에서 소리를 질렀다.

돌이켜 보니 그때는 공부 빼고는 무엇을 하든지 열심히 했다. 내가 다니는 모교에 대한 열정도 친구도 모두 뜨거웠다. 캠퍼스의 학과 지식보다 더 큰 용기와 자부심을 가르쳐 준

운동장이었다. 젊음을 발산하는 열린 운동장에서 삶의 에너지를 찾았다.

그곳은 우리의 낭만을 뿜어내는 용광로였다. 요즘 대학생은 폐쇄된 클럽에서 논다고 하는데, 우리는 열린 운동장에서 놀았다. 운동장에서 논 것이 아니라 그곳에 뛰어들었다. 분주한 삶의 연출을 관전했다. 격투하는 플레이어들과 한 팀이 되어, 의식이 아닌 몸으로 체험했다. 내가 그 속으로 뛰어들어 함성을 지르며 응원을 했다. 그러면서 노래와 춤을 즐기고 술도 마셨다. 친구들과 혹은 좋아하는 여자하고도 자연스럽게 어깨동무를 했다. 어른들은 휴강을 하면서까지 응원하는 우리를 마뜩잖게 보았을지 모르지만, 우리는 낭만을 즐기고 삶의 에너지를 찾았다.

운동장이 나에게 젊음의 에너지를 주었던 것처럼, 새로 만들어진 디자인 센터는 서울의 자랑거리로 이 시대 젊은이들에게 중요한 공간이 된다. 하지만 새로움이 꼭 아름다운 것이라고 할 수 없다. 낡은 것에도 향수를 느낄 수 있고 추억을 만질 수 있다. 새것이 도시 미화의 정답이라고 누가 단언할 수 있단 말인가. 낡은 시설을 허문다고 우리 삶이 화려하게 재생산 된다고 생각하는 것은 횡포다. 오히려 요즘처럼 하루가 다르게 변화되어 가는 시대에는 거꾸로 가는 시간 여행에 고즈넉한 아름다움이 있다. 〈응답하라 1988〉이라는 텔레비전 프로가 우리를 따뜻하게 했듯이, 동대문의 추억을 꺼내보면 햇살처럼 눈부시게 다가온다. 가끔 상처받은 마음, 젖은 마음의 그늘이 길어질 때 그 추억이 나를 위로한다.

# 옛것과 새것, 그리고 복원의 단상

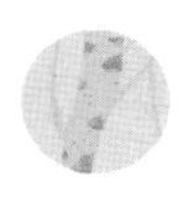

어릴 때 새것은 드물었다. 가난과 함께 사니 새것을 만날 길이 없었다. 어머니께서 옷가지를 가져와 입혀 줘도 새것이 아니었다. 교복마저도 남이 입던 것이었다. 하지만 신발은 늘 새것이었다. 신발은 누가 신다가 물려줄 수 없었다. 신발을 새로 사면 새것 냄새도 좋았다. 새것에서는 휘발성 냄새가 났다. 무슨 이유인지 그 휘발성 냄새가 좋았다.

신발뿐이 아니다. 새것에 대한 느낌은 늘 마음을 들뜨게 했다. 헌것은 남루하고 정이 안 간다. 반면 새것은 세련되고 신선함이 있다. 새것은 처음 만나는 설렘과 소유에 대한 만족감을 준다. 나만 가졌다는 은근한 우월감도 함께 꿈틀거렸다.

새것에 대한 욕심은 생활에서도 인으로 박혔다. 디지털 세상에 부지런히 따라간 것도 새것에 대한 욕심 때문이었다. 사실 난 기계와 친하지 않다. 집에서 쓰는 가전제품이 멈춰도 고쳐 본 경험이 없다. 그런데 컴퓨터는 달랐다. 누구보다 먼저 286컴퓨터를 샀다. 그리고 도스 프로그램을 배웠다. 내가 글을 쓰기 시작하면서 비교적 빠른 시기에 도서 출간을 한 것도 컴퓨터를 이용한 문서 작성이 가능했기 때문이다.

그런데 언제부턴가 컴퓨터가 멀어져 간다. 5.25인치, 다시 3.5인치 디스켓에 자료를 저장하며 글을 썼는데 모두 잃어버렸다. 아니, 잃어버린 것이 아니라 플로피디스켓을 사용하지 않는다. 나름대로 디지털 세대라고 자부했는데 갈수록 변화의 속도가 빨라서 따라가는 것을 포기했다.

우리는 새것을 대할 때 쉽게 마음을 여는 선입견을 갖고 있다. 19세기 말 이후 서양의 문물이 들어오면서 생긴 버릇이다. 옛것은 '구식'이었고, '서양'의 것은 늘 새것이 되었다. 옛것에 대한 콤플렉스가 생기고, 새것에 대한 갈증이 심해졌다. 급기야 서양의 것은 무조건 숭배하는 경향이 생겼다.

물론 서양의 편리함이 우리의 생활을 개선하는 데 기여하기도 한다. 하지만 그러는 사이에 우리는 새것을 맹신하고 옛것의 가치를 발견하지 못한다. 옛것은 우리가 버려야 할 것이 아니다. 그렇다고 박물관에 고이 모셔 둘 것도 아니다. 한때 대학가에서 탈춤반 동아리 모임이 급속도로 번졌던 것처럼 옛것은 우리에게 정체성을 확인하게 해 주는 거울이다.

새것에 대한 맹신은 자칫하면 귀중한 것을 잃게 한다. 무턱대고 좇아가다 보면 배려하는 마음도 헤아리지 못한다. 급기야 오만해지기도 한다. 오늘날 환경이 급속도로 나빠지는 것에 고민하고 있는 것도 새것에 대한 집착이 남긴 그늘이다.

청계천 복원의 성공으로 우리 사회는 뒤늦게 옛것을 되살리는 즐거움에 빠져 있다. 광화문 광장이 만들어지고, 동대문 운동장 자리에 패션 센터가 들어섰다. 차가 홍수를 이루던 서울역 고가도로는 공원으로 바뀠다. 그러나 이 모든 것이 곰곰이 생각해 보면 복원이라는 미명하에 새로운 것을 만들고 있다는 느낌이다.

이쯤에서 연암 박지원의 '법고창신(法古創新)'의 정신을 되새겨 볼 필요가 있다. '법고창신(法古創新)'은 "문장은 어떻게 지어야 하는가(爲文章如之何)"라는 말에 대한 대답이지만, 생각을 넓혀 보면 우리 생활 전반에 걸쳐 필요한 말이다. 이 말은 '法古而知變 創新而能典(법고이지변 창신이능전, 옛것을 본받더라도 변화를 알아야 하며 새로운 것을 창작하더라도 고전에 능해야 한다)에서 온 것이다.

우리가 무턱대고 옛것을 경시하고, 다시 복원이라는 명분 하에 부셔대는 것은 '법고'와 '창신'을 별개의 것으로 여긴 결과다. 복원이라는 이유로 새것을 만드는 것 또한 결과적으로 옛것을 잃는 꼴이 된다. 사실 새것이란 애초에 없다. 과거의 퇴적물이 쌓여서 새것이 만들어진다. 마찬가지로 '법고'와 '창신'이 조화를 이루게 해야 한다. 이것이 연암이 담고 있는 '법고창신(法古創新)'의 정신이다.

새것에 대한 맹목적인 마음가짐도 경계해야 하지만, 옛 모습을 찾겠다고 무조건 복원의 망치질을 하는 것도 조심해야 한다. 불에 타 버린 숭례문처럼 어쩔 수 없이 복원을 해야 하는 경우도 있다. 하지만 처음 모습이 아니라도 이미 변한 모습이 지속되었다면 그 시간의 퇴적도 우리가 기대고 싶은 풍경이다. 새로 복원했다는 오만함보다는 곰삭음이 뭉쳐 있는 모습에 더 정이 간다.

가능한 한 현재의 모습을 유지해서 온전한 옛것으로 남겨야 하는 것도 우리가 진득하게 간직해야 할 삶의 태도이다. 옛 모습을 그대로 간직하고 있는 무변성에도 따뜻함이 있다. 우리가 보고 싶은 것은 늘 보아 오던 그 익숙함에도 있다.

# 훈민정음 원본 앞에서

– 영원의 길목에서 만난 표정

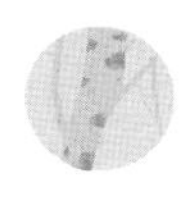

서울 동대문 역사문화공원에 갔다. 이곳에 새로 들어선 동대문 디자인 플라자가 볼만하다. 여성 건축가가 만든 곳이라 여성적인 느낌이 있다. 건축물에 직선이 없고, 물이 흐르듯 곡선으로 이루어져 있다. 내부에도 막힘이 없다. 이리저리 자유롭게 연결돼 있다. 최첨단 시설을 자랑하면서도 역사가 함께 있다. 가운데 한양 도성 성곽 터를 품고 있는 모습이 시간 여행을 하는 듯하다.

이곳에서 간송문화전이 열리고 있다. 간송미술관은 우리나라 최초의 근대식 사립박물관이다. 국보를 가장 많이 소장하고 있는 박물관 중 하나다. 간송미술관은 1938년 일제강점기에 간송 전형필(1906~1962)이 만들었다. 그는 문화유산을 수집하는 데 일생을 바쳤다.

1936년에는 영국인 국제 변호사 존 개스비를 찾아가 '청자기린유개향로'(국호 제65호)와 '청자모자원숭이형연적'(국보 제270호) 등을 거액을 들고 가 찾아왔다. 경성미술구락부 경매장에서 '백자청화철채동채초충난국문병'(국보 제294호)을 비롯해 고려청자, 조선 백자 등을 구입하며 우리 문화재의 해외 반출을 막았다. 6·25전쟁 때는 훈민정음을 베개 속에 넣고 지켰다는 일화도 있다.

국어 선생으로 살면서 학생들에게 '훈민정음' 원본에 대해서 설명했다. 간송 전형필이 거액을 주고 소장하게 된 일화도 수도 없이 이야기했다. 하지만 『훈민정음 해례본』을 눈으로 확인하지 못했다. 그래서 전시장에 들어서서 가장 먼저 훈민정음으로 달려갔다. 여기에 한글을 만든 이유와 원리가 들어 있어, 국보 70호로 지정됐고, 1997년 10월에는 유네스코 세계기록유산으로 등재됐다는 이야기도 감동적으로 말할 수 있다.

『훈민정음』은 세종대왕의 착한 마음이다. 백성을 불쌍히 여겨 쉽게 쓰는 문자를 만들겠다는 군왕의 착한 마음이 영원의 길목을 만들었다. 착한 마음은 단순히 남의 배려로만 만들어지지 않는다. 자기 자신에 대한 배려심도 중요하다. 자아존중감이다. 이타적인 마음과 자기를 존중하는 마음이 진정한 착한 마음이다. 한글은 학문에 대한 열정과 백성을 사랑하는 마음의 조화가 맺은 열매다.

『훈민정음』 앞에서 착한 사람을 생각해 본다. 간혹 착한 사람은 남에게 이용당하고 자신의 이익을 찾지 못하는 바보로 인식된다. 세상이 각박하다 보니 착함의 본래 의미를 잃어버렸다. 그러나 착하다는 것은 선함이다. 악한 것이 아니다. 착한 사람이 욕심을 버리고 더불어 행복하겠다는 마음을 먹고 실천한다. 타인에게 휘둘리지 않고, 예에 어긋나면 멀리한다. 착한 사람은 항시 자기를 성찰하면서 마음을 닦는다. 그래서 타인을 위한 마음이 만들어진다.

세종대왕도 책을 가까이하고, 성인의 말씀을 헤아리면서 마음이 흐트러지지 않았다. 그래서 국왕으로서 책임을 다하고, 정성으로 백성을 생각했다. 그 정성과 마음이 한글 창제의 꽃으로 피어났다.

이번 전시에서 『훈민정음』은 물론 혜원 신윤복의 〈미인도〉와 〈혜원전신첩〉, 겸재 정선의 〈압구정(狎鷗亭)〉, 〈풍악내산총람(楓岳內山總覽)〉, 단원 김홍도의 〈황묘농접(黃猫弄蝶)〉, 탄은 이정의 〈풍죽(風竹)〉, 추사 김정희의 〈고사소요(高士逍遙)〉, 오원 장승업, 윤덕희, 심사정 등의 작품을 직접 만났다. 이 밖에도 국보급 문화재를 직접 눈으로 볼 수 있었다.

오늘 유물은 교과서나 기타 문헌에서 자주 보던 것이다. 그런데도 감동이 밀려온다. 그것은 단순히 옛것으로 머물러 있지 않기 때문이다. 시공간을 뛰어넘는 지혜와 정신이 전하기 때문이다. 유물은 박물관 구석에 먼지를 쓰고 있는 것이 아니라, 창조적인 정신의 산물이다. 그것은 현재의 문화를 더욱 창의적으로 계승 및 발전시키는 디딤돌이다.

오늘 간송미술전에서 본 것은 단순한 유물이 아니다. 21세기의 창의성을 보았다. 창의성이란 새로운 생각이다. 창의성은 생명력이 영원하다. 『훈민정음』은 세종대왕의 창조 정신이 만들었다. 새로운 것을 만들겠다는 생각이 없었다면 우리는 아직도 한문에 묶여 있을 것이다.

신윤복의 그림도 마찬가지다. 기존의 화풍을 따라 산수화를 화폭에 담고, 인물화에 붓놀림을 쏟았다면 신윤복을 지금까지 기억하는 사람들은 없을 것이다. 오직 기존의 화풍을 거부하고 인간의 비밀스러운 감정까지 그렸다는 창조적 정신이 감동으로 남아 있다. 김정희의 글씨도 고정 관념을 거부하고 새로운 경지를 개척하겠다는 정신의 먹물이 마르지 않았기 때문에 영원의 표정을 읽을 수 있다.

# 왕을 제자로 둔 스승 윤선도

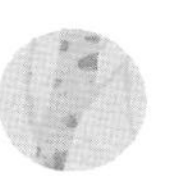

'군사부일체(君師父一體)'라는 말이 있다. 말 그대로 '임금과 스승과 아버지는 한 몸이다'라는 말이다. 다시 말하면, 임금과 스승도 아버지처럼 똑같이 존경해야 한다는 뜻이다. 스승은 가르침을 주시고 바른 길로 인도해 주니, 공경을 다해야 하는 것은 당연한 이치다. 오죽했으면 스승의 그림자는 밟지도 않는다고 했을까.

시조문학의 대가인 고산 윤선도와 조선 17대 효종 임금의 이야기도 이에 버금간다. 둘은 신하와 왕이지만 스승과 제자로도 가슴에 깊게 담기는 추억이 있다.

고산은 42세가 되어 출사의 꿈을 비로소 실현한다. 1628년 봄, 별시문과에 장원급제를 하고 이조판서 장유의 천거로 봉림대군과 인평대군의 사부가 되었다. 5년 동안 요직을 거치면서 사부를 겸임했다. 사부는 어린 왕자의 스승이다.

왕자는 왕의 아들이다. 그런 사람에게 학문을 가르치고 백성을 품어야 하는 교양을 가르치는 일은 쉬운 일이 아니다. 무엇보다 자신이 학문에 능통해야 하고, 인품이 뛰어나야 한다. 학문은 책을 통해 가르치지만, 어린 왕자에게 책으로 가르칠 수 없는 것이 더 많다. 세상을 보는 눈과 백성을 생각하는 마음이다.

봉림대군은 12세부터 17세까지 고산으로부터 배웠다. 대군은 학문을 하기 전에 스승에게 절을 하고, 공부를 할 때는 책상 아래서 책을 봤다. 왕자라 해도 스승을 존경하는 마음은 극진했을 것이다.

고산도 정성을 다했다. 아버지 인조는 군왕으로 정국 운영에 바빴다. 당연히 어린 왕자는 아버지의 사랑도 느끼지 못하고 지낸다. 또래 친구도 없고, 궁중의 법도에 얽매여 운신의 폭도 좁다. 사부 윤선도는 때로는 아버지처럼 엄하고, 친구가 없는 왕자에게 벗이 되기도 했다. 법도도 가르쳐야 하지만, 무료함을 달래기 위해 궁궐 밖의 세상을 이야기해 주기도 했다. 대군은 이런 스승의 사랑을 가슴에 오래 품고 있었다.

봉림대군은 형 소현세자의 갑작스러운 죽음으로 세자로 책봉됐다. 왕(효종)에 즉위하자, 뜻을 같이하는 신하를 찾았다. 병자호란의 치욕을 씻기 위해 북벌 계획을 수립하여 군사를 양성하고 군비를 확충하였다. 하지만 북벌정책을 반대하는 신하들의 목소리가 높았다. 백성의 생활고를 거론하며 군비 확장을 반대했다. 그 중심에 송시열이 있었다.

효종은 왕이 되고도 마음속에 늘 스승인 윤선도를 생각하고 있었다. 그래서 등극하고 두 해가 지나 남녘 보길도에 있는 윤선도를 불렀다. 66세의 윤선도에게 벼슬을 내렸다. 병으로 취임하지 않았으나, 왕은 다시 불렀다. 할 수 없이 조정에 나아갔으나 이번에는 반대파의 모함으로 뜻을 이루지 못했다. 그러다가 다시 효종은 윤선도를 특명을 내려 불렀다. 이때 반대파는 효종이 계속 윤선도를 특명으로 임명하는 것에 불만이었다. 결국 서원 철폐와 관련하여 서인 송시열 등과 논쟁하다가 탄핵을 받고 삭탈관직을 당했다.

송시열은 아버지(인조)를 왕위에 오르게 한 서인의 거두였다. 효종은 북벌 정책에서도 송시열에게 끌려가고 있었다. 그러니 송시열과 대립을 하고 있는 윤선도를 배려하는 것은 눈치가 보이는 일이었다. 그런데도 효종은 굴복하지 않았다. 효종은 사부인 고산께서 멀리 해남에 가게 되면 보고 싶을 때 볼 수 없고 왕의 과실을 충고 보좌하기 어렵다 하여 한

양에서 가까운 화성(수원)에 집을 지어 주고 살도록 했다. 그리고 이듬해에 효종이 승하하셨으니, 죽기 전에 사부에게 마지막 선물을 내리고 가신 것이다.

효종의 승하 이후에도 고산의 삶은 평탄하지 않았다. 그 이듬해 송시열과 대립하고 유배를 간 후 끊임없이 고초를 겪는다. 그러다가 82세에 고향 해남으로 정착했다. 문제는 경기도 수원에 있는 집이었다. 임금님이 지어 준 집을 남에게 줄 수도 없고, 그렇다고 그냥 방치할 수도 없었다. 그래서 해남 녹우당으로 옮기기로 했다. 당시 운송 수단이 발달하지도 않은 상황에서 집을 뜯어 멀리 옮겼다는 것이 언뜻 이해가 되지 않을 수 있다. 하지만 임금님이 주신 집은 가문의 명예이다. 이러한 명예를 지키기 위해서는 어쩔 수 없는 일이었다.

녹우당은 고산의 4대 조부인 어초은 윤효정이 연동에 터를 정하면서 지은 건물이다. 이곳은 덕음산을 주산으로 자리 잡은 우리나라 최고의 명당자리로 알려져 있다. 주변의 자연 경관 또한 으뜸이다. 집터를 둘러싼 터가 50만 평 정도 되고, 집도 1만여 평이나 된다. 안채와 사랑채, 문간채로 이루어졌다.

지금은 종가 전체를 녹우당이라 부르지만, 녹우당은 사랑채에 걸려 있는 현판이다. 이 사랑채가 효종 임금이 사부였던 고산 윤선도를 위해 수원에 지어 준 집의 일부를 뜯어 옮겨 와 만든 것이다. 녹우당이란 이름은 고산의 증손자인 공재 윤두서와 친구였던 옥동 이서가 써 준 것이다.

집 뒤 비자나무 숲이 바람에 흔들릴 때마다 '쏴~아' 하는 소리가 비가 내리는 듯하여 붙였다는 이야기가 전한다. 그러나 유명한 서예가이며 빼어난 음악가이기도 했던 옥동 이서는 녹우(綠雨)가 옛 선비들의 절개나 기상을 표현할 때 자주 사용한 것처럼, 해남 윤씨와 공재의 철학 및 학문적 사고에 견주어 당호를 정한 것이라고 한다.

녹우당에 전하는 『은사첩』(보물 482-4호)도 고산과 효종의 관계를 짐작하게 하는 문서다. 조선시대 왕실에서는 신하와 백성들에 대해 여러 가지 예(禮)를 표하는 방식의 하나로 은사를 택하는 경우가 있었다. 『은사첩』에는 윤선도에게 여러 차례 내려진 은사 물품과 은사문이 있다. 여기에는 일상적으로 사용되는 미(米) · 포(布) · 잡물(雜物) 등부터 벼루, 먹, 붓, 삭지 등을 보냈다고 기록되어 있다. 이를 통해 사부에 대한 왕실의 예우가 어떠했는지 그 일면을 엿볼 수 있다.

윤선도는 봉림대군과 인평대군의 사부를 5년 동안 겸임했다. 스승 윤선도와 제자 봉림대군은 그렇게 만났다. 왕실이라는 특수적 공간이지만 스승과 제자가 가르침과 배움을 통해 서로가 진보해 나가는 관계는 마찬가지다. 그래서 효종은 윤선도가 신하이지만 아버지처럼 공경했다. 하지만 현실에서 처신하는 것이 쉽지 않았다.

스승은 당파 싸움에서 번번이 패배했다. 왕도 조정의 권력에서 자유롭지 못했다. 그런데도 왕은 스승을 찾고 받들어 모시는 데 노력했다. 세태가 모두 비켜 가도 제자는 스승을 위한 마음에 변함이 없었다. 추운 겨울을 견디고 꽃피우는 매화 향기 같은 기운이 느껴진다. 오늘날 스승을 대하는 문화가 예전 같지 않은데 마음에 새겨 볼 만한 이야기다.

# 제주에서 바람을 만나다

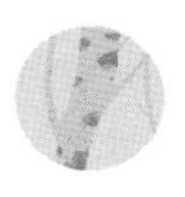

육지로부터 멀리 있는 섬 제주. 외롭게 있는 섬 제주가 없었다면 우리는 어땠을까. 그 제주가 없었다면 비행기를 타는 호사도 누리지 못했을 것이다. 바다를 건너 여행하는 즐거움도 없다. 아마 제주가 없었다면 우리는 허전했을 것이다.

제주는 멀리 있다는 느낌이다. 육지는 계획 없이도 훌쩍 떠날 수 있다. 제주 여행은 큰마음을 먹어야 한다. 그러다 보니 자주 가 본 기억이 없다. 신혼여행 때, 직원 연수 때 등 잘해야 다섯 손가락 안에 든다. 마음은 늘 가고 싶지만, 막상 찾기는 쉽지 않다. 이제 제주는 '특별자치도'라고 해서 행정적으로도 멀리 있나 보다.

제주를 찾는 이유는 그 아름다움 때문이다. 자연이 빚어

놓은 모습이 보기 드문 경관을 만든다. 제주는 어디서나 바다가 보인다. 멀리 보이는 바다는 고요하게 웃는다. 그리고 기생 화산이 터질 때 형성된 능선이 보인다. 완만하게 흘러내린 곡선이 넓게 퍼져 있다. 선은 마치 왕릉처럼 보인다. 부드러운 선과 여유로움이 보는 사람들을 편안하게 한다.

흔히 제주는 여자, 돌, 바람이 많은 곳이라고 한다. 맞는 말이다. 비행기에서 내리자마자 제일 먼저 만난 것이 바람이다. 바람은 먼 바다를 넘어서 온다. 바람은 머물지 못하고 곧 떠나는 운명을 지니고 있다. 아쉬움도 남기지 못하고 다시 바다 쪽으로 빠르게 지나간다.

이 바람은 제주 사람들을 흔들었다. 사람들은 바람에 흔들려 모두 낮은 자세로 엎디어 산다. 집은 작은 규모로 짓고, 지붕을 낮게 했다. 바람을 늦추기 위해 주변에 돌담을 쌓았다. 돌담은 얼기설기 쌓았다. 이는 바람을 막은 것이 아니라 품어내서 순화시키려는 의도다. 바람에 순응하며 사는 소박한 사람들의 모습이다. 옹기종기 모여 앉은 가구들이 평화롭다.

자연도 모두 바람 따라 산다. 키 큰 나무들은 바람을 맞아 기우뚱거리는 모습이다. 어느 나무는 모진 바람에 굴곡져 있어 강한 생명력이 느껴진다. 오름에는 아예 나무 하나 키우지 못하고 있다. 지형적 이유라지만 바람이 거세게 분 탓이 아닐까. 바람이 신령스러운 쉼터로 만들기 위해 나무조차도 허락하지 않았을 것이다.

바람이 제주 사람들을 수없이 흔들었던 것처럼 역사의 수레바퀴도 제주 사람들을 할퀴고 지났다. 천주교도와 관리 사이의 충돌인 이재수의 난도 가슴 아프게 전한다. 당시 탐관오리와 그들의 지원을 입은 천주교도들의 탄압이 제주 사람들을 궁지로 몰았다.

무고한 양민의 집단 학살을 가져온 4·3사건도 제주의 풍경 속에 침묵으로 항변하고 있다. 모두 뭍에서 몰려가서 여린 제주 사람들을 아프게 했다는 느낌이다. 후세 사람들이 영화로 소설로 그들의 삶을 위로했지만, 아직도 마음 한구석은 에리다. 하지만 그들은 원한을 품지 않았다. 바람이 나쁜 기운을 휩쓸고 가듯 그들은 역사의 거친 바람을 흩날려 보내고 묵묵히 섬을 지키고 있다.

제주는 뭍에서 보던 풍경과 좀 다르다. 서글픈 이야기가 담겨 있어 쓸쓸하다. 곳곳에 보이는 오름의 황폐한 모습도 제주 사람들의 가슴만큼이나 휑하다. 나무 한 그루 허락하지 않은 자존심이 애처롭다. 그러면서도 바람에 씻겨 맑고 깨끗하다. 하늘빛, 바닷빛을 머금고 있다. 풍경들은 신비로운 이야기를 담고 있다. 제주 사람들의 가슴속에 있는 수많은 사연들만큼이나 긴 이야기를 품고 있다.

여행 중에 섬을 지키고 사는 사람을 만났다. 민속학자 진성기 씨다. 국내 1호 사립박물관을 설립, 운영하고 있다. 스물여덟에 개관한 이후 고난과 시련의 길을 왔다. 그의 고난은 자신만이 간직하고 있는 염원의 고통이다. 용암이 만든 척박한 땅에서 험난하게 살아온 사람들의 모습을 지키기 위한 신념이다. 제주 고유 풍습을 지키기 위해 살아온 삶이 경이롭다. 문명이 미치지 않은 모습을 기록하고 보존하려는 노력이 엿보인다.

제주의 아픈 과거가 오히려 지금은 우리에게 감동을 준다. 추사 김정희의 유배 생활이 그렇다. 추사는 권력 투쟁에서 밀려나 고도의 섬 제주로 왔다. 이제 정치적으로 완전히 차단된 것이다. 그러나 추사는 여기서 학문의 경지를 새로 세웠다. 추사 예술혼의 정수인 〈세한도〉와 추사체를 완성했다.

추사는 세상의 모진 칼바람에 맞서는 과정에서 〈세한도〉를 완성했다. 유배지에서 느낀 고독감을 황량하고 메마르게 표현하면서도 제자 이상적의 따뜻한 인품을 담았다. 추사체 역시 마음속 독풍을 다스리고 도달한 경지다. 벼루 10개를 구멍 내고, 붓 1,000개를 닳게 한 수련의 삶이 만든 결과다. 탄압과 맞서 싸운 질긴 삶의 여정만이 이룩할 수 있는 단계다.

바람이 불면 흔들리듯, 세상살이란 누구에게나 고통과 어려움이 있다. 제주 여행을 하면서 사람들의 삶에 대해서 생각해 본다. 자신을 짓누르는 불운과 기구한 운명과 맞서 싸우는 사람들을 생각해 본다. 그들의 신음 소리는 들리지 않지만, 살아남은 사람들의 길에 깊은 울림을 준다. 사람은 누구나 큰일을 만난다. 그때 어떻게 살아야 하는지 일러 주는 것은 아닐까.

# 명문가 집안에 3대를 이어 온 선비 화가

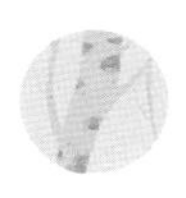

조선 시대 해남 윤씨 가문은 고산 윤선도를 배출한 명문가 집안이다. 그러나 남인 계열로 중앙 정치 무대에서 밀려났다. 본인도 정치적 탄압으로 귀양 생활을 했지만, 결국 후손들도 관직에 나가지 못하는 운명을 안고 살았다.

벼슬에 나가지 못했지만 선비로 기품을 잃지 않고 학문에 힘썼다. 특히 서화를 통해 내면의 아픔을 달래는 일생을 보냈다. 해남 윤씨 어초은파 종택 녹우당에 『해남 윤씨 가전 고화첩』(보물 제481호로)이 전한다. 이 화첩은 고산 윤선도의 증손인 공재 윤두서, 공재의 아들인 낙서 윤덕희, 낙서의 아들인 청고 윤용 3대의 그림 70여 점을 모아 놓은 것이다.

공재 윤두서는 1688년 해남 연동에서 윤이후의 넷째 아들로 태어나 윤선도의 종손 윤이석에게 입양되었다. 여느 양반

집안의 자제들처럼 그는 학문에 정진했다. 나이 25세에 (숙종 15년) 진사시에 합격했다. 하지만 벼슬에는 나가지 않았다. 그 당시는 서인이 득세하고 있어 남인인 해남 윤씨에게는 뜻을 펴 볼 기회가 주어지지 않았다.

관직에 나가지 못하는 대신 친구들과 학문에 열중하며 다양한 식견을 넓혔다. 실학자 성호 이익의 형인 옥동 이서와 친했다. 윤두서의 사망 때에 성호 이익 선생이 제문을 썼다. 여기에 "우리 형제는 매사에 자신이 없었지만 공의 칭찬을 듣고 용기를 내었다."라고 한 것으로 보아 그들의 관계를 짐작할 수 있다.

조선 후기 실학을 대성했던 성호 형제와 교우는 그의 학문의 세계를 형성하는 데 큰 영향을 미쳤다. 집안 녹우당에 전하는 유물 〈방성도〉, 〈송양휘산법〉, 〈동국여지지도〉, 〈일본여도〉 등을 보면 그가 천문, 수학, 지리 등 폭넓은 분야에서 학식을 지닌 실학자였다는 것을 알 수 있다.

공재가 활동한 시기에는 조선 역사에서 많은 변화가 있었다. 임진왜란과 병자호란을 겪으면서 사회, 정치적 상황의 변화로 실사구시의 새로운 조짐이 싹트기 시작했다. 조선 전기에 관념성을 지향하던 예술 분야에서도 변화가 와 일반 백성들의 생활과 정서를 반영한 풍속화가 그려지기 시작했다.

공재의 그림으로는 〈자화상〉(국보 240호)이 으뜸이다. 이 그림은 화폭 전체에 얼굴만 그려지고 몸은 생략된 형태로 시선은 정면을 바라보고 있다. 탕건을 쓰고 눈은 마치 자신과 대결하듯 앞면을 보고 있으며, 수염을 한 올 한 올 섬세하게 표현하였다.

그는 말 그림을 많이 그렸는데 그때마다 하루 종일 관찰한 뒤에야 붓을 들었다고 한다. 자화상도 마찬가지다. 백동경(녹우당에 있는 거울)을 보면서 자신의 모습을 사실적으로 표현했으며, 나아가 정신까지 그리려고 애썼다. 얼굴만 그려진 자화상은 눈동자가 부각되어 강한 힘과 생기를 느끼게 한다. 사실적인 외모는 단호한 정신세계도 풍기고 있다. 전문가들은 동양인의 자화상으로는 최고라는 평가를 내리고 있다.

윤두서는 정선 · 심사정과 더불어 조선 후기의 3대 화가로 평가한다. 전하는 화첩에는 산수화 · 인물화 · 풍속화 등 여러 종류의 그림이 실려 있다. 선비화가였던 윤두서의 다양한 회화 세계와 그림 솜씨를 보여 주는 중요한 자료이다.

아울러 그의 그림은 당시 화단의 주류였던 산수화에서 벗어나 농민들의 현실적인 삶을 소재로 그림을 그렸다. 이를 통해 실학자적인 면도 엿볼 수 있다. 그의 풍속화는 후에 김홍도의 풍속화에도 영향을 주었을 것으로 보인다. 작품으로는 〈채애도〉, 〈선차도〉, 〈백마도〉, 〈노승도〉, 〈심득경초상〉, 〈출렵도〉, 〈우마도권〉, 〈심산지록도〉 등이 있다.

윤두서의 화풍을 이어받은 사람은 맏아들 윤덕희이다. 그는 어린 시절에 서울 회동에 살며 이저에게 학문을 배웠다. 덕희와 그의 동생들 역시 모두 과거 시험을 치르지 않았다. 1694년 갑술환국 때 남인이 폐비 민씨의 복위를 반대하다가 실권하면서 아버지 윤두서가 당쟁의 타격으로 관직에 진출하지 않자, 그의 자재들도 일찌감치 과거를 포기했다.

아버지와 함께 한양 생활을 정리하고 해남으로 낙향했지만, 정착 2년 만에 아버지가 세상을 떠났다. 윤덕희는 차분하게 집안을 지켜 나갔다. 물려받은 토지를 동생들에게 공평하게 분배하고 선조들이 남긴 글씨와 그림을 서화첩으로 꾸미는 등 양반가 종손으로서의 업무를 착실히 수행했다. 윤선도의 문집과 윤두서의 그림 등이 오늘날까지 그대로 전하는 데는 그의 공이 컸다.

윤덕희는 아버지의 화풍을 전수하여 전통적이고 중국적인 소재의 도석인물(道釋人物), 산수 인물, 말 그림을 잘 그렸다. 그중에 압권은 〈여인독서도〉이다. 이는 여염집 여인네가 마당 탁자에 앉아 책을 읽고 있는 광경이다. 당시에 여인에게 책은 가까이할 수 없는 매체였다. 그런데 여인도 앎에 대해 접근하고, 책을 통해 즐거움과 휴식을 취할 수 있다는 생각을 담았다. 여인이 책을 보는 광경에 주목하고 그림으로 표현했다는 것은 그가 여자들의 인권에 선구자적 사상을 가졌다는 것을 짐작하게 한다.

〈오누이〉, 〈공기놀이〉 등도 평범한 일상을 담았다. 이런 그림은 과거의 산수화에 집중한 조선의 그림과 많이 다르다. 작품으로 〈송하고사도〉, 〈마상부인도〉, 〈마도〉, 〈산수도첩〉, 〈연옹화첩〉, 〈송하인물도〉 등이 있다.

윤용은 덕희의 차남이다. 어려서부터 할아버지와 아버지의 재능을 이어받아 글과 그림에 뛰어났다. 28세 때인 1735년에 진사시에 합격하였으나 역시 벼슬을 멀리하고 서화에 뜻을 두었다고 한다. 기록에 따르면 술을 즐겼으며 기품이 있고 성격이 맑고 깨끗했으며 용모가 단정하고 아름다웠다고 한다.

윤용도 여인을 그렸다. 〈나물 캐는 여인〉이다. 들녘에서 일을 하다가 모처럼 허리를 펴고 먼 곳을 바라보는 모습을 포착했다. 이 그림 역시 우리 주변의 평범한 여인을 내세웠다는 점에서 아버지의 영향을 많이 받은 듯하다. 그러나 그림의 소재며 구상은 할아버지 윤두서의 〈채애도〉를 연상하게 한다.

실제로 그는 산수화에서는 아버지의 영향을 받아 남종화풍을 따랐고, 풍속화에서는 할아버지의 영향을 받아 전통성이 강한 화풍을 보였다. 하지만 33세라는 젊은 나이로 세상을 떠나는 바람에 독자적인 화풍을 남기지 못했다. 작품은 〈수하필서도〉, 〈홍각춘망도〉, 〈연강우색도〉 등 많이 남기지 못했다.

윤씨 삼부자의 공통점은 풍속화에 대한 관심이다. 윤두서에서 시작된 여인 풍속 장면이 아들 윤덕희를 거쳐 손자 윤용에까지 전승된다. 해남 윤씨 삼부자 이전에는 여성을 주인공으로 부각한 작품이 그리 많지 않다. 이들은 여인의 생활상에 착안한 여러 소재를 개발하여, 후배 화가인 신윤복, 김홍도가 그린 〈미인도〉나 〈사녀도〉의 전범을 제공한 것으로 알려져 있다. 해남 윤씨 삼부자가 조선 회화사에서 실생활을 소재로 한 풍속화와 그림의 소재로 여성을 내세운 것은 신선한 시도를 한 셈이다.

# 흑산도 여행 유감

흑산도에 다녀왔다. 산과 바다가 푸르다 못해 검게 보인다는 흑산도는 우리나라 가장 서남단에 자리하고 있다. 주변 섬과 함께 다도해 해상 국립공원으로 지정되어 있을 만큼 아름다운 곳이다.

우리나라는 국토가 좁은 편이다. 그런데도 목포까지 내려가는 데 꽤 오랜 시간이 걸렸다. 다시 흑산도까지 배를 타는 일은 체력도 필요했다. 생전 안 하던 멀미까지 나를 괴롭힌다. 그래도 처음 가는 길이라 기대가 크다.

아니나 다를까, 흑산도는 바람부터 단맛이 난다. 바다 냄새도 달랐다. 배에서 내리는데 구수한 남도 사투리가 여기저기서 들린다. 섬은 온통 짙은 초록빛으로 뒤덮여 있어 검게 보이기도 한다.

흑산도에 들어서자 우리를 반긴 것은 이미자의 노래 〈흑산도 아가씨〉다. 육지를 바라보다 검게 타 버렸다는 애절한 가사가 애틋하게 들려온다. 가이드는 배에서 내리자마자 관광버스에 타라고 성화다. 버스에 올랐더니 여기도 〈흑산도 아가씨〉 노래가 퍼진다. 급기야 일행 중에 한 사람이 뒤쪽에서 '기사 아저씨, 노래 좀 꺼 주세요.'라며 짜증 섞인 부탁을 한다.

관광버스에서 흑산도 여행을 시작한다. 가까이 있는 홍도는 섬 밖에서 배를 타고 도는 관광을 한다. 흑산도는 일주 도로를 따라 섬 안에서 풍경을 즐긴다. 섬 안의 속살까지 돌아보는 즐거움이 있다. 아슬아슬한 급경사면을 따라 이어진 해안도로 주변으로 절경이 펼쳐진다. 기사 아저씨는 육지에서 온 손님에게 자랑이라도 하듯 버스를 아슬아슬하게 몬다.

기사 아저씨는 바위를 보며 무슨 모양처럼 생겼냐고 묻지만 그냥 바위처럼 보인다. 촛대 같다고 해서 '촛대바위'로 부른다는 말에 비로소 촛대처럼 느껴질 뿐이다. 오염되지 않은 산 중턱에 가거도 패총(貝塚), 지석묘군(支石墓群) 등 문화재까지 보인다.

흑산도는 망망대해에 있는 섬이라 예부터 유배지로 사용되었다. 산자락에 낮게 앉아 있는 손암 정약전의 초가가 보인다. 손암이 개설한 이곳이 최초의 서당이라고 한다. 천주교 신자인 정약전은 신유박해로 이곳에 유배되어 약 15년 동안 머물렀다. 그러면서 근해에 있는 물고기와 해산물 등을 채집하여 기록한『자산어보』를 남겼다.

면암 최익현 선생도 이곳으로 유배를 왔다. 선생의 친필 "基封江山 洪武日月(기봉강산 홍무일월)"의 8字는 선생이 유배생활을 했던 흑산면 천촌리에 있는 손바닥바위에 새겨져 있다. 선생의 휴허비[勉庵崔先生遺墟碑]는 문하생인 오준선, 임동선 등이 뜻을 모아 세웠다.

우리 일행은 이런 것을 볼 수가 없었다. 차를 타고 지나쳤을 뿐이다. 우리가 가까이 본 것은 '흑산도 아가씨 노래비'다. 속리산의 말티고개보다 더 굴곡이 심하다는 고갯길을 감돌아 오르니 노래비가 버티고 있다. 바다를 보라고 내려 준다. 바다는 아득하다. 주변 경치도 신비롭다. 이름 모를 꽃과 나무도 우리를 반긴다.

순간 아쉬움이 솟는다. 노래 〈흑산도 아가씨〉가 섬 전체를 휩싸고 있다. 새소리와 벌레 소리, 멀리 파도 소리도 듣고 싶었다. 기계음으로 나오는 노랫소리보다 자연의 소리가 듣고 싶었다. 나무와 꽃은 바다 저 멀리서 오는 바람을 만나 몸을 흔드는데 그 소리조차 들을 수 없다.

슬로시티도 관광 상품이 되고 있다. 걸으면서 이것저것 눈으로 보고 듣는 여행이 마음을 움직인다. 일상에서 멀리 떨어져 일상에 묻혔던 나를 돌아보는 것이 여행의 목적이 아닐까. 차를 타고 멀리서 지나치는 여행은 고행이다. 실제로 차를 타고, 배를 타면서 멀미까지 했다. 일행 중에 여자는 다시 흑산도의 일주 버스에서 구불구불한 길을 오르면서 심한 멀미와 한바탕 사투를 벌이고 있다.

둘레길이니 올레길이 인기를 얻고 있다. 천천히 걷는 것에 매력이 있기 때문이다. 탈것에 얽매여 바쁘게 살아가면 놓치는 것이 많다. 걸으면 주변에 아름다움을 발견하고, 내 힘으로 세계를 느낀다. 걷는 여행에 건강이 있고, 함께 나누는 정도 있다. 섬 풍광과 기운을 직접 느껴 보는 여행 상품을 만드는 것은 어떨까. 혼자 생각해 본다.

하나 더, 섬 주민들은 이미자의 노래 〈흑산도 아가씨〉를 자주 입에 올린다. 이 노래가 흑산도를 알렸다는 판단도 서슴지 않고 있다. 그런데 흑산도에는 〈흑산도타령〉을 비롯해 여러 무형문화재가 존재한다. 뱃사람들의 애환이 담긴 노래와 춤이 오늘날까지 전해 온다. 이러한 문화재 소개를 위한 관광 상품이 필요하다.

흑산도와 관련된 소설도 있다. 전광용 교수의 단편소설

「흑산도」이다. 섬사람들이 서럽고 외로운 섬에서 뭍을 향한 한 맺힌 삶을 사는 모습을 사실적으로 그린 소설이다. 양평군은 '황순원의 문학촌 소나기 마을'로 관광객을 끌어들이고 있다. 황순원의 고향은 이북이다. 소설에서 소녀가 양평읍으로 이사 간다는 내용만으로 문학촌을 건설했다. 그리고 관광객을 유치하고 있고, 양평의 상징으로 자리했다. 하물며 소설 「흑산도」는 흑산도 섬과 직접 관련이 있다. 지방자치 단체에서 노력을 기울이면 흑산도의 새로운 상징이 될 수 있다.

# 옛것에서 삶을 읽다

결혼반지를 아직도 끼고 있다. 이 모습을 보고 아내를 사랑한다느니 금실이 좋다느니 한다. 이 말이 틀린 것은 아니지만, 반지를 끼는 이유는 아니다. 서랍 속에 굴러다니는 것이 아까워 끼고 다닌다. 시계도 마찬가지다. 유행도 지났고, 황금색 도금이 예물 시계 티가 난다. 늙수그레한 주제에 이제 막 결혼한 신랑 분위기를 내는 꼴이다. 그런데 특별히 차지 않을 이유가 없기 때문에 그대로 차고 다닌다.

유행으로 치면 반지나 시계는 멋대가리가 없다. 황금색은 누렇게 변했고, 모양새도 곰팡스럽다. 한눈으로 봐도 오래된 결혼 예물 같다. 하지만 이것이 멀쩡한데 버릴 수도 없다. 옷도 마찬가지다. 과거에는 몇 년 입으면 닳지 않아도 바꿨는데, 요즘은 한번 선택하면 제법 오래 입는다. 집안 살림살이도 시기를 미루다가 진짜 탈이 나면 바꾸고 있다.

이를 두고 검소하다고 입을 모은다. 그런 면이 전혀 없는 것도 아니다. 그러나 근본적인 이유는 과거와 다른 삶의 방식이 생겼다. 새것에 마음을 두지 않는 습관이다. 생각해 보니, 나는 누구보다도 새것을 좋아했다. 명절 때 신발을 사면 이상한 냄새가 좋아서 며칠간은 머리맡에 두고 잤다. 학기가 시작할 때 학용품을 새로 사면 부자가 부럽지 않았다. 어른이 되어서도 다르지 않았다. 전동 타자기도 쓰고, 286컴퓨터는 거액을 들여 가장 먼저 구입했다. 휴대전화가 처음 나왔을 때 샀으니 얼리 어답터(early adopter) 축에 든다.

결혼 예물 시계와 반지도 첫아이를 낳고 차지 않았다. 새것이 차고 싶어 싫증을 냈다. 백화점에 갔다가 광고 속에서 자주 보던 시계가 좋아 보여 일을 저질렀다. 이 선택은 요란한 광고에 맹목적으로 따라간 측면도 있지만, 그때는 무엇인가 고민하고 진지하게 생각하는 습관이 거세돼 있었다. 삶에서 진지함도 없었다.

그때는 젊은 나이만큼 삶도 거칠었다. 오직 도전에 대한 의지만 있었다. 사회에서 인정받고 싶었다. 조직에서 앞에 서기 위해 노력했다. 매사에 속도로 승부를 겨뤘다. 서른 초반에 학년부장 등을 하며 일에 파묻혀 지냈다. 그것이 세상을 향해 올라가는 것이라고 생각했다. 낯선 것이 두렵지 않았다. 힘들게 하는 것에 대해 적대감을 갖고 대들었다. 시련을 만나도 굽실거리지 않았다.

그러던 것이 마흔 후반에 들면서 달라졌다. 거대한 세상과 맞서는 성격이 조금씩 무뎌졌다. 패기에 찬 신념에 균열이 보이기 시작했다. 짧은 인생에 도전만 하며 사는 느낌이었다. 무엇을 위해 싸우는가. 본질을 벗어난 생각과 과잉된 행동이 내 삶을 지배하고 있는 것은 아닐까.

외부로 향했던 마음도 서서히 내부로 돌려졌다. 정면으로만 바라보던 세상도 측면을 보기 시작했다. 세속적인 성공의 틀에 갇혀 삶을 깊게 들여다볼 줄 몰랐다. 몸에 있던 교만의 불부터 껐다. 요동치던 가슴이 차분해졌다. 타인의 시선보다 잃어버린 자아에 말을 걸기 시작했다. 타인의 인정을 받지 않아도 스스로 허물어지지 않을 모습을 그리려고 노력했다.

이때부터 애를 써도 안 되는 일은 안 된다는 사실을 깨달았다. 매사에 다 아는 것처럼 거들먹거리며 살아온 모습도 부끄러웠다. 이제 쉽게 흥분하거나 쉽게 좌절하지도 않았다. 그저 내가 중요하다는 생각이 들었다. 치장을 위해 이것저것

기웃거리는 것도 의식의 낭비라고 생각했다. 이렇게 삶의 태도가 바뀌면서 여러 변화가 왔는데, 새것보다는 오래 간직했던 것에 정을 주기 시작한 것도 그중 하나다. 예물 시계와 반지를 다시 꺼낸 것도 이 시기였다.

그 어떤 인생도 가볍지 않다. 제 무게가 분명히 있다. 젊은 날도 당시에는 어설펐지만, 고통과 기쁨의 흔적이 축적되어 꿈으로 남은 흔적이 있다. 그때는 그때 나름대로 세상을 살아왔다는 정직함이 있다. 지금 경쟁에서 한 발 물러서니 때로는 초라하게 느껴지기도 한다. 그러나 경쟁에서 이기려는 욕심을 덜어 내니 오히려 일이 즐겁다. 누구의 눈치도 안 보고 일을 할 수 있어 성취감이 크다. 투명한 마음으로 삶을 들여다보니 눈부신 햇살이 안에 비쳐 온다.

인간에게는 시간을 정지시킬, 또 앞지를 능력도 없다. 시간은 그대로 받아들여야 하는 운명과도 같은 것이다. 인생도 마찬가지다. 우리는 언제나 지금 그리고 이 자리에 있을 뿐이다. 단지 사람은 누구나 자신의 마음속에 과거와 미래에 대한 세계를 가지고 있을 뿐이다. 시간과 함께 갈 뿐이지, 과거와 미래를 조절할 능력은 없다.

주변에서 내가 차고 있는 시계와 반지를 탓잡아 말하기도 한다. 옛것으로 고리타분하다고 한다. 나는 오히려 옛것이라는 그 어휘가 물고 늘어지는 느낌이 좋다. 그것은 본질이 변하지 않았다는 정직함이 있다. 과거의 시간이 듬뿍 포개어져 있어 좋다. 주인으로부터 칭찬받고 혹은 억눌리기도 하면서 삶을 이어 온 시간의 풍화 작용이 깊게 배어 있다. 그래서 오래 곁에 두고 함께 가려고 한다. 내가 살아온 인생의 흔적이 있어 버릴 수 없다.